[著]──ジルコ
[イラスト]──森沢晴行
Author Jirco
Illustration Haruyuki Morisawa

CONTENTS

Author Jirco
Illustration Haruyuki Morisawa

巨大モンスターの大群vs.
最低ランク冒険者が
たったひとり——!?

——アレンはブルファングの
大群の真ん中に突っ込んでいた。

「それって……」
「ずっとアレンを見てたのよ。
アレンが最低で、馬鹿で、
でもとっても優しいことを
私は誰よりも知ってるわ。
駄目なわけないでしょ。
そんなアレンに恋したんだから」

「ねえ、アレン。
ネックレスをプレゼントするなら、
相手に着けてあげないと駄目よ」

「ほらよっ!」

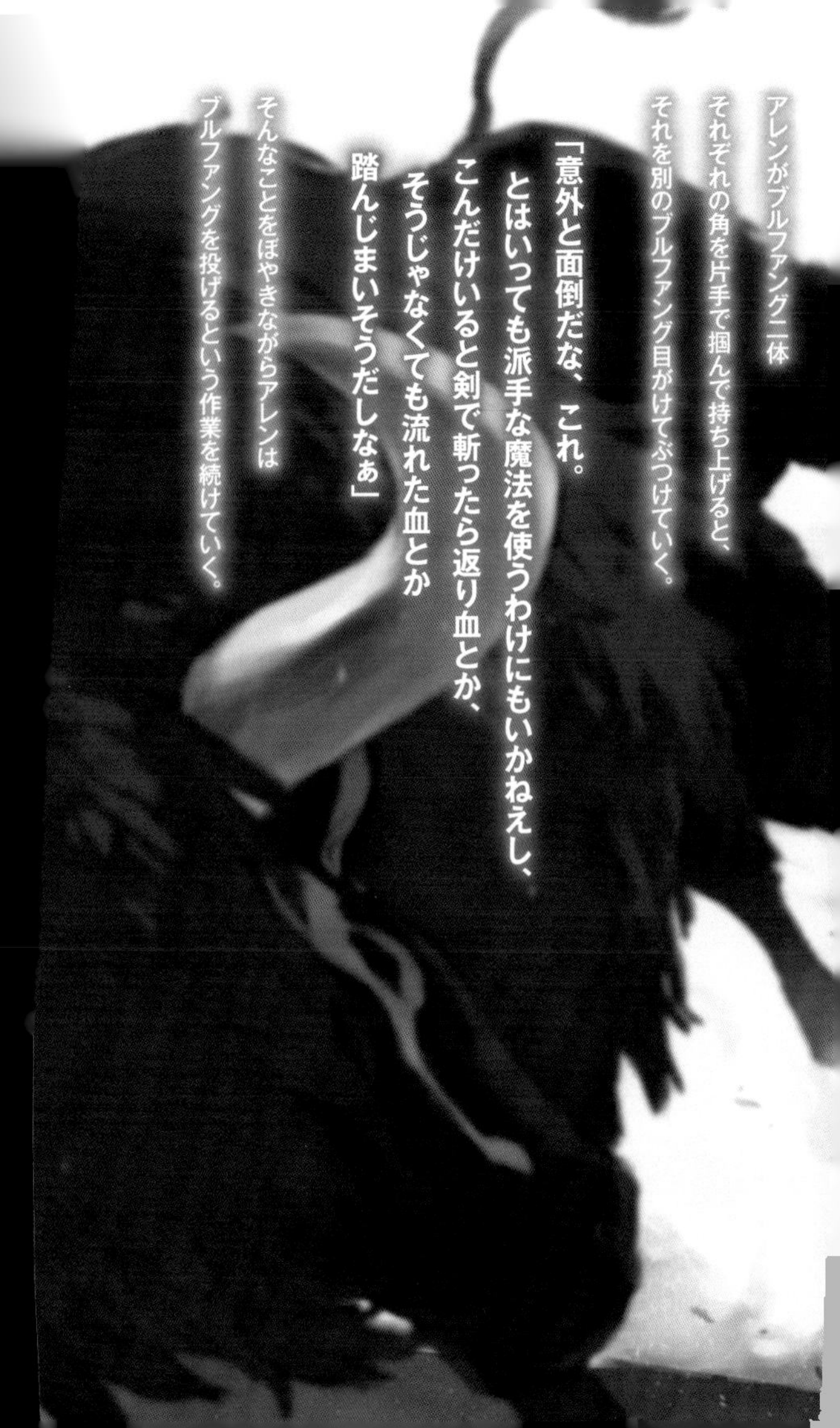

アレンがブルファング二体
それぞれの角を片手で掴んで持ち上げると、
それを別のブルファング目がけてぶつけていく。

「意外と面倒だな、これ。
とはいっても派手な魔法を使うわけにもいかねえし、
こんだけいると剣で斬ったら返り血とか、
そうじゃなくても流れた血とか
踏んじまいそうだしなぁ」

そんなことをぼやきながらアレンは
ブルファングを投げるという作業を続けていく。

「俺はマチルダが好きだ。
結婚を前提に付き合ってほしいと思っている。
これからマチルダに見合う男になるよう頑張っていくから、
俺がそうなったと思ったらこれを着けて返事を聞かせてくれ。
もちろん今突き返してくれても構わない。
その時はすっぱりと諦める」
そう言って緊張した面持ちで
大きく息を吐いたアレンの目の前で
マチルダがその袋からネックレスを取り出す。
空色のペンダントトップ越しに
青く染まったアレンの顔を眺め、
そしてマチルダがそれをアレンに差し出す。
アレンの顔が
実際に青くなっていくのを眺め、
マチルダは笑った。

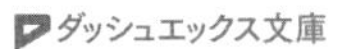

レベルダウンの罠から始まるアラサー男の万能生活2

ジルコ

【第一章】建築現場の冒険者

世界で最も大きな大陸と言われる中央大陸。その大陸中で三本の指に入る強国であるエリアルド王国の南西に位置するライラックの街は、交易の中継都市としても栄える国有数の大都市である。

また周囲を四つのダンジョンに囲まれているという恵まれた立地条件もあり、そこから得られる魔石や資源などを求めて商人や職人が自然と集まり、その需要に応えるためにモンスターと戦う冒険者たちの数も多い。つまり活気に満ちた都市といえる。

しかしそういった都市とはいえ、いや、そうであるからこそ存在してしまうのがスラムという場所だった。人が集まれば、そのぶんだけ落ちこぼれる者も出る。落ちてしまった者が再び這い上がるには並大抵の努力では足らないのだ。

そうした者たちは自然と集まり、恨み、辛みなど鬱憤を溜めていく。そんなじめじめとした感情が渦巻く場所に、本当の犯罪者などが根城を作り、それはさらに混沌としていく。

ライラックの西の防壁付近にはそんなスラムが広がっていた……はずだった。

「おーい、アレン。さっさと木材運んでくれよ」

「てめえ、人使いが荒すぎんだよ！」

自分の身長を明らかに超える木材を軽々と担いだ痩せ型の男が、その不揃いな茶髪を揺らしながら文句を返す。愛用のジャケットを脱いで腰に結び、汗をかきながら歩いているのは木級冒険者のアレンだ。

そんなアレンを見ながら、アレンに声をかけた赤色短髪の大工がニヤリと笑う。アレンよりも少し小柄ながら筋肉質で日焼けしたその男は、アレンの幼馴染みで親友のニックだった。

悪態をつきながらもニックが指定した場所へ木材を運んだアレンは、ぐんと背伸びをして腰を伸ばす。ここもだいぶ変わったな、そんなことを思い周囲を眺めながら。

以前は柱が腐り、傾いて今にも崩落しそうな家や、無計画に増築を繰り返したために前衛芸術のように複雑怪奇な家が林立していたスラムだったが、今はそんな建物などなく、整地された土地に大量の資材が積まれ、一部では既に新しい家の建築が始まっていた。

よどんだ空気などどこにもなく、そこは人々の活気に満ちた声が広がる空間に変貌していたのだ。

もちろんスラムの全てがそんな空間に変わったわけではない。あくまでその入り口の一部分、養護院からほど近い地区だけであるのだが、その変化にアレンは我知らず笑みを浮かべる。

そんなアレンの肩を抱くように、がしっとニックが腕を回す。男くさい笑みを浮かべてニックもまた嬉しそうにしていた。

「これでちょっとはスラムの奴らも変わると良いな」

「そうだな」

ニックがかけてきた言葉に、アレンもうなずきながら同意する。

アレンもニックもスラムではないがこの付近に住んでおり、共に貧乏な生活を送ってきたのだ。一歩間違えば自分たちもスラムの住人だったかもしれない、そんな共通の認識が二人の間にはあった。

スラムにいる人間もすき好んでその場所にいるわけではない。そのことを十分に知っている二人だけに、これをきっかけに救われる人がいれば良いと考えていたからこその笑顔だった。

「おい、ニック。いつまで遊んでやがる！」

「うわっ、親方！　今行きます。じゃあ、後でなアレン」

「おう、頑張ってこいよ」

所属するブラント工房の親方に怒鳴られ、飛び上がるようにして走り去っていったニックの後ろ姿にアレンが声をかける。それに対して振り返りもせずに片腕を曲げて力こぶを作ってみせた親友の姿に、アレンは苦笑いを浮かべた。

「さて、じゃあ俺も続きを始めるか。っていうか、これって明らかに普通の木級の冒険者には荷が重いだろ。それをわかってて俺に振りやがったな、あのギルド長め」

自らのノルマとして積まれた大量の木材を遠くに眺めながらアレンがため息を吐く。百人以上の人間が住んでいた広い場所に、スラムの住人のための簡易住宅を建てていくのだ。その建材は半端な量ではない。

アレンが半ば強要された依頼はその建材の運搬だ。もちろん他の冒険者たちの中にも同様の依頼を受けている者はいたが、アレンがノルマとして割り当てられたのは住宅の大黒柱となる太く重たい物ばかりなのだ。そこに誰かの意図が働いていることは明白だった。

「くっそー。またこの手の時間がかかる依頼かよ」

ニヤニヤと笑みを浮かべるガマ蛙のように太った冒険者ギルドのギルド長、オルランドを思い出し、ぶつくさと文句を言いながらも、アレンは軽々とその重量級の建材を運んでいく。

レベルダウンの罠を踏んでレベルを下げてからスライムを倒すと、ステータスの各項目全てが一律に同じ数値上がることを発見したアレンは、スライムダンジョンの改変で現れたレベルダウンの罠とレベルアップの罠を使用しレベルを上限である五百まで上げた。

さらにステータスの最大上昇値である十上がるまで毎回やりなおしたため、攻撃力、防御力、生命力、魔力、知力、素早さ、器用さの全ての数値が五千を超えるという人間離れしたステータスを得ていた。普通の成人男性の平均ステータスはレベル一で五十から百程度であることを考えれば、いかにアレンのステータスの数値が馬鹿げたものであるかがよくわかる。

はっきり言って運んでいる建材など、アレンにとってはただの小枝を持つ程度の感覚でしかない。軽く汗を拭き、ダンジョンでモンスターを倒してレベルを上げたニックやその同僚たちが他の職人とは隔絶したスピードで家を建てていく姿を眺め、アレンが微笑む。

「やっぱレベルが上がってる奴は動きが違うな。これなら思ったよりも早く依頼は終わるかもしれねえが……これって結局廻り廻ってるだけだよな？」

薄々感じてはいたのだが、改めてその考えに至ったアレンが表情を崩して大きなため息を吐く。

アレンがこの依頼を達成することで得られる報酬は一日につき二万ゼニー。木級の駆けだし冒険者であれば破格の報酬だ。その分、重い建材を運び続けるきつい重労働ではあるのだが、人間離れしたステータスを持つアレンにとってはどうということはない。

そういったこともあり、アレンは報酬の金額について不満があるわけではなかった。それでもなお、ため息をついたのは……

（なんで俺が領主に託した金で行われている工事で、俺が働いて金もらってんだ？）

そんなもやもやとした気持ちを抱えてアレンは首を傾げる。誰にも言えるはずのないその気持ちを少しだけ持て余しながら、それでもアレンは懸命に働くのだった。

【第二章】新人冒険者ネラのトラウマ克服指南

ドラゴンダンジョンのスタンピードを収めた功績により、アレンは変装後のネラという立場でライラックの領民権を得ていた。それは一人の人間としてネラという存在が正式に認められたということである。

領民権を持つメリットは少なくない。今までのように防壁を飛び越えて街を出入りする必要がなくなるし、家を買って住んだり、商売を始めたりなどといった身元の保証が必要な諸々(もろもろ)のことができるようになるからだ。

領民権を持つと人頭税(じんとうぜい)などの各種税金が発生するというデメリットも存在するわけではあるが、二重生活を楽しもうとしているアレンにとって、自分とは別存在としてネラの身元が保証されることは非常にありがたかった。

もちろんアレンが領民権を欲したのは、ネラとして豪邸を買い、優雅(ゆうが)な生活を送るためではない。四人の弟妹(ていまい)と暮らしていた時であればより良い生活をさせてやりたいという気持ちになったかもしれないが、全員が独立し、一人で暮らす現状ではそこそこの生活ができれば良いとアレンは本気で思っていた。

　衣食住のうちアレンにとって最重要である食は、外食をしたり、またステータスが上がったことで外食先の調理姿を見るだけで真似できるようになったため、プロの料理人並みに上達した料理の腕のおかげで十分に満足していた。住の自宅についても、まるで新築のようにリフォーム済みである。衣はそもそもアレンの興味の対象外だ。

　それなのになぜスタンピードを収めた報酬として領民権を望んだかと言えば、アレンとネラ、それぞれの冒険者証を手に入れるためだった。そのためにアレンはネラの格好をして冒険者ギルドに行き、窓口で領民権を保有することを証する領民証を受け取り、手続きを始めた。

「えっ？　冒険者に登録したい……ですか？」

　差し出した「冒険者登録をしたい」という文字が書かれた紙を見てギルドの受付嬢であるマチルダが、そのブラウンの瞳を見開いて驚き固まるのを、珍しいな、などとのん気に考えながらアレンは眺める。

　マチルダの驚きの声を聞いたギルド職員や冒険者たちがひそひそと話し始める中、なんとかいつもどおりの調子を表面上は取り戻したマチルダは、にこりと笑みを浮かべた。

「失礼いたしました。ギルド長に話を通してきますので少々お待ちいただけますか？」

　その問いにアレンが首を縦に振ると、マチルダは「ありがとうございます」と礼を言い、制服のスカートをなびかせ、足早にギルド長室に向かって歩いていった。

（さて、ギルド長に話が行くのは予想どおりだがどうなることやら。しかし……居心地悪いな）

ネラが冒険者登録をするというので周囲の冒険者やギルド職員たちがひそひそと話し、視線を浴びせてくる中に一人残されたアレンはネラのマスクの下で苦笑いする。そうしてしばらく待っていると、ほどなくマチルダが戻ってきた。

「ギルド長が直接お話をさせていただきたいそうです。構わないでしょうか？」

マチルダの言葉にアレンは再びこくりと縦に首を振り、ギルド長室へ案内を始めたマチルダの後を追って歩き始める。

冒険者ギルドのギルド長室は二階の奥に存在している。あくまで執務室であるため華美な装飾品や絵画などといったものはなく、優美な細剣やモンスターの巨大な牙など冒険者らしい物が壁に掛けられているのが装飾と言うならそうなのかもしれない。

書類の積まれた木製の大きな執務机の前に配されたテーブルと、それを挟んで向かい合うように置かれたソファーのそばに立っていた、冒険者ギルドのギルド長であるオルランドが、その緩んだ頬を揺らしながら、部屋に入ってきたアレンに視線を向ける。

「君がネラだな。私はギルド長のオルランドという。まあ座りたまえ」

そう促され、アレンはオルランドと反対側のソファーに腰を下ろした。ふんわりと包み込むような座り心地に内心びくっとしながらも、アレンは平静を装う。高そうなソファーだな、などと考えているアレンの対面にオルランドが座る。

冒険者時代には『疾風』と呼ばれていたオルランドだが、引退しギルド長となった現在ではぶくぶくと太っており、その重みにソファーが悲鳴をあげたかのように、みしっという音を立てた。

(ソファー、壊れるんじゃねえか?)

そんな場違いな心配をするアレンの目の前にお茶が置かれる。アレンが視線を上げるとマチルダがさらりとその髪を揺らしながら笑顔を返し、オルランドの前にもお茶を置くと一礼をして部屋を出ていった。

部屋にはアレンとオルランドの二人だけになり、それを待っていたかのようにオルランドが口を開く。

「冒険者になりたいという話を聞いた。間違いないかね?」

少しだけ身を乗り出すようにしながらオルランドが問いかける。それに対してアレンは無言のまま首を縦に振ることで答えた。

アレンのその仕草でしゃべる気がないと察したオルランドは一瞬顔をしかめかけ、それを隠すようにお茶を口に運ぶ。対面でじっとその様子を観察しているアレンにはバレバレであったが、そうとは知らないオルランドはカップを置いて小さく息を吐き、再び口を開いた。

「冒険者ギルドとしては強者が入ってくれるのは歓迎すべきことなのだが、なぜ今になって、と尋ねても良いかね? 今までは勧誘しても断っていたと聞いているが」

その質問にアレンは懐から一枚の紙をとりだす。聞かれるだろうと思って事前に用意しておいたものだ。

オルランドが言ったようにネラとして活動していた時、アレンは幾度となく冒険者ギルドへの勧誘を受けていた。ダンジョンに入るときや、魔石などの売却金を受け取る時など折に触れてだ。

当時は冒険者ギルドに所属するつもりはなかったので、正直に言えばうざったいとアレンは思っていたのだが、執拗に勧誘される理由を理解はしていた。モンスターと戦うことになる依頼が多い冒険者ギルドにとって、強者は喉から手が出るほど欲しい人材なのだ。

冒険者ギルドの収入源は様々だ。領主から得られるダンジョンの維持管理費に始まり、ギルドの一階に設置された酒場の売り上げ、提携する宿や商店などからの斡旋料といったものまで幅広い。しかし収益のメインとなるのは依頼者と冒険者を繋ぐ中間マージンや冒険者たちが納品してきたモンスター素材の販売手数料だった。

冒険者が得る報酬はギルドの取り分や税金を引いた後の金額であり、依頼者が冒険者ギルドに払った金額や素材の売却金額が全て報酬として支払われるわけではない。

一見するとギルドが間に入ることで無駄にお金がかかっているように思えるが、ギルドが仲介することで依頼者や素材の購入者としては余計なトラブルが避けられるし、冒険者にしても納税などの面倒な事務手続きをギルドが代行してくれるというメリットがある。

そもそも依頼者と冒険者をマッチングする場を提供してくれるだけでも両者にとって大きなメリットとも言えるのであるが。

それはさておき、ギルドの主な収入源を考えれば強者をギルドが求める理由は明白だろう。強いモンスターを倒すといった難しい依頼であればあるほど依頼料は高くなるし、そのモンスターから得られる希少な素材は高く売れる。つまりギルドの得る収入も大きくなるのだ。そしてそんな依頼を処理できる冒険者ギルドの価値も高まることになる。

そこまで深く考えていたわけではないが、長年冒険者をしていたアレンには冒険者ギルドが強者を求めていることはわかっていた。だからこそ面倒だとは思いつつも邪険にするようなことはせずに、毎回断っていたのだ。

アレンの差し出した紙に書かれた文字を読んでいたオルランドが視線を上げ、アレンを見つめる。心の奥を覗くようなその視線にさらされながらも、アレンは全く動揺していなかった。そこに書かれているのは紛れもないアレンの本心なのだから。

「要は自分の実力を試したい、ということか」

長々と書いた理由を簡潔にまとめられ、少しもにょっとした気持ちになりながらもアレンは首を縦に振る。

アレンがネラとして冒険者登録をするのは、レベルダウンとレベルアップの罠を利用すれば強大な強さを得られるかもしれないとわかった時に思い浮かんだ、冒険者らしく冒険をしたいという想いに従ったからだった。

ダンジョンの中でも最難関との呼び声が高いドラゴンダンジョンのスタンピードを体験したアレンは改めて実感していた。自分の実力が、自分の想像以上のものであることを。もはや普通のダンジョンでは冒険者らしく冒険することなどできないと。

もちろんドラゴンダンジョン以外にも難関と呼ばれるダンジョンは存在する。しかしそれらにもドラゴンダンジョンと同様に冒険者のランクによる入場制限がかけられていることがほとんどだ。それをクリアするためには冒険者になる以外に方法がなかった。だからこそネラとして冒険者になることにアレンは決めたのだ。

ネラとしてであれば無茶なことができる。冒険者のランクもすぐに上げられるだろうという目算がアレンにはあったし、ランクが上がることによって起こる弊害もあるが、それについてもどうにかなるだろうと考えていた。一人の人間としてネラは認められたのだから、最悪の場合、全責任をネラに被せてしまうこともできるとそれとなくアドバイスを受けたことも大きいかもしれない。

オルランドがアレンの反応にため息を吐き、立ち上がって自分の執務机の引き出しから一枚の紙を取り出す。そしてそれにさらさらと自分のサインを記入すると、再びアレンの目の前のソファーに座ってその紙をテーブルの上へ置いた。

アレンがその紙に目をやり、固まる。オルランドのサインと共に書かれていたのは……

『ライラック冒険者ギルド長の権限により、ネラをミスリル級冒険者として認める』

そんな信じられない文言だった。

「ふむ、驚いているようだな」

アレンが目の前のミスリル級の冒険者として認めると書かれた紙を見つめて固まっている様子を、オルランドが少し目を細めながら観察する。その言葉に反応し、顔を上げたアレンは思わず「当たり前だろ！」という言葉が口から出そうになるほど驚いていたが、なんとか口を引き結んでそれを止めた。

冒険者のランクは木級から始まり、銅級、鉄級、銀級、金級、ミスリル級、そして最高位であるオリハルコン級に分けられている。基本的に新人の冒険者は木級から始まり、依頼をこなすことでギルドへの貢献度を貯めてランクを上げていく制度なのだ。

とはいえこれはあくまで基本的な話であり、冒険者になろうとする者が戦いの経験などない、ずぶの素人である場合に限られる。どこかで戦いの基礎訓練を受けた者や、防壁などない村の出身者でモンスターとの戦闘経験がある者、兵士からの転職者といったある程度の武力を保持している者は、冒険者になるときに規定の試験を受けることで木級を飛ばして銅級冒険者として登録できる特例があった。

そんな特例があるのは、冒険者ギルドがランクによって受けられる依頼に制限をかけているためである。全ての者を木級から始めさせると、せっかく実力のある冒険者なのにしばらくは戦いの素人でも達成できるような簡単な依頼しか受けられないという事態になってしまうのだ。

　無論そういった依頼は報酬も安く、そんな依頼しか受けられないとなれば忌避されるのは当然であり、冒険者になろうとする実力者をみすみす逃してしまうことになる。

　しかしランクにより受注できる依頼の制限を撤廃することはできない。そんなことをすれば実力に見合わない依頼を受けて失敗する者が続出することは明らかだし、それに伴って死亡する冒険者の数も今とは比べ物にならないほど多くなるからだ。

　そういった事情もあって出来上がったのが、登録時の試験によるランクの認定制度だった。アレンもその存在自体はよく知っている。十二歳で何の経験もなく冒険者になったアレンは当然試験など受けずに木級から始めたが、大半の者はその試験を受けるからだ。

　そもそも冒険者になろうとする者は腕に自信のある者がほとんどだ。アレンのように生活が逼迫して手っ取り早く金を稼ぐ方法として選ぶ者も少なくはないが。

　アレンが取り出した紙にさらさらとペンを走らせ、それをオルランドに見せる。

『冒険者になりたての者がミスリル級になれるのか？』

　その文字を確認したオルランドが眉根を寄せながら、ふんっ、と小さく鼻を鳴らす。その態度からして、この決定が明らかにオルランドにとっても不服であることは明らかだった。

　ならなんでわざわざそんなことをするんだ、と疑問に思いつつオルランドを見つめていたアレンに、わざとらしくため息を吐いた後、オルランドがその口を開く。

「ギルドの規定上ではギルド長の権限によりミスリル級までであれば登録が可能なのだよ。とはいえ、いくつかの難しい条件がクリアされて初めて、ということだから事実上、最初からミスリル級で登録されることはありえないのだがね。私の経験では、元騎士が銀級として登録されたのが最高だったな」

そんなオルランドの説明を聞き、全くそんなことを知らなかったアレンは感心していた。ぶくぶくと太って、職員に嫌味を言ったり、面倒な仕事を押しつけるイメージが強かったオルランドがしっかりとギルド長としての知識を持っていることを知ったからだ。

前回のスタンピード対応時の毅然とした態度のこともあり、オルランドの株が自分の中で上がっていくのを感じつつ、アレンは小さく相づちを打って続きを促す。

「ミスリル級となる条件は三つ。二十階層以上のダンジョンを踏破した経験があること。ギルドに対して五千万ゼニー以上の納品を行うこと、そして最も難しいのが王侯貴族による推挙があることだ」

眉根を寄せながら言ったオルランドの言葉に、アレンが思わず首を傾げる。

二十階層以上のダンジョンを踏破した経験があるというのは納得できる。アレンがたびたび周回していた鬼人のダンジョンは三十階層のダンジョンだ。ボスであるオーガキングの魔石などの販売をギルドに委託していたためそのことをギルドが知っているというのは自然なことだった。

だが残りの二つについてはアレンには心当たりがなかった。

アレンが鬼人のダンジョンを単独でクリアしたのは、計六回。そのうち五回は魔石と角の両方をギルドに納めたが、最後の一回において納めたのは魔石だけだ。角は、今はエリックの帯剣となったアレンの愛剣を修復するのに使うため納めなかったからだ。

魔石と角の売上金額はおよそ一回につき六百万ゼニー。複数回納品しているうちに多少値下がりはしたものの、最低でも五百五十万ゼニーだった。そして最後の魔石のみの売却金額は三百万ゼニー。どう考えても五千万ゼニーには遠く及ばない。

なにより王侯貴族からの推挙などアレンには全く心当たりがなかった。そもそも貴族の知り合いなどいない、とそこまで考えてアレンがふと気づく。

（推挙ってもしかしてライラック伯爵か？　いや、でもどっちにしろ納品については額が足らねぇはずだぞ）

首を傾げたままで納得のいっていないことが丸わかりのアレンの様子に、オルランドが小さく息を吐き、補足説明を始める。

「二十層以上のダンジョンは鬼人のダンジョンのことだ。他にも踏破しているのかもしれんがギルドとしては把握していない。次の五千万ゼニー以上の納品については、鬼人のダンジョンの委託販売分とスタンピードの時のドラゴンパピーなどの分だな。氷漬けになっていたため状態の良い物が多かったが、その分解体に手間がかかっている。しかし、それを差し引いてもかなりの金額が後日得られるだろう」

　そこまでオルランドの説明を聞き、こくこくとアレンが首を縦に振る。そういえばイセリアを助けに行く途中で出くわしたドラゴンたちをアイスコフィンで凍(こお)らせたっけと思い出しながら。

　イセリアを助け出した後、エリックのことが心配ですぐに戻ったアレンの頭からは、凍らせたドラゴンたちのことなど消え去っていた。ある程度、事態の収拾がついたところで正体がばれないうちにすぐに逃げたため、今オルランドに言われるまで欠片(かけら)も記憶になかったのだ。

「推挙はライラック伯爵からだな。もし君が冒険者として活動するのであれば最大限の助力をしてほしいとの言葉を預かっている」

　そう言って言葉を切ったオルランドの顔には、どこか苦々しいものが浮かんでいるようにアレンには見えた。なにかあるのかとしばらく待ってみたが、オルランドが口を開くことはなかった。

　仕方なくアレンはその書状を手に取って立ち上がる。これ以上ここにいても何もないだろうし、出ていった方が良さそうだと考えて。

　アレンがオルランドに背中を見せたその時、後ろでギシッ、というソファーが鳴る音が聞こえた。足を止めたアレンに立ち上がったオルランドが声をかける。

「すまない。君がこの街の救世主であることも、ミスリル級を自(みずか)ら望んだわけではないこともわかっているんだ。そしてある意味で君のおかげで私が生きていることも」

そこでまた言葉を切り、オルランドは目を閉じた。その苦悩に満ちた表情は背中を向けたままのアレンには見えていない。

「だが……だが私自身の冒険者生活はなんだったんだと、仲間と共に命がけで過ごした日々はなんだったのかと、傷つき倒れていった仲間たちがいたからこそたどり着いた私の、ミスリル級の冒険者という立場が軽くなってしまったような気がして、気持ちの整理が未だにつかないんだ。本当にすまない」

まるで泣いているかのような響きを伴ったその言葉に、アレンは何も言えなかった。その気持ちは十分すぎるほど理解できたからだ。

冒険者は危険な仕事だ。安全を優先して仕事を選んできたアレンでさえ死にそうになった経験は一度や二度ではない。オルランドがミスリル級になるまでの過程でそれ以上のことがあったことは想像に難くない。そしてその中には仲間の死が含まれているだろうことも。

振り返ってなにか声をかけるべきか、とそんな考えが浮かんだアレンだったが、少し思案し、振り向くのをやめる。自分がもしオルランドの立場だったなら、今は見られたくないだろうと思ったからだ。

しかし、それでもこのまま去ることはアレンにはできなかった。オルランドに背を向けたまま、アレンがその口を開く。そこから聞こえてきたのは心に染み込むような深みを持った低い声だった。

「死線を越える者は冒険者ばかりではない。たまたま私が冒険者ではなかった、それだけだ。貴殿の人生の重みが変わることなどない。だから自らを誇れ、散った友のためにも」

変えた声でそう言い残し、アレンはギルド長室から出ていく。内心、偉そうに、何様だよ？と自分自身にツッコミながら。そんなアレンの思いなど知らないオルランドは、一人残された部屋の中で膝をつき、顔を手で覆い隠して声を殺しながら、溢れ出る涙のままに泣き続けたのだった。

ギルド長室から出たアレンは窓口に戻り、マチルダにオルランドからもらった、ミスリル級として登録を認めるという紙を渡して、ネラとしての冒険者登録を依頼した。その紙を渡した瞬間、少しだけマチルダの表情がピクリと動いたが、それ以降は普段どおりに冒険者の登録手続きを続けていた。その様子からマチルダもギルド長がミスリル級までのランクを認定する権限を持っているのを知っていたことにアレンは気づく。

（そう考えると、俺って不良ギルド職員だったのかもなぁ）

そんなことを考えつつ、てきぱきと登録手続きを行うマチルダの姿を眺める。

アレンはギルドに職員として入るとすぐ、研修等もなくスライムダンジョンに行くように指示された。ギルド内部の業務など、スライムの魔石を持って行く時などに目にしたり、マチルダに教えてもらった程度しか知らなかったのだ。

もともとそういうことを期待してアレンが採用されたわけではない、という面はもちろんある。しかしギルド職員としてしっかりとした知識を持ち、職務を全うしようとするマチルダの姿はアレンにはとてもまぶしく見えた。

「では、これで所定の手続きは完了となります。ただミスリル証の発行に関しては少々お時間がかかってしまいますので、一時的なものとして仮証をお渡しいたします。仮証でも依頼の受注やダンジョンへ入ることは可能です。なにか疑問点などございますか？」

ギルドの印が押された上質な紙をマチルダから受け取ったアレンは、そこに書かれたミスリル級という文字に少しだけ頬を緩める。そしてマチルダに向き直って首を横に振った。

「それではネラ様。改めて、ようこそ冒険者ギルドへ。私たちはあなたを歓迎します」

定型とも言えるその言葉に合わせて満面の笑みを浮かべるマチルダへ、アレンは片手を上げて応えてから去っていった。その背中を見送ったマチルダは、ネラの後ろ姿が見えなくなった瞬間に大きく息を吐く。

ギルド内にいた冒険者やギルド職員たちの間に漂う、どこかぴりついていた空気も弛緩していき、いつもどおりの騒がしさを取り戻していく。そんな中で、少し考え込むように首を傾げるマチルダの姿に気づく者は誰もおらず、マチルダ自身も少し首を振って気持ちを切り替え、自分の業務に戻っていくのだった。

めでたくネラとしての領民証とミスリル級冒険者としての立場を手に入れたアレンは、そのまま街の南門で領民証を見せてライラックのダンジョンに向かった。

今までであればこんな昼前という時間帯にネラの姿をしてアレンが人の多いライラックのダンジョンにやってくることなどなかった。そもそも噂には聞いていても主に深夜に活動するネラの姿を実際に見た者はそこまで多くないのだ。

すれ違う冒険者たちにぎょっとした視線を向けられ続け、嘆息をつきながらもアレンはダンジョンを進み、目的地である九階層にたどり着く。トレントの階層ということで相変わらず人気のないその場所に佇み、アレンは耳を澄ませた。

「あっちか」

ほどなくして何かが破裂するような戦闘音を耳にとらえたアレンは、そちらに足を向け駆け出す。そして金髪の女性冒険者がトレントと戦っている場面に遭遇した。

蒼い瞳を真っ直ぐにトレントへ向けているその冒険者の名はイセリアという。なにかとアレンと縁のある冒険者であり、彼女に会うのがアレンの目的だった。

イセリアは剣のみを使用していた以前とは違い、魔法主体で戦闘を行っている。トレントの攻撃範囲外から一方的に攻撃を続けるその姿からは余裕すら感じられた。

「一応セオリーどおり枝を斬り飛ばしてから戦っているな。ちゃんとギルドで調べたか。まあ今のあいつの魔法なら初手から幹を攻撃してもいいいと思うが」

そんなことをぶつくさと呟きながらイセリアの戦いを観察していたアレンだったが、ほどなく問題点を発見する。

それはソロでダンジョンへ行くことの多かったアレンが、最も気をつけていること。パーティで戦う冒険者であれば、それ専用の者を一人用意するほど重要なものがイセリアには欠如していた。

「あいつ、戦いに集中しすぎだな」

イセリアの意識が目の前のトレントへ全て向かっていることがアレンには手に取るようにわかった。相手との実力差がなく、本当にギリギリの戦いであれば仕方ない部分もあるとアレンも考えているが、イセリアにはまだまだ余裕が感じられるのだ。

「じゃあ指摘するか。冒険者の心得を指導するだけで正体を黙っていてくれるって約束だしな」

そう呟いたアレンは、こっそりとその場から移動を開始した。


その日の朝一番に街を出て、ライラックのダンジョンにやってきたイセリアはつい昨日までギルドの資料室で調べていたモンスターの特性や弱点などを確認しながら歩を進めていた。

(気づいていなかったけれど、今までの私はステータス任せの力押しだったのですね)

ギルドの資料室で、せめて自分が行く階層や周辺のモンスターは確認しておけ、というアレンの指示に素直に従ったイセリアは、ここ最近ずっとギルドの資料室にこもっていた。

冒険者たちからの情報を集積したギルドの資料室には、古いものから新しいものまで様々な書面が残されており、元々の読書好きも高じてイセリアは次々とそれを読破していた。

　そこで得た知識を基に、ダンジョンで実際にモンスターと戦ってみると今までよりもはるかに戦いが楽になっていることにイセリアは気づく。レベルが上がるようになってステータスも上昇し、戦い方も本来得意な魔法を主体とするように変わったという点はあれど、その違いははっきりとイセリアにも感じられたのだ。

「そういえば、資料室に来ている人はベテランの方が多かった印象がありますね。経験を重ねることで知識の重要性を認識するということでしょうか。冒険者ギルドとしてそういった指導を新人にするようになればその辺りは改善できそうな気もしますが」

　そんなことを呟きつつ、イセリアは何も問題なくダンジョンを進んでいく。

　そもそもイセリアはアレンのパワーレベリングによりレベル二百を超えている。さらにドラゴンダンジョンのスタンピードで戦い続けた結果、そのレベルは既に二百六十八にまで上がっていた。それは冒険者としてのランクで言えば少なくとも金級以上、多種の魔法を使用できることを考えればミスリル級でもおかしくないほどの強さである。

　新人から中堅までの冒険者たちが主に戦うライラックのダンジョンの低階層を進むことなど、今のイセリアにとっては散歩するのと変わりのないことだった。

　アレンとの待ち合わせ場所である九階層にたどり着いたイセリアは、目の前に広がる森林地帯を眺めながら少しだけ身を震わせる。アレンに助けられた当時は気が動転していてわからなかったのだが、改めて自分がここで死にかけたことを認識したのだ。

一歩も踏み出せずにすくむ足を見ていたイセリアは、目を閉じて数回深呼吸を繰り返す。

アレンの、九階層にはまだ一人で行かない方がいい、という言葉を聞き入れず集合場所をここにしたのはイセリア自身だった。アレンが何を危惧(きぐ)しているのかを、本から得た知識だが、イセリアは知っていた。大きな衝撃を受けた場所を目にするとパニックを起こしたり、動けなくなる者がいるのだ。今、自身に起こっているように。

それを治療する方法はイセリアの読んだ本には載(の)っていなかった。勝手に治ることもあるし、一生治らないこともある。そんな治療例とも呼べない経過が記載されていただけだ。

そういった知識があるからこそ、イセリアは逆に不安だった。もし一生治らなければ、勇者アーティガルドのように生きるという自分の夢が潰(つい)えてしまうかもしれないのだから。

しばらく深呼吸を繰り返し、顔を上げたイセリアが目を開く。そして目の前に広がる森林地帯へ向けて一歩踏み出した。かすかに震え、普通の半分の距離にも満たないようなその一歩だったが、イセリアは確かに前に進んだ。

ゆっくりと呼吸しながら一歩、一歩、着実に足を動かし、イセリアは森の中に入っていく。

そして幾度かトレントとの戦闘を繰り返すうち少しずつ落ち着きを取り戻し、次第(しだい)にその緊張した表情も和(やわ)らいでいった。

「なんとか大丈夫みたい。結局は慣れ、なのかしら」

今までのトレントとの戦闘を振り返りながらイセリアが呟く。

実際、今回初めてトレントと遭遇した時には、周囲の木々を巻き込むほどの威力（いりょく）の魔法をイセリアは放っていた。しかしそれであっさりとトレントが倒れた光景を見て不安が消えていくのを感じたのだ。

それからは徐々（じょじょ）にではあるが威力をコントロールできるようになり、トレントが倒れていくごとに不安は減っていった。そして今では過度に緊張することなく歩き、戦闘を行えるようにまでなっていた。

「そろそろ資料に書いてあった弱点を確かめても良さそうね」

ふぅ、と息を吐きイセリアがそう決断する。

今までの戦闘はいわゆる魔法の威力に任せて、安全最優先の戦いだった。しかしギルドの資料室で推奨（すいしょう）されていた戦い方は別であり、それを試してみようと考えたのだ。

「トレントの弱点は攻撃手段の少なさと移動ができないということ。魔法で遠距離から攻撃すれば関係ないけれど、近接で戦うなら攻撃してくる枝を先に落としてしまえば、後は安全に倒せる、でしたね。私が剣で戦っていた時は振り回される枝に苦戦しましたが……」

そんなことを言いながらイセリアが歩いていると、ダンジョン内で風も吹いていないのにざわっと葉がこすれる音が頭上から響く。その瞬間、イセリアが表情を鋭くし、大きく横に飛びずさった。

　ぶんっ、と振り回された太い枝が先ほどまでイセリアがいた場所を通り抜ける。そしてざわざわと枝を震わせたトレントが醜悪な笑みを浮かべながら、枝の届く範囲外の位置に立つイセリアを眺めた。

「ふぅ、とりあえず最初は魔法で対応してみましょう。クイックバースト」

　じっくりとトレントを観察しながら、手をトレントに向けて風と火の混合魔法名をイセリアが唱える。その手の先に発生したほんのりと赤色に色づいた透明な空気の弾がトレントに向かって飛んでいき、枝の付け根へぶつかる。

　その瞬間、バンッ、という軽い破裂音が響き、その周辺の枝葉がバラバラと地面に落ちた。太い枝はまだまだ残っていたが、自重に耐え切れずにミシミシと音を立て、今にも折れてしまいそうなものも多い。

　クイックバーストは簡単に言えばその透明な空気の弾が当たった場所で破裂し、その周辺へ風の刃をばら撒く魔法である。消費する魔力が少ない割に威力が高いため、イセリアがよく使用している魔法の一つだった。一般的には難易度の高い複合魔法であるため使える者はそこまで多くないのだが。

　イセリアが効果を確認しつつ何度かクイックバーストを放ち、枝が全て落ちたことを確認した上でトレントに近づいていく。一応いつでも逃げられるようにとイセリアも注意していたのだが、ギルドの情報どおり、トレントは憤怒の表情をイセリアに向けるばかりで攻撃を仕掛けてくることはなかった。

しばらくその様子を観察し、ギルドの資料室で得た情報が正しいことを確信して、うんうんとイセリアは首を縦に振る。そして止めを刺すべくその手をトレントに向けた。

「クイックバ……」

魔法の詠唱の途中でイセリアの言葉が止まる。その眼前には今までなかったはずの手刀が突きつけられており、息をすることもできないほどのプレッシャーがイセリアを襲っていた。

「目の前の敵ばかりに集中していると死ぬぞ。余裕だと油断している奴ほどそういうことが多い。これ冒険者の常識な」

そんな声が聞こえ、そこで初めてイセリアは目の前にいるネラの姿をしたアレンを認識する。

そしてアレンが肩をすくめると、イセリアを襲っていたプレッシャーは嘘のように霧散した。

ぺたんと腰を下ろしたイセリアが地面に手をついて荒い息を吐く姿を、アレンは眺めていた。

ちょっと驚かすつもりだけだったのにやりすぎたかもしれん、と内心後悔しながら。

しばらくして息を整えたイセリアがアレンを見上げる。明らかに不服げに頬を膨らませたその姿に、末っ子の妹のことを思い出してアレンは思わず笑みを浮かべた。

「ご教示ありがとうございました」

「それにしては不服そうだがな」

「それは……油断した私が悪いのでしょうけれど、ネラ様も性格が悪いと思います」

手を差し出しながらそう言ったイセリアの言葉に、アレンは無言のまま少しだけ首を傾げることで応え、その手をとってイセリアを立たせた。

立ち上がったイセリアは膝やお尻をパンパンとはたくと、ふぅー、と大きく一度息を吐く。そこに恐れや恐怖といったものが残っていないことを確認し、アレンが微笑む。

「ちょっと心配していたんだが、大丈夫そうだな」

アレンの唐突な言葉にキョトンとしながらイセリアが見返す。そしてすぐにその意味を理解し、アレンが自分のことを心配していたという事実に少しだけ頰を緩ませた。

「そうですね。もしかしたらもう戦えないかもって自分でも不安でした。本にもそういった症例が書いてありましたし、もしかして自分も、って思って」

素直に自分の感情を伝えるイセリアの言葉を聞きながら、アレンが首を傾げる。その様子に何か変なことを言ったかと思ったイセリアだったが、特に何も思い当たらなかった。

「何か？」

「いや、戦えないって、さんざんイセリアは戦ってきただろ。鬼人のダンジョンとかドラゴンダンジョンとかで」

「いえ、そういう意味ではなくてですね」

自分とアレンの考えがすれ違っていることに気づいたイセリアが補足説明する。それを聞い

てアレンはすぐに自分の思い違いに気づいたのだが、イセリアが話したそうにしていたためその説明を最後まで聞くことにした。

恐怖は人に話すことで薄れるということを経験上知っていたからだ。

「……という感じです。治療法もよくわかっていないので余計に怖くて」

「そうだな。確かに冒険者でも結構そういう奴がいるな。程度に違いはあるが」

「程度、とは？」

聞き返してきたイセリアに、頭をかきながらアレンが話し始める。

「一番酷い奴は冒険者って職業自体が駄目になっちまうな。もうギルドにも入れなくなる。で、ちょっとマシなのがモンスターを相手にできなくなったり、特定の場所、例えば森の中に入れなくなるって感じかな。もう少し軽い奴だと同系統のモンスターだけが駄目になったり、特定の階層だけが駄目なんて奴もいたな。本当に軽い奴だと特定のモンスターだけが駄目とか……」

「ちょ、ちょっと待ってください！　その知識って専門書に書いてあるより詳しいですよ」

アレンが滔々と語るのに驚き、イセリアは思わずそれを止めてしまう。それはイセリアにとって信じられないことだった。なぜならイセリアが読んだその本は、本来であれば専門医や研究者が読むような医学書なのだ。それよりも詳しい知識を冒険者しかしたことがないというアレンが持っている。そのことに驚きを隠せなかった。

言葉を止められたアレンは、明らかに動揺しているイセリアを見ながら首を傾げる。

「いや、ベテランの冒険者なら大体知ってるぞ。そういう奴を見る機会も多いし、臨時にパーティを組む場合、情報共有で伝えるべき事項だしな。ある意味、冒険者にとっては常識だ」

「冒険者の常識……もしかして治療法も？」

「いや、それは」

言葉を濁したアレンに、イセリアが少しだけ落ち込む。アレンの話を聞く限り、ハンギングツリーに対してだけは恐怖が残っていて、取り乱してしまう可能性がまだあるとわかったからだ。

その様子に、アレンは確実とは言えないために濁した言葉をやはり言おうと決めた。

「ないわけじゃない。確実じゃねえけど」

「あるんですか？」

ばっ、と顔を上げて希望を見つけたかのような表情で自分を見るイセリアの態度に苦笑しながら、アレンがうなずく。

「一応聞いたことがあるのは、その恐怖の対象になった奴を倒すことで軽減するとか、それが難しいなら同系列のモンスターでも多少は効果があるとかだな」

「それは、そうかもしれません」

トレントを倒すことで不安が消えていったことを思い出しながらイセリアがうなずく。しかし同時に、これ以上トレントを倒したとしても変わりはしないだろうとも冷静に判断していた。

「あとは、それをはるかに上回る恐怖を体験するとどうでもよくなるってのも聞いたことが……」

「それ、やってみましょう」

「えっ、マジで？　でもどうするつもりなんだ？」

「ネラ様に本気で殺気を放ってもらえば、きっと。先ほどの警告だけでもかなりのものでしたし」

俺かよ、と内心思いつつも、その真剣な眼差しにアレンは気の済むようにしてやろうと決める。そもそもが確証などないのだ。おまじない程度にでも、イセリアが安心するならそれでも良いだろうと。

「了解。じゃあいくぞ？」

「はい。いつでも……」

殺気、殺気ねぇ、と普段はあまり縁のないそれについてどうしようかと考え、先のスタンピードで瀕死のエリックに向かうドラゴンパピーのことをアレンは思い出してしまった。

その瞬間、放たれたアレンの恐ろしいほどの殺気に、イセリアが言葉の途中であっさりと白目をむいて気絶する。無防備のまま倒れていく姿に我を取り戻したアレンが、慌ててその装備を掴んでイセリアを受け止めた。

「いや、どうすんだよ。これ」

胸の内にいる、普段の美女然とした姿からは想像できない、白目に口をパカッと開いた、他人には見せられない顔をしたイセリアの姿を眺め、アレンは思わず頭を抱える。

仕方がないので気絶してしまったイセリアを近くの木に背中をもたれさせて座らせ、なぜかイセリアと同じように白目をむいているトレントをあっさりと切断したアレンは一応、周囲を警戒しつつトレントを加工し始めた。

当初の目的である、イセリアに冒険者としての心得を教えるという約束のことを考えるのであれば起こすべきなのだろうと思いつつもアレンはそれをしなかった。

（今日は九階層に来てある程度恐怖を振り払えたってだけで十分だろ。しかしここまで必死になるってのはなんでなのかね。やっぱ若さゆえってやつか？）

人には見せられない顔で気絶しているイセリアの方をあまり見ないようにしながら、作業するアレンはそんなことを考えていた。

本当であれば、今日アレンはイセリアをトレントと戦わせてその様子を観察するつもりだったのだ。ハンギングツリーと同系統のモンスターであるトレントに対してイセリアがどのような反応をするか確認するために。

イセリアがこの九階層で死にそうな目にあった後、レベル上げのために鬼人のダンジョンを攻略したり、ドラゴンダンジョンで戦っていたことから考えて普通のモンスターに対する恐怖はあまりないとアレンは判断していた。

また森という場所についても、ドラゴンダンジョンの一階層もそれに近い地形であるのにもかかわらずイセリアに気にした様子はなかったため、大丈夫だろうと考えていた。

「よっと、簡易ベッドとしてはこれで十分だろ。毛布は適当だがまあ直に寝るよりはマシだろうしな」

組み上がった、以前アレンが使っていた物よりもはるかに上等なベッドにうんうんと満足げにうなずいた後、その上に毛布を敷いてアレンはイセリアを寝かせる。

「う、うん……」

「!!」

ベッドに横になったイセリアが身じろぎしてそんな声を上げ、それに反応してアレンがさっとその場から離れる。イセリアが少しでも楽に休めるようにという気遣いで簡易ベッドを造ったのだが、その声と姿にある考えが頭をよぎったからだ。

(やべ、これってベッドに連れ込んで襲おうとしているみたいに見えるんじゃねえか?)

意識のない若い女、そしてベッド。その隣に佇む男。傍から見たらそう思われる可能性も確かにあるのかもしれない。ただここがダンジョンの中であり、わざわざベッドを持ち込み、さらに男がクラウンの姿をしているという時点でそう考える者が多いとは思えないが。

起きるなよ、というアレンの願いが通じたのかどうかはわからないが、イセリアは体を少し横にずらしただけで、さらりとその金髪が流れはしたが起きることはなかった。

先ほど身じろぎしたタイミングで白目も中途半端に開いた口も閉じていたので別の意味でも安心し、アレンはふぅ、と小さく息を吐く。すやすやと眠るイセリアの姿を見ながらアレンはどこか懐かしさを覚えていた。

弟妹たちが少し大きくなり、自分たちで食事の準備などができるようになった頃からアレンはお金を稼ぐために遅くまで仕事をすることが少なくなかった。質素倹約に努めていたし、お金についてはアレンよりもはるかに管理が上手な妹がしっかりと締めてくれていたのだが、それでも大きくなるにしたがって食費や被服費など、かかるお金は増えていったからだ。

疲れた体をひきずりながらアレンが夜遅くに帰ってくると、当然弟妹は寝てしまっている。起きて待つのをアレン自身が禁止しており、皆が約束を守っていたからだ。

用意してある簡素な夕食を口に運び、そして明日に備えて寝る前にアレンはいつも弟妹の寝姿を眺めていた。そうすることで明日も頑張ろう、そう思えたから。

「そういえば皆、今頃なにしてるんだろうな」

そんなことを呟きながらアレンが物思いにふける。

次男であるエリックはこのライラックの街にいるし、最近も顔を合わせたのである程度の状況はわかっているが、他の三人については既にライラックの街を離れてしまっているため、たまに来る手紙以外どんな生活をしているのかさえわからないのだ。

特に王都にいる長女と、他国にいる三男についてはライラックを出ていってから一度も顔を合わせていない。三男についてはそこまで昔に出ていったというわけでもないのだが。

「会いに行ってみるってのもいいかもしれねぇな。この街に縛られる必要はもうないんだし」

そんなことを呟くアレンの表情は、今まで浮かべたことがないほど柔らかく優しげなものになっていた。

およそ二時間後、目を覚ましたイセリアは状況が掴めずにキョロキョロと周囲を見回していた。ライラックのダンジョンの九階層でトレントと戦い、そしてアレンと話していたはずなのに、いきなりベッドに寝かされていたのだから当然である。

ぼんやりとした頭のまま体を起こし、ベッドから足を下ろして座る格好になったイセリアに、少し離れた位置で大人用にしては明らかに小さすぎる机と椅子を作っていたアレンが声をかける。

「起きたか。すまない、やりすぎたようだ。体の調子はどうだ?」

「いえ、頼んだのは私ですし。それに何があったのかよく覚えていないのです。体の調子は特に悪くないと思うのですが」

実際、イセリアの記憶はあいまいになっていた。

アレンと治療法について話していたこと、そして恐怖体験をはるかに上回る恐怖を体験することで治療できる可能性があると聞いてそれを試そうと自分が提案したところまでは覚えていた。しかしその先で何が起こったのかについては記憶がなかった。無理矢理それについて考えようとしたイセリアだったが、その瞬間ぞわぞわっとした寒気に襲われ、体が震え始める。

「何があったかは考えない方が良さそうですね」

「みたいだな。本当に悪い」

「大丈夫ですよ。当初の目的は達成できたような気がしますから」

軽く頭を振って、思考を放棄（ほうき）したイセリアがすまなそうな雰囲気（ふんいき）を醸（かも）し出しているアレンに笑顔を向ける。どれだけの恐怖をアレンから受けたのか今のイセリアにはわからなかったが、その影響でアレンを恐れるようなことにならなかったことに内心、安堵（あんど）しながら。

なおも言葉を続けようとしたアレンだったが、イセリアの笑顔に頭をかいてそれを止（や）める。これ以上の謝罪は無粋（ぶすい）だと考えて。

「よし。じゃあ今日は帰るぞ。無理をしないってのも冒険者の心得だからな」

「はい」

イセリアはそう答えて立ち上がり、倒したトレントを加工して作った小さな机や椅子をマジックバッグに入れて片づけているアレンの背中に声をかける。

「あの、このベッドと毛布はどうしましょうか？」

「あー、どうすっかな」

机と椅子の片づけを終えたアレンは少し悩んだ。既に自宅にはちゃんとしたベッドがしつらえてあるし、毛布についても最近買った物で特に思い入れがあるわけでもない。

むしろイセリアが使った毛布を自分が使うのもどうなんだ、という考えが浮かんでしまったのだ。そしてその考えがお金に困っていた昔なら思いつきもしなかっただろうことに気づき、アレンは苦笑する。

「ついでだし養護院に寄付してくる。机とか椅子とかも持っていくつもりだったし」

「わかりました。じゃあ毛布は畳んでしまいますね」

「頼んだ」

てきぱきと二人が動いたこともあり、ほどなくして全ての片づけが終わった。そして二人は出口に向かって歩き始める。ときおり冒険者としての心構えなどを話しながら。

出口に近づくにつれて人が多くなったため無言で進んでいた二人だったが、ダンジョンから出てしばらく歩き、周りに人がいないことを確認したアレンが、声をひそめながらイセリアに問いかけた。

「なぁ、俺が知ってる知識ってこの程度のものだぞ。本当に冒険者としての心得を教えるだけでいいのか？」

突然そんなことを言い出したアレンを、イセリアがキョトンとした目で見つめ返す。真剣な瞳で見つめてくるアレンに対して、イセリアは不思議そうに首を傾げて返した。

「例の秘密を守る対価の話でよろしいですか？」

「そうだ」

「そもそも私は命の恩人であるネラ様に対価など何も必要ありませんとお伝えしましたよ。それでも、と仰るので冒険者の知識を教えていただけたらありがたいですとお願いしましたが、私はこれでもいただき過ぎだと思っています」

「うっ、それはそうなんだが」

何の邪気も裏も感じられない純粋な瞳で見つめられ、アレンが思わずうめく。実際、ドラゴンダンジョンにおいて、うっかり発言によりネラの正体をばらしてしまったのはアレンなのだ。その時、正体を秘密にしてほしいとイセリアに頼んだアレンだったが、その対価が何も思いつかなかった。金銭で口止めするのが一般的だろうが、イセリアが金に全く困っていないことをアレンは知っていた。

もちろん脅しや暴力などといった方法があることもアレンは知っていたが、イセリアには何の非もないし、なによりアレンにそんなことができるはずもなかった。

どうしようかと考えるアレンに、イセリアは何も必要ないと言ったが、それでも何かを、と話し合った結果、イセリアが望んだのが冒険者としての知識を教えてほしいということだったのだ。その提案はアレンからすれば本当にそんなことでいいのかと思うようなものだった。

「ネラ様のお気持ちも少しわかります。まだ会って間もない私は信頼が置けないし、十分な対価を与えることで安心が得られるということでしょう」

「いや、信頼してないわけじゃないからな。基本的には良い奴だと思ってるし」

ばっさりと自分の存在を切り捨てるようなイセリアの発言に、慌ててアレンが手をぶんぶん振ってそれを否定する。

まだ少しの期間しかイセリアと一緒にいたことのないアレンだったが、それでもイセリアの性根が善であることは疑っていなかった。とはいえその印象だけで全てを信用するほどアレンは若くも純粋でもなかっただけだ。アレンのその反応に、イセリアがふぅ、と大きく息を吐き、少し強張っていた頬をほころばせる。

「実はちょっとショックだったんですよ。信頼していないって言われているんだ、と思って。でも今の言葉で少し安心しました」

その柔らかな笑みを見返し、アレンもまた笑みを浮かべる。少なくとも冒険者の心得を教えてほしいというイセリアの気持ちは本当であり、ネラの正体という秘密の対価として十分なのだと、そう思えたから。

「わかった。お前をいっぱしの冒険者にしてやる。とはいってもあんま期待すんなよ。俺が教えられるのって本当に一般的な冒険者の知識だからな。普通にベテランに聞けば誰でも知っているようなことしか教えられねえからな。専門的な知識とか、特別な知識とか求めんなよ。無理だから」

「なんというか、ネラ様は時々ですが本当に卑屈になりますよね」

「ほっとけ！」

ころころと鈴のように笑うイセリアを見ながら、アレンは少しだけ口を尖らせてふてくされる。どうせ俺は万年鉄級冒険者でしたよ、って言うか今は木級だから鉄級ですらないじゃねえか、なんていう考えが浮かんでさらに凹んだアレンだったが、大きく一度息を吐くと、すんなりと気持ちを切り替えることができた。

　アレンとイセリアの間にあったわだかまりが少しだけではあるがなくなり、以前よりも柔らかい雰囲気で二人はライラックの街に向かって歩き続ける。その周囲に人影はまだなく、二人の土を踏む音だけが辺りに響いていた。

「そういえばネラ様。先ほどの話と関係することで一つお聞きしたいのですが、なぜネラ様は正体を隠していらっしゃるのですか？」

「いや、正体をばらしたら面倒だろ。普通の生活に支障が出そうだし」

　何を言っているんだ、と呆れたような口調で返してきたアレンに、イセリアがふるふると首を横に振る。

「そうではなくて、なぜ普通の生活を維持しようとしていらっしゃるのかという意味です。その力があれば富も名声も全て思いのままでは？」

　イセリアの言葉に、そういうことかとアレンはうなずき、確かにそのとおりだろうな、と考えた。

　全てのステータスが五千を超えるアレンの強さは、先のスタンピードの時に見たミスリル級の冒険者たちでさえ比較にならないほど隔絶した強さなのだ。

ミスリル級の冒険者でさえ、十分すぎるほどの富と名声を得ている。もちろん個人差はあるが、一生働かなくてもいいほどの金や、その活躍を歌う吟遊詩人がその生活を成り立たせることができるほどの名声を得ているミスリル級冒険者は少なくない。

アレンがもし自重することなくその力を十全に発揮すれば、それ以上のものを得ることができるのは自明の理だ。しかし……とアレンは考える。

レベル五百まで上げてファイヤーボールの威力に驚いた段階で、そうでなくても鬼人のダンジョンのボスであるオーガキングを単独で倒せてしまった段階で、アレンは認識していた。自分の力が並外れたものになっていることを、それが常人をはるかに超えたものであることを。

それでもアレンは冒険者ギルドの職員という立場を捨てなかったのは、ただ面倒ごとに巻き込まれるからといったそんな単純なことだけではなく……

「うーん、俺にとって帰るべき場所であるアレンが大事だから……か？」

「すみません。意味がわかりません」

「すまん。俺自身もそう、上手く言葉にできないんだけどよ。たまたまこんな力を手に入れたけれど、これまで過ごしてきた二十九年が消えるわけじゃねえんだ。俺の本質はあくまでそのアレンであって、力を手に入れたせいでそれが変わっちまうのが嫌というか。いや冒険ができるようになったのは素直に嬉しいんだぞ。ちょっと外食とかで贅沢するようになったり、家を住みやすくしたりもしてるから全く変わってないってわけじゃないんだが」

　まとまらない言葉に四苦八苦しながら、アレンがなんとか自分の考えを伝えようと話し続ける。イセリアは静かに微笑みながらその話に耳を傾けていた。

　アレンは考え続ける。なぜそんなに自分自身を変えたくなかったのかを。そして考え続けた結果、脳裏に浮かんだのは大事な四人の弟妹の姿だった。その瞬間、先ほどまでのもやもやが嘘のように晴れ、アレンは笑顔を浮かべる。

「そういうことか」

「なにか？」

「あぁ、俺がアレンのままでいたい、変わりたくないって思ったのは、その場所に帰ってきたい奴がいつでも帰ってこれるようにしたかったからだ。長男のアレンという弟妹との思い出がたくさん詰まった場所を塗り潰すようなことをしたくなかったんだ、きっと」

　事情をよく知らないイセリアにはアレンの言葉は半分程度しか理解できなかったが、それでもアレンにとってはそれが重要なことなのだろうと察することはできた。マスクを被っているので直接表情を見ることはできないが、その晴れ晴れとした雰囲気はイセリアにしっかり伝わっていたから。

「それではネラ様はこれからもこの生活を維持するということですね」

「そうだな。本当に帰ってきたら別の意味で問題なんだが、弟妹たちに安心して戻ってこられる場所を確保しておくのが俺の役目だと思うし。普段はただのアレンとして、冒険する時はネラとして楽しむことにする。面倒かけて悪いな」

そう言ってすまなさそうに謝るアレンに、イセリアは微笑みながら首を横に振った。

「いえ、問題ありません。しかし歳をとると色々と考えるものなのですね」

「おまっ、歳って！　いや、二十九なんてイセリアからするとおっさんなのは承知してるが」

「あっ、これはおじい様の口癖で。あの、そういう意味ではなく人生経験を重ねるという意味で……」

「フォローされると余計に辛いこともあるんだぞ」

美人であるイセリアに暗に年寄り呼ばわりされたことに地味に傷つき、アレンが少しだけ歩調を落とす。イセリアもフォローしようとしたが、それはどうにも空回りしてしまっていた。

そんなやりとりをしながら二人は、だいぶ大きく見えてきたライラックの門に向かって進んでいったのだった。

【第三章】妹との再会

ネラとしての身分を手に入れ、イセリアとのライラックのダンジョン九階層でのあれこれがあった二日後の朝七時ごろ、アレンは普段の姿で冒険者ギルドにやってきていた。ネラとしてはミスリル級冒険者であるが、アレン自身としては未だ木級冒険者なのでそのランクを上げるために依頼を受けようと考えたからだ。

冒険者ギルドでは朝の五時半に新たな依頼が掲示板に貼り出される。これはライラックの門が開くのが午前六時であるため、依頼を受けた冒険者が開門直後に街を出ていけるようにというギルドの配慮である。もちろんそれが理由の全てではなく、依頼を貼り出した直後は少しでも良い依頼を受けようと冒険者たちが殺到するため、朝早くにすることでそれを少しでも緩和させようという狙いもあった。

かくいうアレンも弟妹を養っていた頃は朝早くにギルドに行き、少しでも安全で報酬の良い依頼を受けられるようにしていた。とはいえ、同様のことを考える冒険者は少なくないので、良い依頼については争奪戦になるのが常であったのだが。

そんな事情を知っているアレンがなぜ依頼が貼られてからだいぶ時間が経過した朝の七時にやってきたかというと、昔の自分のようにカツカツの生活を送る冒険者たちの邪魔をしたくないと考えているからだ。

現状、アレンの目的はランクを上げることであり、報酬については二の次だ。ネラとして稼いだお金があるということもあるが、そもそも一人暮らしになったアレンの生活費などそんな大した額ではない。それにアレンとして最近稼いでいるお金もそれなりの金額だったため、現状アレンの懐は暖かかった。

「さて、良い感じの依頼でもねぇかな。ギルドへの貢献度の高い依頼なんかがあると助かるんだが」

そんなことを呟きながら、数人の冒険者が立ち止まって眺めている掲示板に向かってアレンは歩いていく。

少しの期間ではあるがギルドの職員であったアレンはギルドへの貢献ポイントの高い依頼についての知識があった。冒険者時代には知ることのなかった裏事情だったので、少し興味があってマチルダに教えてもらったのだ。

もちろん依頼の種類やその報酬金額などによって上下するが、おおよその傾向をアレンは掴んでいた。だから普通の冒険者よりランクを上げるのは楽になるはずだったのだが……

「あっ、アレン。ちょうど良いところに」

　あともう少しで掲示板に着くというところで聞こえてきたその声に、アレンが顔を引きつらせながらそちらを見る。レベルアップの罠の申し込みカウンターで、マチルダがにこやかにアレンに向かって手を振っていた。

　冒険者ギルドの受付嬢の中で一番年上ではあるものの、その美貌を衰えさせていないマチルダに笑顔を向けられ、周囲の冒険者たちから嫉妬の視線を向けられる中、アレンは明らかに気乗りしない様子でそちらへ向かって歩いていく。

「おはよう。今日は良い日ね」

「おはよう。俺にとって良い日になると良いんだけどな」

　アレンの皮肉を込めたそのセリフにも、マチルダがひるむ様子は全くない。嫌な予感をひしひしと感じるアレンに、マチルダは少し首を傾げながら柔らかく笑いかける。

「もちろんよ。というわけでアレンにとって良い日となるのにうってつけの依頼がここにあるんだけど」

「どれどれ……ってやっぱ薬草採取の依頼じゃねえか！」

　マチルダがカウンターの下から取り出して差し出してきた依頼書を受け取り、嫌な予感を覚えつつも一応目を通し、その予感を確信に変えたアレンがカウンターに依頼書を叩きつける。

　それはアレンが以前冒険者ギルドの長であるオルランドに半ば無理矢理受けさせられ、かなり苦労した末になんとか依頼を達成することのできた、いわくつきの依頼と同様の内容だったのだ。

「先方がアレンを指名しているらしいわよ。気に入られているわね、アレン」

「指名って、指名依頼があるのは鉄級以上のはずだろ。それにあの偏屈(へんくつ)じいさんに気に入られてもな」

はぁ、と大きくため息をついて落ち込むアレンをマチルダが優しく見守る。

確かにアレンの言うとおり、仕事を受けてもらいたい冒険者をあらかじめ指名する指名依頼の制度があるのは鉄級冒険者以上からだった。だがそれ以下については全く指名できないかと言えばそうではない。今回のように依頼者の希望を優先してギルドが融通(ゆうずう)を利(き)かせるということは少なからずあった。

「でも確実に好かれているわよ。毎回アレンを指名しているし、依頼の額も上がっているし」

「腕を買ってくれてるってのは素直に嬉(うれ)しいんだけどな」

「だって薬草採取で一日三万ゼニーよ。破格過ぎて鉄級冒険者も真っ青になるわ。怒って真っ赤になるかもしれないけれど」

「かもな」

笑いながらそう言ったマチルダの言葉に、アレンが同意する。

ギルド職員になる前、鉄級冒険者だったアレンの年収はおよそ三百万ゼニーだった。確実性が高く、期間が短く、街に近い依頼ばかりを選んでいたためなかなか報酬(ほうしゅう)の良い依頼はなく、平均すると一日一万から一万五千ゼニーくらいの稼ぎが常だったのだ。

木級冒険者で一日に三万ゼニーの報酬を得る、しかも薬草採取で。そんなことを当時のアレンが聞いたら確実に真っ赤になって悔しがっただろう。内容を知らなければ、という前提ではあるが。

アレンが腕組みして考え始める。薬草採取と書かれているが、その内容は単純なものではない。具体的に言えば、ライラックのダンジョンの各階ごと、しかも木陰、岩のそばなど指定された特定の環境に生えている薬草を採取しなければならないのだ。

それだけでなく根つきで採取する必要があり、採取から半日以内には納品しなければならないという条件付き。そのため依頼の達成のためには何度もダンジョンと街を往復する必要があった。さらに納品時にダメ出しをくらえば採取はやり直しになるのだ。

こだわりの強い依頼人で納品時のチェックは厳しく、初めて依頼を受けた時に何度もダメだと言われた記憶がアレンの脳内でよみがえる。さすがに何度もやり直したため依頼者が求める条件は摑んでいるので、もう初回のようなひどいことは起きないのだが。

もちろんアレンにはこの依頼を受ける義務はない。指名依頼であっても冒険者側から断ることは可能だし、木級で本当に指名依頼をされたわけでもないアレンが断ったとしてもギルドとしてなにか制裁を下すようなことができるはずもないからだ。

それでもアレンが迷っているのは……

「でもアレン。こういう薬草採取とかの依頼、実は好きでしょ」

「うっ、いやまあ好きっていうか……こういう採取系の依頼のおかげで昔は救われたって思いがあるんだよ」

「それに採取系の依頼をこなしてポーションの供給量が増えたり、性能が上がれば助かる新人冒険者もいるかもしれないわよね」

「確かにな。この依頼じゃあ供給量は増えないだろうが、性能は上がるかもしれないんだよなぁ」

自分の心のうちをマチルダにずばりと見抜かれてアレンが苦笑する。薬草の納品依頼をこなすうちに、依頼主に気に入られてその研究の様子まで半ば強制的に見せられるようになったアレンは、執念とも言えるその研究姿勢があれば本当に性能が上がるのではないかと考えるようになっていた。

ふぅー、と大きく息を吐き、アレンが依頼書をマチルダに渡す。

「わかった。依頼を受ける」

「良かった。じゃあ手続きしておくわね」

「おう、よろしく」

依頼書の控えをもらい、あとの手続きをマチルダに任せたアレンが片手を上げてニッと笑い、背中を向ける。マチルダは依頼書受注の手続きのために動かしていた手を止めて、その後ろ姿を眺めた。

「あの、アレン」

「んっ？」

その呼びかけに振り返ったアレンに、少し頬を赤くしたマチルダが言葉を続ける。

「昼になったら今日の私の仕事が終わるんだけどちょっと付き合ってくれる？　掘り出し物のベッドを見つけて買ったんだけど運ぶのが大変で」

「うーん、そのくらいならいいぞ。報酬は？」

「昼食をおごるってのはどう？」

「よし。その依頼受けた。じゃあ昼になったらまた来るな。腹を空かせておくから覚悟しとけよ」

アレンは嬉しそうに笑いながらそう言ってギルドから出ていった。周囲の冒険者から向けられる刺々しい視線にあえて気づかない振りをして。

一方マチルダはといえば、周囲の受付嬢たちから興味津々の視線を向けられ、嵐が来る前に依頼の受注手続きだけでも済ませておこうと書類にペンを走らせたのだった。

昼の一時過ぎ、ギルド職員が出入りする冒険者ギルドの裏口で待っていたアレンのもとに、マチルダがやってくる。冒険者ギルド職員の受付嬢など内部勤務の者が着る制服ではなく、ワンポイントのウエストリボンが印象的な落ち着いたブラウンのプリーツワンピースを着て、肩掛けの小さなバッグを持ったマチルダの私服姿に、思わずアレンが息を呑む。

「待たせちゃったわね。ごめんなさい、アレン。……アレン？」

「お、おう」

「そこは今来たところだから気にするな、とかじゃないの？　まあそんなところもアレンらしいけど」

そう言ってふふっ、と笑うマチルダに笑い返しながら、アレンは内心、焦りまくっていた。

（やべぇ。ギルドで散々見ているはずなのに。そういや、マチルダの私服姿なんて見るのいつぶりだ？）

若干現実逃避気味にそんなことを考えたアレンだったが、記憶を探ってもすぐにそれを思い出すことはできなかった。ぎこちない笑みを浮かべるアレンに少しだけ不思議そうな顔を向けて首を傾げたマチルダだったが、すぐに気を取り直して歩き始める。

「じゃあ、行きましょ。この時間ならたぶん空いてきていると思うわ」

「了解。ってどこに行くんだ？」

「私のオススメのお店。冒険者ギルドの女性職員に人気だから味は保証するわよ」

「へー、やっぱ内勤だとそういう話が出るんだな」

歩き出したマチルダの横にアレンが並ぶ。さりげなくマチルダがギルドの話を混ぜたことで、調子が狂っていたアレンも落ち着きを多少取り戻していた。共通の話題である冒険者ギルドについてのアレコレやギルド長の悪口などで盛り上がりつつ二人は歩き続け、大通りから一本入った落ち着いた雰囲気のお店に足を踏み入れる。

普段自分が行くようなザ・食堂といった感じではなく、明らかにランクの違うシックな店の造りにアレンが少し気後れする。しかし特に何も気にする様子もなくマチルダが席に着くので、その気持ちに蓋をして自然な態度を装いつつアレンも対面に座った。

「約束どおりなんでも注文していいわよ。オススメは日替わりのランチね」

「じゃ、それで」

「いいの？　結構高いメニューもあったはずよ。ほらっ、チャージボアのステーキなんてのもあるけど？」

「いや、それ五千ゼニーもするじゃねえか。おごってもらえるからってそんなもんを注文する奴は心臓に毛が生えているに違いない」

ちらっと値段を確認し、普段行く食堂の二倍以上の金額がずらりと並ぶそのメニュー表に頬を引きつらせていたアレンとは対照的に、マチルダはそんなアレンをからかうような口調で話しかけながら笑っていた。

結局、二人は日替わりのランチを注文し、ほどなくしてそれが運ばれてくる。スープ、サラダ、パン、そしてメインとなる肉がバランスよく配置された美しい見た目に加え、その良い匂いにアレンの喉がごくりと鳴った。

「あっ、パンはお代わり自由よ。とはいっても限度はあるけど」

「了解。二、三個にしとく」

「お代わりしないって選択肢はないのね。まあいいわ。食べましょ」

食前の祈りを短く済ませ、二人は食事を始める。最初こそ雰囲気に呑まれ気味だったアレンだったが、その食事の美味しさを実感するうちに慣れていき、自然に会話を交わせるまでになっていた。

楽しげに会話を交わす二人が周囲からどんな関係に見えているかは明らかなのだが、アレンはそのことに全く気づいていない。そもそも自分がマチルダのような美人のそんな対象になるはずがないとアレンは思い込んでいるからだ。

「へー、じゃあレベルアップの罠についてはだいぶ落ち着いたんだな」

「ええ。予約がいっぱいなのは相変わらずだけれど、当初のような熱はないわね。そもそも一気に広げすぎなのよ、あの強欲ギルド長が」

そう言ってブスッとフォークを肉に突き立てるマチルダをアレンがなだめる。

一時期はマチルダの目にクマができるほどの忙しさだったことを知っているアレンには、その気持ちは十分に理解できていたが。

「今はリピーターが多いから楽になったって監視と説明担当の職員たちが言ってたわよ」

「あー、あれこそきつい仕事だよな。ダンジョンまで連れていって、その後はスライムを踏み潰していた方がマシだ」

アレンがげんなりと顔を歪め、嫌そうに首を振る。以前、アレンがギルド職員のときに行っていたのは、レベルアップの罠を使用する人をダンジョンまで連れて行くだけだった。

その後は現地で待機している監視と説明役のギルド職員が引き継ぐわけだが、やり方を毎回説明して何か変なことが起こらないかひたすら監視するという、アレンからすれば苦行のような仕事をその者たちはしているのだ。

「ダンジョンに連れていく道中と違って、内部はスライムしか出ないから安全だし、それでもダンジョン内の業務ということで危険手当が出るのでお得だって一部には人気よ」

「そんなもんかね。そういや俺の後任ってどうなったんだ？」

「ちょうどジョセフさんから冒険者を引退したいって申し出があって、調整中らしいわ」

「へー、大盾のジョセフがついに引退か。まあ真面目が歩いているようなあのおっさんなら適任かもな」

内心少しだけ安堵しながらアレンが料理を口に運ぶ。自分の後任としてスライムダンジョンの管理をすることになるギルド職員について、アレンは気にしていた。

普通の冒険者であればまず行かない場所だし、非常にわかりづらいボス部屋の隠し通路は腕の良い斥候でもない限り見つからないとアレンはその経験から断言できた。しかし自分の後任として元斥候の冒険者などがついた場合は危ないかもしれないと考えてもいた。

　とはいえその可能性は低いとアレンは思っていた。確かに冒険者ギルドの職員は安定した職業と言えるが、あの隠し通路を発見できるほどの実力を持った斥候であれば、大きな屋敷の警備員など、ギルド職員よりはるかに高給が支払われる職場から引く手あまたであることを知っていたからだ。警戒、発見、監視などができる鋭い観察眼を持つ斥候は警備員として最適であり、腕次第では貴族の館で働くようになる者までいる。

　後任として話題に上った大盾のジョセフは、齢四十六になる大盾使いの鉄級冒険者だ。ライラックの街の冒険者の中で最年長の男であり、アレンも何度も世話になったことがあった。

　性格は真面目で温厚だが少し不器用であり、大盾を使って仲間を守るという自分の仕事に全神経を集中させて完璧にこなす一方で、それ以外のことは苦手という典型的な専門職の冒険者だ。そういった冒険者は決して少なくなく、アレンのように全て平均的にこなせる冒険者の方が少数派である。

（ジョセフのおっさんなら大丈夫だろ。スライムを倒すって仕事だし、もしかしたらボス部屋に行くことさえしないかもしれないな）

　そんなことを考えながらもぐもぐと噛んでいたパンを飲み込んでその後味を楽しみ、少し遠慮気味にアレンはパンのお代わりを店員にお願いしたのだった。

　食事を終え、おごってくれたことに感謝を伝えつつ、アレンはマチルダと一緒に目的地に向かって歩いていた。アレンの家のある西方向にマチルダは迷いなく進んでいき、そしてもうすぐスラムが見えてくるといったところでその足を止める。そこはアレンにとって、とても見覚えのある場所だった。

「養護院？」

「そうよ。あっ、ちょうど良いところに。すみません、昨日ベッドを買ったマチルダです。受け取りに来ました」

養護院から出てきた中年の男を見つけたマチルダがすかさず声をかける。アレンは声をかけられ柔らかく微笑みながら近づいてくるその男、養護院の院長を眺めながら、なんとなくではあるが今後の展開を察していた。

「あぁ、マチルダさんですね。お待ちしていました。あれっ、そちらの方は確かアレンさんでしたね。以前、養護院の修復をしていただいた」

「お久しぶりです、院長」

「あなた方のおかげで本当に助かりました。あれからニックさんも気にかけてくださっていまして、ときおり様子を見に来られるんですよ」

「そうだったんですか」

院長の丁寧な口調に引きずられるアレンを見て、マチルダがこっそりと笑みを浮かべる。アレンはといえば、自分に一言も言わずにそんなことをしている親友が、たまたま通りかかっただけだ、とか言いながら子供たちのためにおもちゃを持ってきている姿を想像して、顔をほころばせていた。

「あっ、そうそう、ベッドですね。中にご用意してあります」

そう言って養護院の中に案内する院長の後についていったアレンがたどり着いた先で見たのは、とても見覚えのあるベッドだった。それもそのはず、気絶したイセリアを寝かせるためにアレンが造り、一昨日アレンがネラの姿で養護院に寄付したものだったからだ。

(いや、自由にしてくれとは確かに伝えたけどよ。あー、でも自分たちで使うより売った方が養護院としては助かるのか)

まさか自分の造ったベッドをマチルダが買うことになり、それを自分が運ぶことになるなんて思わなかったアレンは苦笑する。使い心地の良いベッドより、今日をより良く生きるための現金を優先して即日ベッドを売り出した養護院の決断の早さに感心しつつ、アレンは院長の了解を得て、運ぶためにさっそくベッドを解体していく。

「慣れてるわねー」

「まあ依頼で大工仕事の手伝いとかもあったし、家の補修とかを昔からしてるから、これぐらいはな」

迷いなく作業するアレンにマチルダが少し驚きながら声をかけ、それに対してアレンが気にした風もなく返す。内心、マチルダの指摘にかなり焦っていたのだが、幸いなことにベッドを解体するためにうつむいて作業しているのでアレンの顔はマチルダには見えなかった。

　そもそもこのベッドはアレンが造ったものなのだ。どんな部品を、どんな順に組み立てたのかは全てアレンの頭の中に入っている。それを逆にたどればいいだけなのだから今のアレンにとっては簡単すぎるほどの作業だった。だが、それがただの素人にできるはずがないことにマチルダの言葉でアレンは気づいたのだ。

（今更手を緩めるってのは不自然だし、丁寧にやってちょっとだけ時間をかける感じでいくか）

　そう考えて、少しだけペースを落とし、それでも素人とは思えないほどの速さでアレンはベッドの解体を終えると、それを養護院が貸し出してくれた荷車に載せた。そしてそれを引いてマチルダの住んでいる冒険者ギルド職員用の住宅にたどり着くと、その寝室へベッドを運び込んだ。

　ゆっくり丁寧に、と心がけながらアレンはベッドをそれなりの時間をかけて組み立てていく。

　マチルダの住んでいるギルド職員が借りられる住宅は、主に独身の者が住んでいるこぢんまりとしたものだ。簡単な食事が食べられる程度のスペースのあるダイニングキッチンの他に、寝室として使える程度の広さの部屋が二つという造りになっている。

　こういった職員用の住宅を用意しているのは冒険者ギルドに限ったことではない。なにかあった時に一度に職員に連絡がとれるというメリットがあるし、職員からしても相場よりもはるかに安い賃料で部屋を借りられるからだ。

　アレン自身は自分の家があるためギルド職員時代も実家から通っており、こういった住宅に入るのは初めてだった。さらに一人暮らしの女性の部屋に入るということで変に緊張しており、ベッドの組み立てという仕事がなければ挙動不審になっていただろう。

　なんとか無難にベッドを完成させたアレンは、お茶でも飲む？　と聞いてきたマチルダの誘いを断り、借りた荷車を返すためと理由をつけて早々に部屋を出る。

　マチルダはあまり物を置かない主義なのか、すっきりとした部屋だったのだが、飾られた花やレースのテーブルクロスなど、ところどころに女性らしさをアレンに感じさせていた。なにより自分の家とは違う匂いに気づき、それがマチルダのものだと考えた途端にアレンは妙な気恥ずかしさを覚えてしまったのだ。

「別についてこなくてもいいぞ。どっちにしろ俺の家に近いんだし」

「ベッドを買ったのは私だしね」

　そんな会話を交わしながらアレンとマチルダが大通りを進んでいく。いつしか夕方になり、夕食の準備のために買い物をする人々の姿を横目に二人はゆっくりと歩いていった。

　養護院に近づくにつれて人気は少なくなっていき、遂に誰の姿も周囲に見えなくなった、そんな時だった。

「あの、アレン？」

「んっ？」

遠慮がちに声をかけてきたマチルダを何げなくアレンが見る。そしてマチルダの少し迷いを含みながらも真剣にこちらを見るその表情に、ぞわっ、と背筋に何かが走るのを感じた。

マチルダが二人にしか聞こえないほどの小さな声で話し始める。

「私、アレンに聞きたいことが……」

「あっれー、レン兄が女の人と歩いてるー!!」

「「えっ？」」

マチルダの言葉を遮るように背後から聞こえてきた声に、二人は同時に振り返る。その視線の先にいたのは、動きやすそうなシャツとパンツの上にフード付きのマントを身に纏った、快活そうな十代と思われる少女だった。

華奢といっても過言ではない体つきでありながら、大きなリュックを軽々と背負い、二人のもとにその少女が歩いてくる。くりくりとしたブラウンの瞳に好奇心をたっぷりと湛えながら。

「あっ、確かマチルダさんでしたね。冒険者ギルドの受付をしていらっしゃった」

「えっ、ええ」

名前を突然言い当てられたが、全くその少女に見覚えがないマチルダが戸惑う中、少女が満面の笑みを浮かべる。

「もしかしてお二人は恋人関係でしょうか。いや、私が言うのもなんですがレン兄はお買い得

物件ですよ。稼ぎはちょっとアレですが、真面目で優しく、面倒見も良い。料理、洗濯など家事もひと通りできますし、おそらく子供にも愛情を注いでくれるでしょう。家族を守る理想の夫として……あいたー！」

立て板に水のごとくアレンを売り込み始めた少女の頭へ、アレンがチョップを振り下ろしてその言葉を強制的に止める。うずくまって頭を抱え、涙目になっている少女を見下ろしながらアレンは疲れた表情で大きく息を吐いた。

状況が摑めずアレンとその少女、二人の間で視線を行き来させていたマチルダがアレンに問いかける。

「ねえ、この子って……」

「一番下の妹のレベッカだ」

片手を頭に当て、顔をしかめながらそう言ったアレンをよそに、頭をかかえてうずくまっていたはずのレベッカが元気よく立ち上がった。

「はい。妹で旅商人をしているレベッカです。ちなみに未婚独身で仕事が恋人の現在十八歳。夢はライラックに自分の店を持つことです。どうぞご贔屓に」

「えっ、ええ。よろしくね」

ニカッとした人好きのする笑顔を浮かべてレベッカが差し出した手に、戸惑いながらマチルダが自分の手を重ねて握手する。どことなく困ったようなマチルダの視線をちらちらと受けながら、昔と全く変わっていないレベッカの姿にアレンは苦笑いを浮かべていた。

「レベッカ。その辺にしといてやれ」

「えっ、私、未来のお義姉さんともっと交流したい」

「お、お義姉さんって、まだ……」

「早とちりすんなって。今日、俺はマチルダの買い物に付き合っただけだ。お義姉さん、どころか恋人ですらないわ」

レベッカの突飛な発言に、アレンとマチルダが同時に口を開き、途中でマチルダだけが口をつぐむ。

レベッカは苦笑を浮かべるアレンと、どこか複雑な笑顔を浮かべるマチルダに視線をやり、そしてほんの少しだけ口の端を上げてマチルダに向かって手招きをした。

私？　と自分を指差したマチルダにレベッカは大きくうなずき返し、近寄ってきたマチルダの耳元に顔を寄せる。

「レン兄を落としたいなら自分から動かないとダメですよ。私的におすすめなのは、好きです。付き合ってください、ってはっきりと言うことですね」

「えっ⁉」

「迂遠な言い方をすると変な解釈をして、たぶん進みません。今まで恋愛とかそういうことに関わらないようにしてきたせいか、自己評価が異常に低いんですよねぇ」

こそっと耳元で囁かれた言葉に、マチルダが顔を真っ赤に染めていく。その様子を見ていたアレンは、どうせレベッカがまたいらないことを吹き込んでいるんだろうと推測し、それを阻止するべく二人に近づいていった。

アレンがレベッカの頭に再びチョップを振り下ろすが、当たる寸前にレベッカは身を翻して華麗にそれを避ける。

「相変わらず、避けるのだけはうまいな」

「行商人にとって回避能力は必須だからね。物理的にも精神的にも」

「その発言についてちょっと突っ込んで聞いてみたい気もするが、まあ後でいいや」

ふふん、と胸を張って得意げにするレベッカから視線を外し、どこかおどおどとした目で自分を見ているマチルダにアレンが向き直って苦笑いする。

「マチルダ、こいつの話は半分以上冗談だと思っておけよ。特に俺に関することは八割冗談だ」

「えー、私の口からはいつも真実しか出てこないよ。商談以外では」

「いや、商談でそれをやっちゃダメだろ」

アレンの発言をレベッカが混ぜっ返し、すかさずアレンがツッコミを入れる。長年、共に生活してきた兄妹ならではの息の合ったやりとりをしばしマチルダは見つめ、ふっ、と柔らかい笑みを浮かべた。

「レベッカさん。ありがとう。ちょっと自分で考えてみるわね」

「いえいえ、どういたしまして。お店を出した時に宣伝してくれそうな方への投資ですので」

「楽しみにしているわ。じゃあアレン、妹さんと積もる話もあるだろうし、私はここで失礼するわね」

「なんか悪いな。またギルドでな」

「ええ」

去っていくマチルダの後ろ姿をしばらく二人で見送る。そして養護院に向かって再び歩き始めたアレンの荷車には、ちゃっかりとレベッカが乗っていた。

「良い人だね。マチルダさん」

「おう。美人で仕事もできて周囲からの信頼も厚い。なんで結婚してないのか不思議なぐらいだな」

そのアレンの答えに、レベッカがごろんと荷車の上で寝転がり、こっそりとため息を吐く。その胸の内には様々な言葉が浮かんできたが、それを口に出すことはなかった。

「あっ、そういえばレン兄、ギルド職員になったんだって。おめでとう」

「あー、なったといえばなったな。もう辞めちまったけど」

「これで念願の安定した生活を……はぁ！　辞めたの？　なんで!?」

ばっ、と跳(は)ね起き、荷車から飛び出さんばかりに身を乗り出してきたレベッカを落ちないようにアレンが片手で支える。もう片方の手で荷車を押して歩き続けながら、アレンは少し困ったような表情を浮かべ、事情を話し始めた。

「知らないかもしれねえが、つい最近、ドラゴンダンジョンのスタンピード騒動が起こってな。その時、ギルドでちょっとあってギルド職員をやめて冒険者に戻ったんだよ」

「なんで……いや……だから」

ぶつぶつと小声で独り言を言い始めたレベッカを支えつつ、アレンが歩き続ける。この状態のレベッカのことを家族内では神状態と呼んでおり、レベッカの頭の中で行われている思考の整理が終わる前にそれを妨げるようなことをした場合、手ひどい被害を受けることになるとアレンは身をもって知っていた。

もうすぐ養護院というところまで来たところでレベッカの神状態が終わり、アレンはほっと胸を撫で下ろす。遠回りしなくてもよさそうだなと考えて。

「レベッカ、大丈夫か？」

「うん。ちょっと私、エリ兄のところに行ってくるね。たぶん今日はそっちで泊めてもらう」

「了解。あぁ、エリックは努力が実ってついに騎士爵を得たんだ。お祝いしてやれよ」

「そうだね。明日はレン兄のところに泊まるからね」

「おう、寝床は今日中に用意しとく」

「頼むねー」

大きなリュックを背負い直し、荷車からぴょんと飛び降りたレベッカがぶんぶんと手を振って去っていくのをアレンが見送る。

しばらくしてからエリックは騎士爵を得たので住んでいる場所が変わっているのを伝え忘れたことに気づいたが、その時にはもうレベッカの姿はどこにも見えなかった。

「まあレベッカなら自分でどうにかするだろ」

家族の中でレベッカが最も要領の良かったのを思い出してそんなことを呟きながら、アレンは荷車を引いて養護院に入っていくのだった。


ライラックの街の中心部にある領主の館の周囲の区画は爵位持ちの貴族たちの住居が集まった、いわゆる貴族街となっている。不審者が入ってくればすぐにわかるため警備の手間が省けるし、有事の際にはすぐに連絡がつく。そういった様々なことを考慮したうえでの区割りだ。明確に区画を分けることで、平民と貴族がトラブルを起こすのを極力回避するという狙いもなくはないが。

そんな貴族街ではあるが中心部にある領主の館に近いほど爵位が高く、その屋敷も広くなっており、離れるにしたがって爵位も下がり、その屋敷の広さも小さくなっていく。つまり貴族街の外周部にあるのは最下級の騎士爵の者の館であり、その広さも一般の家よりはかなり大きいものの、大商人のそれとは比ぶべくもなかった。

その外周部の一角、造りは新しくないものの周囲の館に比べて比較的綺麗な外観をした館の庭に二人の男女の姿があった。

　さして広くない庭で刃の部分がまるで太い棍棒のようになった剣を握り、非常にゆっくりとした動作で訓練をしているのは、先日、騎士爵を得たばかりの、アレンの弟であるエリックだ。今は爵位を得たことでエリック・ゼム・ファルクスとなっている。

　さして激しい動きではないのに、その全身からは汗が滴り落ち、ぺっとりと体にくっついた服がエリックの鍛え上げられた筋肉を強調している。見た目に反して非常にきつい訓練であるのは明らかなのだが、エリックは休むような様子を一向に見せなかった。

　そのエリックの訓練をときおり眺め、優しげに見守っているのはエリックの妻であるジュリアだ。元男爵家の令嬢であり、優しげな青い瞳にゆるくウェーブのかかったダークブロンドの髪、そして膝元に置かれた本のページをめくる白く細い指など、一見すると深窓の令嬢と呼ぶに相応しい姿をしている。

　しかしその実、まだ平民で一介の兵士だったエリックに一目惚れし、周囲の反対を押し切り貴族籍を捨ててまでエリックに嫁いだ、意志の強い女性であった。

　しばらくしてエリックが動きを止め、それに気づいたジュリアが本を置いてエリックのもとへ近づいていく。

「お疲れ様でした」

「ああ」

天使のような微笑みを浮かべてジュリアが差し出したタオルを、エリックが受け取る。タオルで顔の、流れ落ちる汗を軽く拭(ぬぐ)うと、エリックはジュリアに柔らかく微笑み返した。

「ありがとう。さっぱりしたよ。しかしいつも思うんだが、訓練を見ていて楽しいのか？」

「ええ、とっても」

「……それならいいんだ。でも家も広くなったし、家事も大変だろう。そろそろ使用人を雇(やと)った方がいいと思うんだが」

「エリックは私と二人でいるのが嫌？」

そう言って困ったように眉根(まゆね)を寄せて見上げてくるジュリアの姿に、エリックは慌(あわ)ててぶんぶんと首を横に振る。

「いや、俺は元平民だし、使用人がいるってのもちょっと違和感があるんだが、君に苦労をかけているんじゃないかと心配で」

「あなたのためにすることなら苦労だなんて思わないわ。むしろ苦労をかけてしまったのは私だもの」

「苦労なんて思っていない。君を愛すると決めたのは俺自身だ」

「エリック」

「ジュリア」

甘い雰囲気の中で二人は見つめ合い、エリックが身をかがめて目を閉じたジュリアに顔を近づけていく。

　あとほんの数センチで唇が重なる、といったところでコンコンという玄関のノッカーの音が聞こえてきた。思わず渋い顔をして動きを止めたエリックの眼前で、ジュリアがまぶたを開く。

「あらっ、お客様みたい。残念」

　ぺろっと舌を出し、無邪気にジュリアが笑う。そしてその顔を少しだけエリックに近づけて唇と唇の距離を０にすると、いたずらっ子のような微笑を残して玄関に向かって歩いていった。

　エリックはしばらくの間、その唇に残る柔らかな感触に包まれ、固まったように動かなかったが、玄関の方から聞こえてきたどこかで聞いたような声に意識を取り戻すと、嫌な予感を覚えつつ着替えるために屋敷の中に入っていく。

　急いで体を清め、着替えたエリックが応接室に向かうと、そこには予想どおりの人物がジュリアと談笑している姿があった。

「あっ、エリ兄、久しぶり。騎士爵得たんだってね、おめでとう」

　椅子に座ったまま、世間話でもするかのような気楽さでそう言ったのは末の妹であるレベッカだった。その純真そうな笑顔に内心、嫌な予感が増していくのを感じつつ、エリックは彼女の対面に座る。

「レベッカさんからお祝いのワインをいただいたんです。泊まる場所もまだ決まっていないとのことでしたから今日は家に泊まっていただこうかと」

「ああ、そうだな」

心のうちで、最初から泊まる気だっただろ、と考えながら視線を送ったエリックだったが、それを受けたレベッカは何も気づいていないかのように首を傾げて返す。

「せっかくの良いワインですし、おもてなしもしたいからちょっと出かけてきますね」

「そこまでお気遣いいただくと恐縮してしまいます」

「いいえ、一番大切な人の家族ですから。私にとっても義理の妹になりますし、なにより私がしたいのです」

「ではお言葉に甘えさせていただきます。お礼として後でこっそりエリ兄の昔の話教えますね」

「おい！」

わざと聞こえるようにそう言ったレベッカに向けて、エリックが思わず声を上げる。しかし全く気にしていないレベッカの姿と、嬉しそうな表情を見せて部屋を出ていったジュリアの様子にそれがほぼ確定した未来だとエリック自身、思わざるを得なかった。

はぁー、と大きくため息をつくエリックをよそに、しばし耳を澄ませてジュリアが外に出ていく音を聞いていたレベッカが、出かけたことを確信して顔に貼り付けていた笑みを消す。

「エリ兄、座って」

「いや座ってるだろ」

「椅子じゃなくて、床！」

有無を言わせぬその言葉の強さに、エリックが即座に椅子から床に座り直す。本来であれば貴族に対してそんなことを言うなどおかしなことだし、それを聞くエリックもおかしいのだが、長年家族として過ごした習慣はなかなか変えられるものではなかった。

その大きな体を縮こませるように座るエリックを、レベッカが椅子に座ったまま、じとっとした視線で見下ろす。

「ねえ、エリ兄。私との約束覚えてるよね」

「はい」

「私が街を出ていくか迷っていた時、レン兄が幸せになれるよう、変なことに巻き込まれないように俺が陰ながら見守るから安心しろって大見得きったのはエリ兄だよね」

「おっしゃるとおりです」

レベッカの言葉に頭を垂れ、ますます体を小さくするエリックに向けて、はぁー、とレベッカが大きなため息を吐く。

「エリ兄が大変だったのは知ってるよ。レン兄からの手紙にも書いてあったし、仕方ない面もあったと思う。話してみてジュリアさんも良い人だってわかったし、あんな人に猛烈にアタックかけられたらエリ兄が落ちちゃうのも当然だと思う」

フォローするかのようなその言葉に、少しだけ救われたような気持ちになったエリックが顔を上げる。しかし、そんなエリックの面前にビシッとレベッカは指を突きつけた。

「でも、それとこれとは話が別！　せっかくレン兄がギルド職員になったって知ったからお祝いに来たのに、なんで辞めてるの。せっかく私たちから解放されて幸せになる第一歩だったのに……エリ兄のせいで！」

「いや、スタンピードは俺のせいじゃ……」

そこまで言ってエリックは言葉を止めた。レベッカの瞳からぽたぽたと涙が流れ落ちていることに気づいたからだ。スタンピードがエリックのせいなどではないと聡(さと)いレベッカであれば当然わかっているはずなのに、そんないちゃもんのようなことを言ってきたレベッカの心中を察したのだ。

エリックが立ち上がり、涙を流し続けるレベッカをぎゅっと抱きしめる。

「なんで、なんでレン兄ばっかり苦労するの？　レン兄、十分に頑張ってきたよ。悪いことなんて全然してないよ。なのに、なんで！」

胸の中で嗚咽(おえつ)を漏(も)らすレベッカの頭を撫(な)でながら、エリックは考える。確かにアレンは人生のほとんどを自分たちのために使い、それから解放されてやっと手に入れた、安定したギルド職員という職も失ってしまった。

もし自分たちがいなければアレンはもっと楽な生活ができただろうし、もしエリックが兵士としてスタンピードを止めるという任務についていなければ、アレンがギルド職員を辞めることもなかっただろう。しかし、とエリックは考える。

「なあ、レベッカ。お前のことだから兄貴にはもう会ってきたんだろう?」

「うん」

「不幸せに見えたか?」

「ううん」

自分の問いかけに胸の内でレベッカが首を横に振るのを感じ、エリックが表情を柔らかくする。

「兄貴は最近ちょっと変わったんだ。だからギルド職員を辞めたとしても、不幸なんかじゃないんだと思う」

「変わった?」

「ああ。どう変わったかは自分で確かめてみてくれ」

アレンがネラであると確信しているエリックだったが、そのことは口に出さなかった。

しばらくしてレベッカの体の震えが止まる。そしてエリックの服に顔をくっつけて左右に振るとレベッカは離れた。エリックの服で拭われたためその顔に涙は残っていなかったが、その少しだけ赤くなった瞳はしばらく直りそうになかった。

真剣な表情でエリックを見つめ、全く動じていないエリックの姿に、レベッカがふっと力を抜く。

「もし嘘だったらジュリアさんに、エリ兄が昔、お化けの話がこわくておねしょしたこと話すからね」

「それはやめろ！」

「大丈夫。ジュリアさんならきっとそれでも愛してくれるから」

「そういう問題じゃない」

まるで先ほどまでの深刻な雰囲気が嘘だったかのように、じゃれあう二人のもとに買い物を終えたジュリアが帰ってくるのは、もうしばらく後のことだった。


養護院に荷車を返し、上機嫌のままアレンは自宅に帰り部屋の掃除を始めていた。アレンの家はそこまで大きくないため、五人家族それぞれの部屋はない。キッチンとリビングが繋がった比較的広い部屋の他には狭い三部屋しかなく、アレンが寝起きしている部屋の他に、エリックたち兄弟が使っていた部屋とレベッカたち姉妹が使っていた部屋となっている。

アレンが一人で一部屋を使っていたのは別に長男だからというわけではなく、仕事で遅く帰ってくることの多かったアレンが弟妹の睡眠の邪魔にならないようにという配慮からだった。一応アレンとしては帰ってから寝るだけなのでリビングで寝ればいいし、残りの一部屋は自由に使っていいと提案したのだが、弟妹たちに全会一致で却下されたのだ。

整理整頓を心がけており、普段使っていない上、掃除も比較的真面目にしているため、レベッカが泊まる部屋の用意はすぐに終わった。さすがにもう夕方なので寝具を干すことはできないが、明日の朝に干せば泊まるころには十分だろうとアレンは満足そうに笑う。

「これだけ綺麗になった部屋を見れば、レベッカも驚く……あっ！」

部屋を見回していたアレンが思わず固まる。確かにアレンの言うとおり部屋は綺麗になっていた。だが、それは致命的な問題になるかもしれなかった。

「やべえ。レベッカになんて言おう」

そんなことを呟きながらアレンは思考を巡らせる。

現在、アレンの家は外観こそ昔のままボロボロであるが、その内部はトレントの木材を使用してアレンが完全にリフォームしているため、まるで新築の家の中のようになっているのだ。

普段、来客などほぼなく、仮に客が来たとしても家の中に入れるなどといったことは滅多にないため完全にアレンの頭の中からそのことが抜け落ちてしまっていた。

家の中をリフォームしたと言うのは簡単だ。もともと隙間風が吹くようなボロボロの家だったし、住みやすくするためにリフォームするというのは不自然ではない。外観がそのままなのも、理由付けはできるとアレンは考えた。

「となると問題はやっぱり資金面だよなぁ。普通の木材でもこれだけのリフォームになれば材料費だけでも結構な金額になるし、行商人やってるレベッカならこれがトレントの素材だと見抜きそうなんだよな。そもそも実際トレントの素材でこれだけリフォームしたらいくらぐらいかかるんだ？」

屋根の修理のために買いに行っていた材木商で売られている建材の値段を思い出しつつ、アレンはざっと計算をしてみる。もちろんトレントの建材が一般向けに並んでいるわけはないのでその基礎になるのは普通の木だ。

トレントの建材を工房などに売る時の金額についてはアレンも多少知ってはいたが、それを材木商で個人が買おうとした場合、どの程度の金額になるかアレンには皆目見当がつかなかったからだ。その結果はじき出されたのは……

「うーん、建材だけなら百万ゼニーくらいか。意外と安い……ってそれはネラの収入からすればって話だな。大工への工賃なんかも入ってねえし、そのうえトレントともなれば金は跳ね上がるだろうしな」

ぶつぶつと言葉に出しつつアレンは部屋を歩き回る。

百万ゼニーであれば以前のアレンでも払うことはできた。それをやるかどうかは別として、弟妹が出ていったことでそこにかけていたお金が丸々貯蓄として残っていたからだ。しかし費用が数倍に跳ね上がるとなれば、確実に自分はそんなことをしないと断言できた。レベッカも同じ判断をするだろうとも。

「うーん、なにか良い案が……そんな簡単に浮かんできたら世話ないよな」

はぁー、天井を仰いで大きく息を吐いたアレンは、どっかりと椅子に腰を下ろす。以前のボロボロの椅子であればそんなことをすれば壊れてしまいかねなかったが、トレントで作られたそれはアレンの体重をきしみすらなく受け止めた。そのことに少しだけ笑みを浮かべ、そしてアレンはハッ、と目の前のテーブルと椅子を見る。

「そうだ！　ニックだ」

そう声を上げてアレンは立ち上がる。この椅子とテーブルはライラックのダンジョンでニックのレベル上げを手伝った時にもらった物だった。また部屋の中にはそれ以外にもニックやニックの仲間たちからもらったトレント製の家具や皿などが点在している。

アレンは再び冒険者になってから、ニックとその大工仲間のレベル上げを助ける依頼をたびたび受けていた。その時の休憩時間などに肩慣らしとして大工たちが作った作品を報酬とは別に半ば強引に受け取らされていたのだ。アレンとしても本職が作ったものなので、ラッキーぐらいにしか思っていなかったが。

腕試しのために作った作品をアレンに手渡したニックたちが、自分たちのために持って帰ったのは別のものだった。量が多く、最近はアレンにも持ち帰るのを手伝わせるようになったものとは……

「トレントの建材だ。ネラとしてやったことを俺がやったってことにすればいい。なんか変な感じだが、それなら言い訳は立つ、よな？」

アレンの中で一筋の道が見えてくる。

ネラのように一度に大量のトレントの建材を運ぶなどマジックバッグを持っていないことに

なっているアレンには無理だ。しかしそれが何度も運んだ結果であれば、おかしなことではない。

　幸いにもアレンが大量のトレントの建材を抱えて街に入ってきた場面を見ている者はいくらでもいる。実際にはニックたちが所属するブラント工房に全て売ってしまったのでアレンの手元に建材は残らなかったのだが。

　しかしそれでもアレンがトレントの建材を運んでいたという事実は人々の記憶に残っているはずだった。それに加えてアレンはリフォームのために伐採してきて余ったトレントの建材を定期的にブラント工房に売りに行っていたのだ。

　ハンギングツリーの建材は売れないので地下室に置いてあるが、使い道のない大量のトレントの建材を置くほどのスペースは地下にはなく、結果としてマジックバッグを圧迫することになっていた。

　捨てればいい話ではあるのだがもったいない精神を発揮してしまうアレンにとって、ブラント工房に売ることはその問題を解決し、しかも結構な金額も入ってくるという一石二鳥の方法だった。そのことが、アレンが定期的にトレントの建材を運んでいた証拠になるとはその当時のアレンは全く想像していなかったが、今となっては好都合だった。

「あとは俺の大工の腕が上がったことを見せてやればいい。あー、そういやトレントの建材、この前、全部売りきったんだった。別に普通の木材を買ってきてもいいが……よし、今からダンジョンに行っちまうか。薬草採取の依頼も同時にこなせばいいし」

　ある程度の解決策が見えたことでアレンは表情を明るくし、簡単に作った食事をかきこむようにして食べると、装備を身に着けて家を出た。

　上機嫌で歩き、ライラックのダンジョンにやってきたアレンだったがダンジョンに入る手続きをしている最中にふと気づく。

「そういや、薬草の納品って門が閉まっている時間は駄目じゃねえか。なにやってんだ、俺は」

　自分自身の考えの至らなさに苦笑し、アレンは頭をかいた。

　確かにアレンは今日、薬草の納品依頼を受けていた。その指定場所の中には九階層での薬草採取も含まれており、薬草採取のついでにトレントの伐採を行えばよいというアレンの考えが間違っているわけではない。問題なのは採取してから納品までの時間が厳格に定められている点だ。今回の九階層での薬草の採取に関しては四時間となっている。

　ライラックのダンジョンは普通の冒険者が街から歩いたとするとおよそ二時間かかり、九階層までモンスターを無視して直行すれば一時間半程度でたどり着くことが可能だ。だから依頼としては決して無理な時間と言うわけでもないが、夜は門が閉まっているため街に入れず、今日、採取しても四時間以内に納品するなど不可能なのだ。

　朝方に採取して門が開くと同時に納品に行くという手はあるが、さすがに朝の六時過ぎに納品に行くほどアレンは非常識ではない。これまで納品してきた感触では、依頼主が喜ぶのは昼過ぎだとも知っている。つまり、今日ではなく、明日の朝一番に街を出たとしても薬草採取すべき時間には間に合うということだった。

「今から帰っても門が閉まる時間に間に合うか微妙なんだよな。仕方ねえ、適当に潜って暇潰しするか」

小さく息を吐き、アレンは一人でライラックのダンジョンに入っていく。以前はダンジョンへ入るのはお金を稼ぐためだったのに、今は暇潰しのためにに入ろうと考えていることをちょっと面白く感じながら。

一階層や二階層でゴブリンや一角ウサギと戦う初心者と思われる冒険者たちを微笑ましく見やりながらアレンはモンスターを無視してどんどん先に進んでいく。基本的に高レベルの冒険者は低い階層では戦いを避けるというのが暗黙の了解なのだ。

体力を温存するためという理由がないわけではないが、主な理由はここを主たる狩場にしている新人冒険者などの邪魔をしないためだ。誰もが一度は通った道であるため、この不文律を破る冒険者はほとんどおらず、それゆえうまく回っているという面もあった。

まだ若く新人の冒険者だけあって、アレンから見ればその戦い方は拙く、そして泥臭いものだった。しかしその瞳には高みに上ってやるという意思が宿っているようにアレンには感じられた。

そのことがアレンには眩しく、そして少し羨ましかった。その新人冒険者たちと同じ頃のアレンは、そんなことを考えている余裕さえなかったことを思い出してしまったからだ。

「あー、やめやめ。今更どうなるもんでもないしな。それに冒険なら今からでもできる。年齢なんて関係ない」

ふぅー、と息を吐いて胸の内のもやもやを吐き出したアレンは、パンパンと平手で自らの顔を打って思考を切り替える。考えてみれば新人の冒険者たちが頑張っているだけだ。なら自分も頑張ればいい、それだけのことだと開き直ったのだ。

「うーん、ただ単純に進むってのも意味がねぇよな。かといってネラの装備も持ってきていないから派手なことはできねえし、時間も限られている」

ぶつぶつと独り言を言っているため油断していると思われたのか、草むらをかき分けて襲ってきた一角ウサギの突撃をアレンはひょいっとかわす。

アレンに避けられ草をなぎ倒すようにして止まった一角ウサギは、再びアレン目がけてその鋭い角を突き刺そうと突進を始めた。

直線的にしか突撃してこないため、彼我の位置さえ把握していれば目を閉じてしまっても避けることが可能なその攻撃を、アレンは考えごとを続けながらその角を摑んで止める。ただ単に何度も避けるのが面倒くさかったからだ。

「よし、斥候スタイルで夜の間にどこまで行けるか試してみるか。戦闘はなるべく回避して、他の冒険者に見つからないように。とりあえず目標は二十階層だな」

うんうんとうなずいて方針を決定したアレンは、必死にもがく一角ウサギを冒険者の姿が見えない辺りに適当に放り投げると走り始めた。

　空中で器用に体勢を整え、しっかりと両足で着地した一角ウサギが周囲をキョロキョロと見回す。しかしその視界の中に先ほどの人間の姿はどこにも存在していなかった。


　ライラックのダンジョンは五層ごとに環境が変化する。一から五階層までは草原、六から十階層までは森といった感じだ。

　十一階層から始まるのは坑道フィールドであり、そこは今まで進んできた草原や森に比べて薄暗かった。地面も壁も土がむき出しで、五人が横に並んで余裕で歩けるような広い通路もあれば、二人でもギリギリというような細い通路もある。そんな大小さまざまな通路がまるで迷路のように張り巡らされているのが坑道フィールドだ。

　そんな十五階層までをアレンは慎重に、しかし速度はそこまで緩めずに進んでいた。

　ここまで斥候スタイルの訓練のために進んできたアレンだったが、十一階層に入ってからは他の冒険者に見つかることもなく、モンスターとの戦闘も坑道フィールドに出てくる岩の体をした体長二メートルほどのロックゴーレムに前後を挟まれてしまった一回しかしていない。

「よし、良い感じだな」

　思いつきで始めたことだったが、思いどおりに進めていることに満足してアレンは笑みを浮かべる。

「まあ、ここまでは以前入ったこともあるし、当然かもしれないがな」

少し浮かれている自分を自覚し、アレンは気を引き締める。実際、アレンが冒険者ギルドの職員になる前、他の冒険者パーティの助っ人としてライラックのダンジョンを探索する時にはこの坑道に来ることも多かった。

坑道フィールドはその名のとおり、ところどころに採掘に適した場所があり、そこをつるはしなどで掘ると各種鉱石が採取できるのだ。まれにではあるがミスリルなどの希少な鉱石が採掘されることもあり、そんな幸運に恵まれれば大金を手にする可能性もあった。そのためモンスターを討伐しがてら採掘にいそしむ冒険者は少なくなかったのだ。

何事もなく坑道を進み、これ以上先へ進んだことはないが場所はよく知っている十六階層に続く階段までたどり着いたアレンは、心を落ち着けるように大きく息を吐く。

今まで鬼人のダンジョンやドラゴンダンジョンで戦ってきた経験からして、この先の階層に行ったとしても全く問題はないとアレンは確信している。それでもなお、アレンの心がざわめくのはライラックの十五階層が鉄級冒険者の限界であり、十六階層以降に進むのは選ばれし一部の冒険者だけだという意識がアレンの中に強く残っていたからだ。

実はアレンがこの階段に来るのは今日が初めてではない。他のパーティの者たちと来た時に幾度となく眺め、しかし進むことはできなかった、そんな場所なのだ。鉄級冒険者より上には自分はなれない、そんな現実を突きつけられた因縁の場所だった。

弟妹のため、安全を第一に考えなければならなかったアレンは、上を目指したいという気持ちを抑えなければならなかった。その一つの象徴とも言えるのがこの場所だったのだ。

冒険できなかった過去の自分を思い出し、そして大きく息を吐いたアレンが晴れやかな笑顔を見せる。

「じゃ、行きますかね。冒険に」

そんな独り言を呟いて、アレンは階段を踏み出した。その軽い一歩は、今までアレンの心を縛っていた諦念を嘘のように消し去り、その場所を何の変哲もないただの下層に続く階段に変えてしまったのだった。

第四章　『ライオネル』の危機

　十六階層に降り立ったアレンは周囲を見渡す。照りつける日差しに焼かれたような赤茶けた大地が広がるそこには、小指から拳大ほどの大きさの石が数え切れないほど転がっており、枯れたような草やアレンの膝下程度の高さしかない雑木が所々に生えていた。

　人の倍以上もある岩石も転がっており、中には十メートルを優に超える岩山のような形の巨大な一枚岩も所々にあるため、身を隠す場所が全くないとは言えないが、それでも今までに比べればかなり視界が開けている。そんな荒野が十六から二十階層までの地形だった。

「あー、この地形で資料どおりのモンスターなら、そりゃ斥候殺しって言われるわけだ」

　ひとしきり周囲の観察を終えたアレンがぽつりと呟く。アレン自身、この階層に来たのは初めてではあるがギルドの資料室で得た知識で、ある程度の様相は把握していた。その知識があったからこそ、ここに行くのはリスクが高すぎるとして諦めていたのだから。

　この十六から二十階層の荒野は斥候殺しと呼ばれている。もちろんそれは、斥候が殺されやすいという意味ではなく、斥候の役目がほとんど意味をなさないところという意味だ。

冒険者パーティにおいて斥候の役目は非常に重要だ。モンスターを発見したり、逆に見つからないようなルートを選んだり、どうしても避けられない罠を解除するなど単純な戦闘ではない部分をフォローするのが斥候の役目である。

　そのためにはダンジョンの地形やモンスターについての十分な知識が必要であり、ギルドの資料室にいるのは大抵、斥候の役割をしている冒険者たちだった。

　その価値は、一流の剣士よりも腕の良い斥候がパーティにいた方が生存率は高いと言われるほどであるのだが、その反面、重要な役割であるはずの斥候の数は決して多くないのが実情だった。特に若い冒険者においては。

　一般的に冒険者のイメージといえば、勇猛にモンスターと戦う姿である。憧れを抱いて冒険者になった者には特にその傾向が強い。そういう者たちからすると、斥候の役目は重要であるとわかりながらも、自らはしたくない役割となってしまうのだ。

　事実、アレンが他のパーティの助っ人として呼ばれるときに最も多くこなしたのがこの斥候という役目だった。昔アレンが雇われていた、勇者の卵がリーダーのパーティにいた斥候の男に基礎的な知識は教え込まれていたので、ある程度の知識と腕があったことも関係しているのかもしれないが。

　そんな重要な役割を持つ斥候ではあるが、この荒野では少し事情が違った。まず敵の発見という面で見ると、この荒野はかなり視界が開けている。身を隠すことのできる大岩の付近をわざわざ歩くようなことをしなければ、誰でもモンスターの接近に気づくことができるのだ。

　そして罠に関しても、落とし穴などの定番の罠はあるものの、階層を繋ぐ階段の間には命の危険に関わるような罠はなかった。

　つまり斥候が果たすべき役割のほとんどが荒野ではなくなってしまうということだった。しかしそれだけで斥候殺しと呼ばれるわけはない。その最大の要因となっているのは……

「おっ、あれがこの階層の最大の罠か」

　アレンは顔を上げ、はるか上空を飛ぶ鳥のモンスターの姿を眺める。そのモンスターの名前はアラームバード。はげた頭部に黒と白の羽というコンドルに似た姿をしており、体長は一メートルほどとそこまで大きくはない。

　地上から五十メートル以下には決して降りてこず、また遠距離から攻撃する手段を持っているわけではないため不意打ちされたり、直接攻撃を受けることはないが、荒野で最も警戒すべきモンスターだ。

　アレンが見つけたと同時にアラームバードもアレンを発見したのか、その翼を羽ばたかせて近づいてくる。そしてアレンの上空にたどり着くとアラームバードは旋回を始めた。

　鋭い視線でアレンを捉え続けるアラームバードがその口を開き、胸の内の空気を震わせ声を上げようとする。しかしそれが叶うことはなかった。飛んできた拳大の石がそのはげた頭部を直撃したからだ。翼を不格好に広げたまま、アラームバードはその身を地面に落下させる。

その様子を慎重に眺めていたアレンは、地面に落ちてピクリとも動かないアラームバードの姿を確認して倒したことを確信すると、追撃用として一応持っていた石を放り捨てた。

「うーん、情報どおり、上手く当てれば一撃で倒せるか。でも結構距離もあるし、的も小さいから弓や魔法で狙うにしても結構な腕が必要そうだ。昔の俺が無理してここに来てたら対処できずにモンスターを呼び寄せられちまっただろうな」

そう客観的に判断しつつ、アラームバードの横をすり抜けてアレンは先に進んでいく。

このアラームバードこそ、この階層が斥候殺しと呼ばれる所以だった。アラームバードは敵を発見するとその上空を飛び回り、大きな声を上げて他のモンスターを呼び集めるのだ。つまりこのアラームバードはモンスターを呼び寄せる罠とも言えた。

もちろん今アレンがしたように声を上げられる前に倒してしまえば問題ないのだが、上空を飛び回るアラームバードを仕留めるのは簡単なことではない。少なくとも遠距離から攻撃する手段が必要であり、それに加えてそれ相応の技術も必要なのだ。

もちろん斥候の中にもそういった技術を保有している者がいないわけではないが、その数は決して多いとは言えなかった。元々狩りなどで弓を使っていた者であれば倒せる可能性はなくはないが、上空を飛ぶアラームバードに当てられる程の腕の持ち主となると滅多にいるものではない。

そんな厄介な相手であるアラームバードではあるが、現在のアレンにとってはそう大した敵ではなかった。なにせそこらで拾った石を投げるだけで倒せてしまうのだ。この階層に来てからアレンは一度も魔法を使っていないどころか、武器に触れることすらなかった。

何も起こらないままアレンは順調に階層を下っていく。さすがに遮蔽物がほとんどない荒野では、上空を飛ぶアラームバードに見つからないようにすることはアレンにもできなかった。

しかしそれ以外の戦闘は全て回避したのだから、斥候として最低限の仕事はこなしたはずだとアレンは満足していた。

「しかし、敵を発見して仲間を呼ぶって、こいつの方が斥候っぽいよな」

地面に転がるアラームバードを眺めながら少し苦笑いして、アレンは小さく息を吐く。

既にアレンは目標としていた二十階層にたどり着いていた。時間的にはまだ余裕はあるが、これ以上先に進むつもりはアレンにはなかった。アレンがライラックのダンジョンについての知識として頭に入れているのは二十階層までだ。時間も限られているのに全く予備知識のない階層へ進もうとするほどアレンは無謀ではなかった。

「さて、じゃあ戻るとするか。イセリアの訓練にちょうど良さそうな感じだし、事前に予習できたと考えればここまで足を延ばしたのは良い判断だったな」

そんなことを呟いてアレンがきびすを返したその時、視線の先に小さく数人の冒険者のパーティが映る。見覚えのあるその姿にアレンはとっさに大岩に身を隠すと、その陰から優男風の男が率いる冒険者たちを確認し、嫌そうに顔を歪めた。

「げっ、ライオネルかよ。ついてねえな」

色々と因縁のある冒険者であるライオネルを眺めながら大きくため息を吐いたアレンは、このまま隠れてやり過ごそうと決意する。見つかれば確実に面倒事になるからだ。

岩陰に身を潜めながら、アレンはライラック出身の同年代の者たちで組まれた金級パーティである『ライオネル』の戦いを眺めていた。

「あー、久々に見たけどさすがに安定してんな」

アレンがそんな感想を漏らすくらいに、全く危なげなく『ライオネル』は二十階層を進んでいく。

『ライオネル』はリーダーであるライオネルを中心とした五人の冒険者パーティだ。構成としては剣士二名に斥候兼弓士が一名、魔法使い一名に神官が一名という非常にバランスの取れたパーティである。特に中級魔法の使える魔法使いがいるので大物狙いも可能で、さらに回復の奇跡を使える神官も入っているため安定した戦いが望めるという強みがあった。

現在はもっと下の階層に行く途中であるためか、アラームバードを倒すだけに留めているので斥候兼弓士の男が弓を放っているだけなのだがそれが外れることはなかった。それ以外の面々もただ歩いているだけではなく、リラックスしながらも周囲の警戒は怠っていない。

実際、『ライオネル』の実力は誰しもが認めるところだったし、アレン自身も認めている。

地元出身である『ライオネル』のことは、アレンもよく知っていた。かつては一緒にパーティを組んだことさえあるのだ。ある一件があって関係がこじれてしまってからは面倒この上ない存在になってしまったのだが。

「ちゃきちゃき歩いてくんねえかな。さっさと帰りたいんだが」

そうぼやきながらアレンは隠れていた大岩に背中を預ける。周囲に身を隠すような場所はこしかないため、見つからないように迂回してこの場を去るということができなかった。

若干イライラしながら監視を続けていたアレンだったが、しばらくしてかすかに聞こえた異音につられてそちらを眺め、異常事態に気づく。『ライオネル』の右方向、少し離れた上空に大量のアラームバードが舞い、声を上げていたのだ。『ライオネル』の面々もそのことに気づいたようでにわかに動きがあわただしくなる。

『ライオネル』全員の視線がそちらへ向かったことを確認し、アレンは隠れていた大岩に駆け上り、その頂上で身を伏せながら状況を確認する。

「マジかよ」

アラームバードの真下では見知らぬ六人組の冒険者パーティが必死の形相で駆けていた。その装備はボロボロであり、無傷の者など誰もいない。酷い者は、頭から血を流し、顔半分を赤く染めながらもその足を懸命に動かし続けていた。それもそのはず、足を止めれば彼らの後ろで広範囲にうごめく黒い塊に呑み込まれると全員が理解しているからだ。

その黒い塊はこの階層に出現するモンスターであるブルファングの群れだ。ブルファングは三メートル近い体長と一トンを超す体重の巨体を誇る牛型のモンスターであり、頭についているニ本の鋭利な角と名前の一部となるほどの長く鋭い牙を使い、冒険者に襲いかかってくる。一体でもそれなりの脅威ではあるのだが、彼らは集団で行動していることが多いため一度戦うとなれば群れ単位で相手取る必要があるという厄介なモンスターだった。

ただアレンの視線の先に映っているのはもはや群れなどという言葉では言い表せないほどの数だ。あえて言えば大群であろうか。この言葉さえ現況を表すのには慎ましすぎるかもしれなかったが。

アレンは『ライオネル』へ視線をやる。今逃げているパーティがへまをやらかしたのは明らかだ。冒険者はなるべく助け合う義務があるものの、それは自らの安全が確保できる範囲での話である。

自身に非はなく、この大群を相手取ればさすがの『ライオネル』でも死ぬ確率が高い現状、彼らが取るべき最良の手段は逃げることだ。非情なようではあるが、それが冒険者としては正しい判断なのだから。

しかし、『ライオネル』はそうはしなかった。付近にあった大岩に駆け寄り、大声で逃げる冒険者たちに呼びかけると戦いの準備を始めたのだ。その様子にギリッとアレンが歯を鳴らす。

「ちっ、やっぱそうなるかよ。あの馬鹿やろう。昔から全然変わってねえ」

逃げていた冒険者たちが助かったと言わんばかりの顔で『ライオネル』に向かって走り始め、

それを追うようにブルファングの群れも向きを変える。その黒い塊が『ライオネル』を呑み込むまで、あと数十秒といったところだ。

アレンが立ち上がり、大岩から飛び降りる。もう『ライオネル』の面々に余裕はなく、ここで隠れている必要はなくなっていた。地面に着地したアレンは一度大きく息を吐き、先頭に立って指示を飛ばしているライオネルの姿を見て少しだけ笑う。

「レベッカの歓迎用の肉も必要だったし、ちょうどいいか。ついでに昔の借りを返させてもらうぞ、ライ」

かつて呼んでいた愛称を口にし、アレンは『ライオネル』の面々の視界から外れるように大きく迂回して、ブルファングの大群に向かって突き進んでいったのだった。

時は『ライオネル』の面々がライラックのダンジョンの二十階層に到達したころに遡る。

ライラック出身の冒険者のみで構成されたパーティであり、その中でも唯一の金級冒険者集団である『ライオネル』にとって、ライラックのダンジョンは勝手知ったる場所だった。

そもそも冒険者ギルドの依頼のほとんどがこのライラックのダンジョンに関するものであるし、依頼主から地元で実績のある『ライオネル』へ指名依頼される時であってもそれは変わらなかったからだ。

今回、『ライオネル』が受けた仕事はライラックの二十五階層に出現するモンスターを討伐し、その素材を採取することだ。難易度はなかなかに高く、このライラックのダンジョンに詳しくなければ金級の冒険者でもこなせないほどの依頼なのだが、そのぶん報酬は並の依頼よりよほど良かった。

現在、『ライオネル』が自らの安全を確保した上でこなせる依頼の上限は今回の依頼で行く二十五階層だった。二十六階層からは明らかに雰囲気が変わり、モンスターの強さも格段に上がるからだ。

二十六階層以降であってもパーティで戦えば数体のモンスターと戦う程度のことは可能なのだが、安定して戦えるかと問われればそうではなかった。そのことが『ライオネル』にとって、長年の悩みだった。

「なあライ。今回の報酬が手に入ったら装備を更新して再挑戦するのか？」

「ああ、二十五階層は安定して狩れるが、レベルアップするためには強いモンスターと戦った方が効率は良いからな。不満か？」

「いや、このパーティのリーダーはお前だ。俺はお前のケツをどこまでも追っていくさ」

「その表現はやめろ。マジで別の意味で受け取る奴がいるんだぞ」

自分の尻を手で隠し、嫌そうな顔をしたライオネルの姿に、彼と会話していた剣士の男、ナジームだけでなく周囲の仲間たちからも笑い声が漏れる。実際、以前酒場でライオネルが男にナンパされているところを皆が目撃しているので、こらえきれなかったのだ。ライオネルもそんな仲間たちの反応を見ながら柔らかく笑う。

　ひとしきり笑って落ち着いた頃、パーティの真ん中を歩いていた魔法使いの男が真剣な表情でライオネルに声をかけた。

「階層を上げることには賛成だが、装備を整えるだけではなく私が出したもう一つの提案も検討してくれないか？」

「パーシー」

　その落ち着いた声音から強い意思を感じ取ったライオネルが一瞬だけ眉根を寄せて考える。

パーシーの提案はライオネル個人に大きな恩恵をもたらすものであり、揺れる気持ちが全くないわけではないからだ。しかしライオネルはすぐにそんな考えを頭から追い出し、首を横に振った。

「俺だけが特別になっても意味がない。俺たちは『ライオネル』。俺たち全員で『ライオネル』なんだ」

「そうか」

「さっすが、リーダーだね、っと！」

　ライオネルの言葉に、パーシーは静かに返し、それに続いて斥候兼弓士のピートが上空のアラームバードに矢を放ちながら同意する。その矢はアラームバードの胴体を正確に貫いてその命を奪っていた。

相変わらず良い腕だ、と感心するライオネルに、周囲を警戒していた神官の男、トリンが慌てた様子で声をかける。

「ライオネル、変です。アラームバードがあんなに密集を……」

「なに？」

トリンが指し示した方向に全員が視線をやり、すぐに何人かの口から舌打ちが聞こえる。目の良いライオネル、ナジーム、ピートの三人には地面にうごめくそれが何であるかはっきりと見えていた。残りの二人も経験上、それが何であるかは察していたが。

「ピート？」

「うん、大量も大量。一面ブルファングの絨毯って感じ。そして残念ながら馬鹿どもは生きてるよ。ちょっと方向は違うけど、こっちに向かって走ってる」

「生きてんのかよ」

ピートの報告にナジームが顔をしかめながらライオネルの様子をうかがう。そしてその瞳に微塵も揺れがないことを確認すると、ふぅー、と大きく息を吐いて覚悟を決めた。

「大岩の前で逃げている冒険者を回収してその場で防衛、トリンがそいつらを回復させ次第、隙を見て大岩を越えて離脱する。ピートは最優先でアラームバードを始末しろ。大岩を越えるときはタイミングを合わせろよ。こっちが地面にいる間は奴らも大人しいからな」

「相変わらず見捨てて逃げるという選択肢がない」

「それがライオネルの良いところであり、悪いところでもありますね」

「うるさい、行くぞ」

パーシーとトリンの言葉に少し顔を歪めながらライオネルが先頭をきって走っていく。そしてその後には当然のように四人が続いていった。四人全員が、これから始まる戦いが自分の最期になるかもしれないとわかっていながら、先頭を走るその背中を裏切ることなど欠片も考えていなかった。

大岩にたどり着いたライオネルたちは戦いの準備を整え、視線を合わせて一度うなずくと大声を出してブルファングの大群に追いかけられている冒険者たちに呼びかけ始めた。それに気づいた冒険者たちが逃げる方向を変え、近づいてくる姿を見ながらナジームがぽつりと呟く。

「見ない顔だな」

「よその街から来たばかりかもね。じゃあ僕はそろそろ攻撃に移るよ。下はよろしく」

そう言って弓を引き始めたピートにライオネルが声をかける。

「逃げる合図はいつもどおりだ。集中しすぎるなよ」

「了解、っと！」

先ほどまでのどこか気楽な表情が幻であったかのように、表情を消したピートが次々と矢を番えては放っていく。その動きはまるで機械のように一定であり、狙い違わず上空のアラームバードを貫いていった。

「では、私も神の奇跡の準備を始めます。その後の治療はポーションを配布して各自行ってもらいますのでそこまで皆さんから目を離しませんが、ご注意を」

「頼む。もって三十秒だ。目標は十秒だな」

「頑張ってみます」

　ライオネルの言葉にニコリと笑みを浮かべて、トリンが神に祈りを捧げ始める。神の奇跡とは一部で治癒魔法とも呼ばれるポーションなどを使用しない回復手段だ。神に祈りを捧げることで、ポーションなどを使用するより早く傷などが癒える様は正に奇跡というに相応しく、教会の権威を高める要因となっているものの一つだった。

「ふむ。足が遅いな。巻き込むわけにはいかないからある程度の数は抜けると思ってくれ」

「任せろ。絶対に後ろには通さない。そうだな、ナジーム」

「おうよ」

　だいぶ近づき、はっきりと見えてきた冒険者たちの姿を眺めながらパーシーが冷静に分析する。内心ではその冒険者たちを気にせず巻き込んだ方がよほど安全で効率的に魔法を使えると考えつつも、ライオネルの前でそれを表に出すことはない。

　パーシーが魔法の威力と効果範囲を広めるために、通常時のように魔法名だけ唱えるのでなく、正式な魔法の詠唱を開始するのを聞きながらライオネルとナジームはその剣を持つ手に力を込める。

「なあ、ライ」

「なんだ?」

「帰ったら皆におごれよ」

「ああ」

そう短く言葉を交わした二人の目の前には、命からがらといった様子で走り続ける冒険者たちの姿があった。そしてその後ろに続く巨大な黒い壁も。

「……我が敵の足を止めよ、サンドプール!」

パーシーの詠唱が終わり、発動した魔法によって流砂のようになった地面に足を取られ、先頭の数体を除いたブルファングの動きががくんと落ちる。急な減速に対応できなかったのか、後続のブルファングが次々とぶつかり、悲鳴とも不満とも言えないような声を次々に上げる光景に、ナジームはニヤリと笑みを浮かべた。

「ナイスタイミング」

「うちは腕利きぞろいだからな」

「じゃあ俺もその腕とやらを見せてやるとするか」

冒険者たちが通り過ぎていくのをチラリと確認し、ほんの一瞬だけライオネルとナジームの視線が合う。そしてお互いに小さく笑みを浮かべてうなずくとパーシーのサンドプールの魔法を抜けたブルファングに向けて駆けだした。

「その足、もらうぜ」

新たな獲物に鼻息を荒くし、突進してきたブルファングの巨体を避け、すれ違いざまにナジームが剣を振るう。その剣は右前足の付け根を的確に斬り裂いたが、その結果を見ることなくナジームは次の獲物へ向かっていった。その無防備な背中に多少動きの鈍ったブルファングが攻撃をしかけようと首を曲げるも、すぐにその首に剣が突き刺さる。

「張り切りすぎだろ」

ブルファングを翻弄するように走り回りながら剣を振るっていくナジームに少しだけ文句を言いながら、ライオネルがフォローに回ろうとしたその時だった。

「ダメです。いけません!!」

普段、温厚で声を荒らげることなどほとんどない神官のトリンの、そんな切羽詰まった声に、『ライオネル』の面々が思わず視線を後方へ向ける。そこには地面に倒れ、半分身を起こしながら手を伸ばしているトリンの姿があり、その手の先には大岩を登って逃げようとしている、助けたはずの冒険者たちの姿があった。

「てめえら!!」

「ナジーム、下がれ。パーシー！」

「了解した」

顔を真っ赤にして怒りを露にするナジームをいさめ、後方にいるパーシーにライオネルが叫ぶような声で呼びかける。それだけで自分の役割を把握したパーシーがピートを引き連れてトリンのもとに駆けだした。

岩に登った者が出た以上、逃げるために残された時間は限りなく少ないと『ライオネル』のメンバー全員が認識していた。ブルファングを相手にする時は絶対に地面で戦わなくてはならないというのは、この荒野に来るライラックの冒険者にとって絶対に知っておかなければならない情報なのだから。

最前線で戦っていたナジームとライオネルもきびすを返して仲間たちのもとに駆け寄る。逃げてきた冒険者たちに突き飛ばされた時にひねって痛めてしまった足首を治療していたトリンも、少し顔をしかめながらではあるが逃げるために立ち上がった。

「トリン、俺の背に乗れ。お前くらいの重さなら俺が……」

腰をかがめながらそう言うライオネルの言葉が何か重いものがぶつかったような、震動を伴うズゥンという音によって止まる。そして断続的に響き渡り始めたその音に『ライオネル』全員の顔がさっと青くなった。

「遅かった、か。仕方ない次善策だ。こもるぞ」

「ああ」

短く言葉を交わし、ライオネルたちは大岩へ走っていく。その大岩を登って逃げていた冒険者たちの最後尾にいた数人が、砲弾のように飛んできたブルファングの巨体と大岩の間で押し潰されて物言わぬ屍に姿を変える音を聞きながら。

パーシーの魔法によって大岩に穴を開けたライオネルたちはその中に身を隠し、ときおり入り口から突っ込んでくるブルファングを相手に戦い続けていた。さほど大きな穴ではないため一度に相手にするのは一体から二体でよく、周囲を包囲されていた先ほどの状況からすればはるかに事態は好転しているように一見思える。だが『ライオネル』の面々の表情は依然として厳しいままだった。

「ライ、ギルドの資料のとおりパーシーでも奥は無理っぽいよ」

「そうか、よっ！」

穴の奥で作業しているパーシーのもとからライオネルとナジームのところに戻ってきたピートが、このまま大岩を抜けて向こう側へ出られないか、パーシーが試した結果を簡潔に報告する。その話に顔をしかめながら目の前のブルファングを剣を突き刺して倒し、その体で入り口がふさがったことを確認し、ライオネルが一息つく。

「あとパーシーから伝言で、今の状態の維持にとどめるならマジックポーションの在庫数なんかを考えて一日程度だって。ははっ、大赤字だね」

「そんなもん、逃げた奴らに装備全部を売り払わせてでも払わせてやる。くっそ、マジでふざけんなよ、あいつら。トリンにまで怪我させやがって」

肩をすくめるピートとは違い、未だに怒りが収まらないナジームの姿にライオネルが少しだけ目を伏せる。トリンに怪我をさせてしまった原因は自分にもあると考えていたからだ。

しくじってブルファングの集団に追われようとも、この二十階層まで来る実力のある冒険者たちだ。それなりの実力と分別はあるだろうとライオネルは勝手に思い込んでいた。そして協力すれば全員無事に逃げ切ることは十分に可能だろうと。

だがそれは甘すぎる認識だった。結果としてその冒険者たちはライオネルたちを裏切って勝手に逃げ、逃げ遅れたライオネルたちはこの大岩の中にこもらざるを得なくなったのだから。

この大岩もダンジョンの一部と認識されており、一時的に穴などを開けることはできるものの、それは徐々に元に戻ってしまう。その力は奥へ行くほど強くなる。なるべく浅く穴を開ければそのぶん修復力も弱く、維持にかかるコストも少なくて済むのだ。

それは、かつて今のライオネルたちと同じように絶望的な状況に追い込まれたパーティがとった方法であり、ピートが調べてきたものだった。それをまさか実際に使うことになるとは誰も思ってはいなかったが。

しかしこれはあくまで一時しのぎの方法だった。閉じ込められ補給のない現状では、いつかは穴が塞がってしまうのだから。

（だから、冒険者ってのは生き残ってこそなんだよ。そいつがどんなに良い奴でも、強い奴だとしても、どれだけ人を助けたとしても自分が死んだら終わりなんだ。ライ、お前の信念はいつか仲間を、そして自分を殺すぞ。本当に何が大切なのかちゃんと考えろ）

かつて自分が言われたそんな言葉を思い出してしまい、ライオネルがチッと舌打ちする。絶対に認めないと思っていたはずなのに、その言葉に少しではあるが共感してしまった自分に気づいたからだ。

「はっ、俺も歳を食ったってことか。アレンの言葉の意味が理解できちまうとはな。だが……」

入り口をふさいでいたブルファングの体が他のブルファングの角によって放り捨てられ、新たなブルファングがその角をライオネルに向ける。

「理解はしても、俺は認めねえ。俺は俺の信念を貫く。仲間を一人として欠けさせることなく貫きってやる。冒険者になると決めた時、俺はそう誓ったんだ！」

ライオネルが剣を振るう。その揺るぎない信念を示すかのように、ブルファングの首は真っ直ぐに斬り落とされていた。


一方、ライオネルたちが大岩の前に移動して戦いを始めようと準備していた時、アレンはブルファングの大群の真ん中に突っ込んでいた。

「ほらよっ！」

アレンがブルファング二体それぞれの角を片手で摑んで持ち上げると、それを別のブルファング目がけてぶつけていく。かなりの速度で投げられたその一トンを超える巨体は、周囲にいたブルファングたちを巻き込みながら吹き飛んでいき、地面を埋め尽くすような大群の中にぽっかりとスペースが空いた。

アレンはそこへ向かって走りながら、攻撃を仕掛けてきた二体のブルファングの角をまた摑んで引きずり、それを投げて他のブルファングたちにぶつけていく。

「意外と面倒だな、これ。とはいっても派手な魔法を使うわけにもいかねえし、こんだけいると剣で斬ったら返り血とか、そうじゃなくても流れた血とか踏んじまいそうだしなぁ」

そんなことをぼやきながらアレンはブルファングを投げるという作業を続けていく。

突入した当初はこれだけの大群を相手にするのだからステータスが上がった自分でも厳しいかもしれない、と多少不安を覚えたのだが、戦っているうちにそんなアレンの不安は完全に解消されていた。アレンの思った以上にブルファングが弱かったためだ。いや、アレンが強くなりすぎていたという方が本当は正解なのだが。

アレンがわざわざその身をさらしてブルファングに突っ込んだのには理由がある。ただ倒すだけであれば遠距離から魔法を放つなり、大岩を投げるなりすれば事足りるのだ。だがそんなことをすれば目立ってしまい、誰かが戦っていることを『ライオネル』の面々に知られてしまう。それはアレンの望むところではなかった。

そしてもう一つこんな戦い方をしている理由は……

「薬草採取がなけりゃあ血の匂いがつくのを覚悟で倒してもいいんだが、あの偏屈じじいの基準って滅茶苦茶厳しいんだよな。やったことはねえけど、きっと駄目だろうな」

薬草の納品先の依頼主のことを思い出しつつ、アレンが苦笑いする。最初は納品してもダメ出しばっかりされて、ふざけんなと憤慨していたアレンだったが、回数をこなすうちにその基準が大まかにではあるがわかっていった。

安定して納品をするアレンに気を許したのか、半ば強引に採取してきた薬草を使った実験の様子を依頼主に見せられ、その執念にも似た研究心を知ったことで、なんとなくではあるがその偏屈な依頼主が憎めなくなってしまったのだ。時間のかかる面倒な依頼という意味では全く変わっていないし、ランクアップを急ぎたいアレンとしてはあまり受けたくはないと思うが、協力を頼まれれば断らないと決めていた。

そして依頼を受けたのであれば、依頼主の希望どおりに動くのが冒険者だという信条のもと、アレンはわざわざ薬草採取に影響が出ない戦い方をしていたのだ。

「まっ、面倒とはいっても数分の辛抱だしな」

そんなことを言いながらアレンがブルファングをぶつけていく。戦い始めて既に一分程度経過しているため、逃げていた冒険者たちはもう『ライオネル』と合流しているだろうとアレンは予想していた。

こんな大群を相手にしては、いかに『ライオネル』の腕が良いといっても、全滅は免れない。リーダーであるライオネルはアレンに言わせれば、人のために自分の命を懸けるような馬鹿だが、それでも愚かではない。彼我の戦力差については十分に理解していると、アレンは確信していた。だから『ライオネル』がとる選択も自ずと予想できた。

まずネックとなるのは逃げていた冒険者たちだ。今までは必死に走って逃げてきたようだが、怪我を負っている者ばかりで装備もボロボロだった。はっきり言ってこのまま逃げれば十九階層に続く階段にたどり着く前にブルファングの餌食になるだろう。

だから最優先すべきは、彼らの回復。

幸いにも『ライオネル』の中には腕の良い神官のトリンがいる。祈りを先に捧げておくことで、時間をそれほどロスすることなく回復させることは可能なはずだとアレンは考えた。後は逃走途中に後方以外からブルファングが集まるのを防ぐためにアラームバードの駆除も必要だが、アレン自身が先ほど見たようにピートの弓の腕があれば十分に対処可能だ。おそらくこの二つの事項をこなすのに必要なのは十秒から二十秒ほど。そのくらいの間であればライオネル、ナジーム、パーシーが協力してブルファングを押し留めることは可能なはずだった。

そして準備が整い次第、全員で一斉に大岩を登って逃げる。ここで気をつけなくてはいけないのは誰一人遅れることなくという点だ。アレンも資料でしか読んだことはないが、ブルファングの性質の一つとして大岩などの高所に人がいると、仲間をその角で挟んで回転を始め、砲弾のように飛ばしてくるようだった。その速度はかなりのもので、直撃すれば普通の人間が耐えられるものではない。

飛ばすまでに多少の時間があるためそれまでに逃げ切れればいいが、一度始まってしまえば四方八方から飛んでくるそれを避けることなど実質不可能だ。その状態が解除されるのにはしばらく時間がかかるため、その後に岩を登ろうとすればすぐにブルファングが飛ばされてくることになる。つまり一度に逃げ切らなければ、逃走は絶望的なのだ。

一方でブルファングたちはその場で回転をしながら仲間を投げるため、その追撃の足は一時的ではあるが鈍(にぶ)くなる。つまりそこを衝(つ)いて岩を登りきれれば、ほぼ確実に逃げることが可能になるのだ。そういったメリットがあるため、わざわざライオネルは岩の前に陣取ったのだろうとアレンは推測していた。

「おっ、始まったか」

ライオネルたちのいる大岩の方向から響いてきた重さを感じる鈍い音にアレンがそちらを眺め、少しだけ呆気(あっけ)にとられる。なにせ三メートルの巨体が大岩に向かって次々と飛んでいくのだ。

アレンも知識としては知っていたのだが、実際に見るのとでは大違いだった。赤茶けた色の大岩がものすごい勢いで次々と黒に染まっていく。そんな光景を眺めながら、確かに逃げ遅れてしまえば確実に死ぬだろうなとアレンは実感していた。

「さて、もうしばらく引きつけたら終わりにするか。そんなことをしなくてもたぶん大丈夫だろうけど、一応な」

大岩に向けていた視線を戻し、アレンは周囲のブルファングとの戦いを再開する。そしてそれを数分ほど続け、さすがにこれだけやれば十分だろうと一体のブルファングをレベッカのお土産用として確保してアレンはその場を離れようとしたのだが、大群の中から抜け出たところで異常に気づく。

「なんであいつら未だに大岩を囲んでやがるんだ？」

アレンの瞳に映ったのは、先ほどまでライオネルがいたはずの大岩を大量のブルファングが取り囲んでいる光景だった。逃げたライオネルたちを追うのであれば、十九階層に続く階段の方向に群れが伸びていてしかるべきであるし、遠くに離れすぎてしまっているのであればアラームバードが鳴いているでもない現状、いつもの群れに戻って自然と離れていくはずなのだ。

アレンがその光景をいぶかしみ、しばらく様子を見ていると大岩の近くにいた一体のブルファングが宙を飛び、そして剣で切断された首から血を撒き散らしながら少し離れた地面に叩きつけられる。そのブルファングは立ち上がることなく、他のブルファングの陰に消えた。

その光景を眺めていたアレンは、仲間によって飛ばされたブルファングの死体があったところの大岩に深い穴が空いていることを見逃さなかった。

「まさか誰か逃げ遅れたのか？」

ありえない、という思いに反し、再び仲間によって飛ばされたブルファングの姿と、大岩に空けられた穴をしっかりと確認し、アレンはため息を吐く。

「助ける奴がみんな良い奴なんてことはねえって言っただろうが、馬鹿ライが！」

アラームバードへの対応を誤りブルファングの大群に追われるような者が、大岩に穴を開けるという、知る人ぞ知るこの階層の緊急回避行動を知っているはずがない。つまりあそこにいるのは『ライオネル』の面々だとアレンを確信させるに十分な証拠だった。

「自分たちが助かることを優先した冒険者たちが先走ったか？　それとも後足で砂をかけられたか。どっちにしろ、ろくな奴らじゃねえな」

チッ、と舌打ちしながらアレンが苦々しい顔をする。ある意味ではアレンの忠告を無視し続けたライオネルの自業自得ともいえる結果だが、だからと言ってそれで終わりにする、そんな考えはアレンの頭の片隅にもなかった。

「まっ、今回は俺がお前の尻拭いをしてやるよ。これに懲りてちょっとは頭を使うようになってくれれば……あー、なんか無理そうな気がしてきた。まあいいや。あいつら穴の奥で外の様子なんて見えないだろうし、さっさと始末して帰るとするか」

お土産用にと確保しておいたブルファングを適当に放り捨て、アレンが再び駆け出す。その目の前には未だ数え切れないほどのブルファングの大群がいたが、アレンの瞳には一切恐れなど浮かんでおらず、間もなくアレンの魔法による蹂躙が始まったのだった。

二十階層でブルファングを蹂躙し、ライオネルがこもった穴の周辺にいた数十体だけを残して去ったアレンは、急いで九階層を目指した。異常な数に膨れ上がっていたブルファングの始末に自分が想定した以上の時間がかかってしまったため、ゆっくり戻ると薬草の納品を考えていた昼過ぎに間に合わなさそうだったからだ。

たどり着いたライラックのダンジョンの九階層、冒険者にとって儲からないトレントばかりが出現する不人気層となっているそこで、アレンは倒したトレントをのこぎり等の大工道具を使用して建材に加工していた。トレントは、倒した状態のまま普通に持って帰ろうとすれば一本から二本が限度であり、それではろくな稼ぎにならないのだ。

今回に関してはレベッカに自宅の室内が様変わりしている理由を示すため、彼女にアレン自身がトレント材を使って何か造るところを見せるのが一番の目的なのでアレンは特にそのあたりは気にしていないが。

時間があったので寄り道した結果、大事に巻き込まれてしまったが、アレンの本来の目的が変わることはない。ただ技量を見せるだけであれば、そこまでの量を用意する必要はないのだが、同時にトレント狩りはお金になることも見せた方が良いとアレンは考えていた。その方がレベッカも納得しやすいだろうと思ったからだ。

レベッカは商人になったことからもわかるように、非常にお金に関してシビアだ。出ていくまではアレンの家の家計を最も幼いレベッカが管理していたことからもそれがわかる。その厳しさはレベッカが出ていった後もアレンが非常に簡単にではあるが家計簿をつけ続けていることからもうかがえる。まあ受けた依頼書の控えを月ごとにまとめて集計している程度のずさんさではあるのだが。

アレンが室内の改装に使ったトレントの建材を定期的に取りに行っていたことの裏づけとして使うつもりの、ニックの所属するブラント工房へトレントの建材を売ったお金については、ちゃんとそこに控えてあった。その金額はまるまる一本のトレントを持ち帰るよりもはるかに高い。

その金額で売れるのであれば、トレントを狩ってくるのも不自然ではないとレベッカも納得するであろうそんな金額だ。なぜそんなことになるかと言えば……

「ふぅ、このくらいか。ちょっと周囲がもったいない気もするが、今回は我慢だな」

トレントの加工を終えたアレンが大きく息を吐く。アレンの目の前には百五十ミリ角に正確に切られた四メートルほどの長さの建材が数本並んでいた。この百五十ミリ角とはこのライラックの街で柱として使われる一般的な基準の太さであり、ブラント工房に納品した時に最も喜ばれるものである。

モンスター由来の建材であるトレント材は丈夫で長持ちし、虫食いなどにも非常に強いという特性を持っているのだが、難点があった。それは加工のしにくさ。普通の木材よりはるかに堅いため、それを加工するのに多くの手間をかけなければならないのだ。

アレンが持ち込んだトレントの建材が高く買われたのは、既に加工されていて、すぐに使える状態だったからだ。

「これだけあれば数万ゼニーにはなるはずだし問題ねえだろ。さて薬草採取してとっとと帰るかな」

　束ねてトレント一本分ほどの太さになった建材を肩に担ぎ、アレンが歩き出す。既に目的の薬草が生えている場所は見つけており、採取して帰る準備は万端だった。

　薬草が生えていたのは、九階層から十階層に向かうルート近くであるため採取されてしまっていないか少し心配だったアレンは多少早足でそちらへ向かう。そしてその付近までたどり着き、薬草が採取されていないことに胸を撫で下ろしたアレンは、その直後に聞こえてきた、誰かが言い争う声に思わず身を隠す。

（って、なんで俺は隠れちまったんだろうな。まあ良いか。なんかトラブルの匂いがするし）

　木の幹の裏に隠れて気配を消していたアレンの耳に、だんだんとその内容までがはっきりと聞こえてくるようになる。本人たちは声をひそめているつもりなのかもしれないが、人気がないことで油断したのかその声は徐々にヒートアップし大きくなっていた。

「だから、仕方ないだろうが！　ピエールとミロシュが死んだんだぞ。その上、俺たちまで奴隷落ちになろうってのかよ！」

「それは俺だって嫌だ。でもせっかく助けてくれた恩人を見捨てるなんて……」

「見捨てるも何も、もう死んでるだろ。今更良い子ちゃんぶるんじゃねえぞ、てめえ！」

「落ち着け、二人とも。声が大きい」

その内容が気になったアレンがチラリと木の陰から視線を向けると、ボロボロの装備を身につけた四人の冒険者たちが歩いていた。少し気弱そうな冒険者の胸倉（むなぐら）を摑んでいた大柄の男が、ふんっ、と鼻を鳴らしながらその手を放す。二人をとりなしていた背の高い男が大きく息を吐き、そしてその隣を消沈した様子でとぼとぼと歩いている若い女を心配そうに見つめる。

その四人の姿にアレンは見覚えがあった。二十階層でブルファングたちに追いかけられていた冒険者たちなのだから見覚えがあって当然だ。

そのことがわかった瞬間、胸の内にその冒険者たちに対する怒りの炎がともったが、ゆっくりと静かに深呼吸することでアレンはそれを抑える。実際ブルファングのほとんどはアレンが始末したので既に『ライオネル』の危機が去っているのは疑いなかったし、戻ってきた『ライオネル』たちが裁くのが筋（すじ）だろうと考えたのだ。

それでも若干のイライラを残しつつ、アレンは四人が去っていくのを見送る。そしてそれを振り払うように軽く頭を振ると、大きく息を吐いて気持ちを切り替えた。

（いつの間にか追い抜いていたみたいだな。昼過ぎの納品に間に合うように急いで戻ったから、そこで……あっ！）

追い抜いたのかもな、と続いたであろうそんな考えの途中で、ある事実に気づいたアレンはみるみるうちにその表情を情けないものに変えていく。

「ブルファングの肉忘れた。適当に切って凍（こお）らせて持ち帰るつもりだったのに」

そう言ってアレンはがっくりと肩を落とし、大きなため息を吐いたのだった。

慎重に採取した薬草を納品し、どうせなら今日もポーション研究を見ていけという依頼主の勧誘を、妹が久しぶりに帰ってきているからと断ったアレンは一度自宅に戻ってトレントの建材を部屋の隅に置いた。テーブルの上にはアレンが出かけるときに置いておいたメモがそのまま残っており、レベッカがここへやってきた様子はなかった。

「うーん、もしいたらなにかトレント材で作るところを見せるか、一緒に買い出しにでもと思ったんだが。……よし、とりあえず歓迎のために夕食の材料でも買いに行くか。ついでにギルドで今日の分の報酬を受け取ってもいいし」

家に入るときには少しばかり緊張していたアレンだったが、レベッカがいなかったことでその緊張は消えていた。

せっかく帰ってきているのにレベッカが家にいないことを少し残念に思うアレンだったが、商人なのだから色々とあるのだろうとすぐに気持ちを切り替え、再び家を出る。街を歩いて店をめぐり、レベッカが好きだった料理を思い浮かべながらいつもよりちょっとお高めの野菜などを購入したアレンは、薬草採取の依頼の日当である三万ゼニーを受け取るために軽い足取りで冒険者ギルドに足を向ける。

そしていつもどおり冒険者ギルドの扉を開け、アレンはマチルダのもとに向かって足を一歩踏み出す。その瞬間、前方から一人の冒険者がまるでアレンを狙っているかのように飛んできた。

「うおおおっ！」

抱えた食材を守りながらアレンはすんでのところで激突を回避する。思わず声が出てしまうほど必死に避けたおかげもあり、レベッカのために買った食材は傷一つつかず無事だった。

「おい、なにしやがる！」

思わず怒鳴ったアレンが、視線の先で倒れている冒険者の顔を見て少し首をひねる。それは今日数度見た、ブルファングに追われていた冒険者たちの一人であり、九階層で言い争って仲間の胸倉を掴んでいた大柄の男だった。

アレンは状況を把握するために左右に視線を走らせ、ギルド内が異様に殺気立っていることに気づく。そしてカウンターの奥でマチルダが手招きしているのを発見し、巻き込まれないようにそそくさとその場を離れる。

「どうしたんだ？」

マチルダのもとに着いたアレンが開口一番そう聞くと、珍しくマチルダが眉根を寄せ、言いにくそうな顔をしながら口を開いた。

「さっきの冒険者、一週間前にライラックにやってきた銀級パーティなんだけど二十階層でブルファングに仲間をやられたらしいの」

「大方、調子に乗ってたんだろ。自業自得じゃねえか」

「それが、別の冒険者にブルファングの大群をけしかけられたって言ってるのよ。それで、そのパーティっていうのが聞いた限りでは『ライオネル』なのよね」

「あー、そういうことか」

マチルダの言葉に、アレンが大体の事情を察する。なに嘘を言ってやがるんだ、という怒りがアレンの中にないわけではなかったが、それよりも完全に墓穴を掘りやがったなこいつら、という思いの方が強かった。

そしてそれを証明するかのような光景がアレンの目の前で繰り広げられた。

「ライオネルさんがそんなことするわけがねえだろうが！」

「あのパーティはな、この街出身の冒険者にとって憧れなんだよ！　モンスターをけしかけられただと……たとえ銀級だとしても許しちゃおけねえ！」

ギルド内にいた冒険者たちが立ち上がろうとしている大柄の男に向かって殴りかかっていく。

ギルド内での争いは禁止されているのだが、それを言い出せるような雰囲気ではなかった。

「どうすんだ、これ？」

「知らないわよ。それよりアレンは心配じゃないの？　お友達のライオネルのこと」

「せめて腐れ縁って言えよ。というか木級の俺が心配してどうなるもんでもないだろ」

他人事のように会話を交わしながらアレンとマチルダは一対複数の乱闘を眺める。本当にどうするんだろうな、とアレンが考え始めたころ、ゆっくりとギルドの扉が開き、姿を現したのは大きな盾を装備した壮年の男だった。その男は周囲を見回し、乱闘を続ける男たちへ視線を向ける。

「ジョセフのおっさん、良いところに来たな」

「夜の部のレベルアップの罠の、使用者の案内の仕事が今日からあるしね」

「おっ、その話、もうまとまったんだな。でも、まだまだ時間には早いだろ。クソ真面目なおっさんらしいけど」

そんな会話を続ける二人をよそに、大盾を構えたジョセフが乱闘を続ける男たちに向けて駆ける。その動きは四十六という歳や、大盾の重さを感じさせないほどに軽く、そしてそれほどの速度でありながらも盾をほとんどぶれさせていないその姿からは熟練の技術を感じさせた。

そして乱闘する男たちの眼前で、ジョセフは押し出した大盾をピタリと止めてみせた。大盾によって起こされた風圧が男たちの髪を揺らす。

「ギルド内での争いは禁止だ」

短いが年長者特有の重みのあるその言葉に、頭に上っていた血が冷めたのか殴りかかっていた冒険者たちがしぶしぶながら身を引く。

それを確認し満足そうに小さく二度うなずいたジョセフは表情を緩め、そのまま何事もなかったかのようにギルドの奥に入っていった。その姿にアレンが苦笑いを浮かべる。

「本当に変わらねえな。ジョセフのおっさんは」

「ものすごく基準がはっきりしている人なのは確かよね」

しみじみと言ったアレンの言葉を聞いて、マチルダが同じように苦笑しながら同意する。

ジョセフは普段は温厚で、人に優しい常識のある冒険者だ。元鉄級ではあるがそれは自ら上を目指すのではなく、新人の冒険者の育成のために若い冒険者とばかりパーティを組んでいたためランクが上がらなかっただけであり、実際の実力は銀級、もしくは金級に匹敵するというのがもっぱらの噂だった。

そんな慈善活動のようなことをする、冒険者ギルドの良心と言っても過言ではないジョセフではあるが、ただ一つ欠点があった。それはジョセフの中で決められた、してはいけないことをしている者を見ると必ず止めようとするのだ。しかも言葉ではなく、最初に大盾で。

もちろん大盾を人に当てるような真似はしない。卓越した技術を存分に発揮し、その眼前で寸止めするのだが、それを受けた者はかなりの恐怖を味わうことになる。なにせ人の体を押し潰すかのような大きさの盾が当たる寸前で止まり、その風圧を感じるのだ。弱い冒険者であれば生命の危機さえ感じるかもしれない。

そして相手が動きを止めたところで一言、二言何が悪かったのかを告げ、それを相手が理解して止めたことを確認すると満足し、あっさりと興味をなくして去っていくのだ。初めてジョセフを見たものからすれば、思わずぽかんとしてしまうような切り替えの早さである。

しかしそのせいもあってか、ジョセフが去ってから再びなにか問題が起きるということは滅多にないため、わざと狙ってそうしているのではないかと一部の者は考えていた。ジョセフが胸の内を語ることはないため、全ては推測でしかなく本当のところは謎のままであるのだが。

多少の問題はあるものの、基本的にジョセフは冒険者ギルドのルールや人として守るべきことを判断の基準としており、普通の冒険者にとっては頼もしい存在であることには変わりなかった。

教え子も多いためジョセフを慕う者も少なくなく、『ライオネル』とは別の意味でライラックの冒険者ギルドを代表する冒険者だったのだ。ギルドがジョセフをアレンの後任に選んだのも納得の人選ではあった。

「なんなんだよ、お前ら。俺たちは被害者なんだぞ！　仲間も二人死んでるんだ」

ジョセフによって群がっていた冒険者たちがいなくなり余裕ができたのか、大柄の男がきつい口調でそんな主張をする。さすが銀級冒険者というべきか、殴りかかろうとする冒険者たちに群がられた影響など全く感じさせない張りのある声がギルドに響く。しかし飛びかかりこそしないものの、明らかに殺気立っている周囲の冒険者たちにその言葉が聞き入れられることはなかった。

一部、離れた場所で冷静に状況を観察しているような者もいたが、そういった者は嘲るような視線をその男に向けるだけで、それ以上動きはしない。一人芝居をしているかのような男の姿に、アレンとマチルダが顔を見合わせる。

「奴は被害者気取りらしいが、ギルドとしての判断はどうなんだ？」

「今はギルド長の判断待ちね。『ライオネル』に不利な判断をするとは思えないし、片方の主張だけでは事実の確認が困難ってことでしばらく保留になるんじゃないかしら」

「ライオネルの帰還待ちってことか。奴はその間、待機と」

アレンの言葉にマチルダが首を縦に振る。証拠もないだろうし、確かにすぐに判断できるわけねえか、とアレンは苦笑いした。

モンスターを他の冒険者になすりつけるなどという行為は、明確に冒険者ギルドの規定に反している。もっとはっきり言うと明らかな犯罪だ。冒険者同士のトラブルとしてギルド内でとどまっているうちは捕まることはないが。

こういった場合の解決法としてはギルドを通して、パーティ同士で交渉するのが一般的だった。つまり被害者が加害者に受けた損害の代償として金品を貰うすることで手打ちにするのだ。

それに加えて加害者は相応の罰金をギルドにも払う必要があった。それらが支払えなければ冒険者資格を剝奪された上、奴隷に落とされ、その売上金で金を補塡するという厳しい処分が下されることになる。レベルの高い冒険者が奴隷として斡旋される場所など大抵まともな場所ではないので半ば死刑宣告に近い処分といえた。

しかも交渉が決裂した段階で加害者側は犯罪者として官憲に通報されて捕まるため、最低限の権利しか持たない犯罪奴隷になることになる。待っているのは通常の奴隷よりもさらに希望などない未来だ。つまり実質的には和解しか道はないといえる。

「事実関係の確認のために今日にも調査隊が出るかもね。アレンも志願したら？」

「熱烈な信者がいるからそいつらに任せるわ。報酬もたいしてうまくないし」

覗き込むようにして楽しげに聞いてきたマチルダに、首を横に振ってアレンはすげなく断った。アレンの反応が想像どおりだったのか、マチルダがくすくすと笑いを漏らす。

「というか、あいつらなら自分で帰ってくるだろ。一応金級の期待の星なんだし」

「信頼してるわね。さてと、おしゃべりはこのくらいにしてアレンは今日の分の報酬の受け取りでいいのよね？」

「おう、頼む」

「了解」

軽くウインクして依頼達成の処理を始めたマチルダの姿にふっ、とアレンは笑みを浮かべ、そして視線を戻して元気に妄言を吐き出している大柄な男に向けた。明らかに事実とは異なることを言い続ける男の姿に、アレンが首を傾げる。

（なんでわざわざ自分の首をしめるような嘘をつくんだろうな。『ライオネル』が帰ってきたらすぐにバレるだろうに……んっ、ああ。帰ってこないと思って欲が出たわけか）

大柄な男が嘘をつく理由を考えていたアレンだったが、その途中で思い当たることがあった。

現場を見ていたアレンだからよくわかる。一面のブルファングに包囲されたあの状況で生還するなどありえないと、男は考えているのだろうと。

そういえば九階層でもそんなことを言っていたような気がするなとアレンはあの時聞いた会話を思い出していた。大柄な男はブルファングから守ってくれたパーティである『ライオネル』に罪をなすりつけ、『ライオネル』が地上に残している資産を合法的に奪おうと計画したのだとアレンは推測した。

片方が全員死んでしまっていれば、死人に口無し。ダンジョン内で証拠が見つかる可能性は低いし、やりたい放題とまでは言わないが確かに金を手に入れられる可能性は高い。

（うっわ、ゲスだな。いっそのこと聞いたこと全部暴露してやろうか）

周囲の反感を買っても主張を繰り返すその行為が、そういった考えに基づいているとすればアレンも納得できた。そしてどこかその男に余裕が感じられるわけも。

「アレン、報酬の用意が……すごい顔してるわよ。どうしたの？」

「あー、まあちょっとな」

アレンの依頼達成の処理を終えたマチルダが、アレンの渋い顔に目を見開いて驚く。その表情を見て我に返ったアレンは大きく息を吐いて首をぶるぶると振り、マチルダが差し出していた報酬の三万ゼニーを受け取った。と同時にマチルダの耳元に顔を寄せる。

「マチルダ。俺、九階層で薬草採取している時にあいつらのパーティが言い争っているのを聞いたんだ。今の主張とはまるっきり反対のことを言っているのをな」

「それって！」

「とりあえず今はそれだけ伝えとく。『ライオネル』が帰ってきたらあいつらが話すだろうから、そうしたらこの話は忘れてくれ」

　それだけ言い残し、アレンはひらひらとマチルダに手を振ってギルドの出口に向かって歩いていく。途中、未だに主張を続ける大柄な男に少々鋭い視線を投げかけ、そしてアレンがギルドの出入り口のドアを開けようとしたその時、目の前の扉が急に内側に開きアレンに迫った。

「うおおおっ！」

　アレンは再び、抱えた食材を守りつつ、必死にドアを避ける。風を感じるほどギリギリで避けたアレンが安堵の息を吐き、その相手に文句を言おうとして口をつぐむ。そこにいたのはライオネル本人だった。

　アレンとライオネルが至近距離で視線を合わせる。ライオネルの顔が徐々に渋くなっていくのに比べ、アレンはニヤニヤと笑みを深めていった。

「よう、ライオネル。お前、そこの冒険者にブルファングけしかけたんだって？」

「あっ？　半端者がなにを言ってやが……てめえ!!」

　からかうような口調でそう言ったアレンに言い返そうとしたライオネルだったが、アレンが指差した先にいた大柄な男を見て、突然走り出した。死んだはずの人物が目の前にいるのが信じられないのか、驚愕の表情のまま固まっていたその男の頬にライオネルの拳が当たり、鈍い音を響かせながら男が地面を転がる。

ライオネルの登場にワッとギルド内が沸き、次々と冒険者たちがライオネルに声をかけていく様子を眺め、アレンが頬を緩めた。そして出入り口で取り残されていた『ライオネル』のメンバー四人にアレンは向き直った。

「よっ、お疲れ。なんか大変なことがあったみたいだな」

「アレン……」

「ギルドで起きてたことについてはその辺の奴に聞いてくれ。あと、いらないと思うがお前たちの事情について、俺が証言できることがある。詳しくはマチルダに聞いてくれ」

それだけ言って、アレンは四人の肩を叩いてその間をすり抜け、ギルドを出ていく。『ライオネル』のメンバー四人はその後ろ姿をなんとも言えない表情で見送っていた。

『ライオネル』の面々が無事帰ってきたことを確認できたアレンは足取り軽く自宅への道を歩いていた。一応、最悪のケースとして、誰かが欠けているということもあり得るとアレンは考えていたのだ。

大岩に穴を開けたと思われるパーシーと、出入り口でブルファングの進入を防いでいた近接系のライオネルかナジームのどちらかは確実に生きているだろうとはわかっていた。しかしそれ以外の者についての生死は外からでは判断できなかったのだ。

心配する気持ちはあるのにアレンが直接助けに行かなかったのは、正体がバレないようにということもあったが、一番の理由はアレンが行ったとしても意味がないからだった。

アレンの回復手段としては基本的にポーションなどのアイテムしかない。それであれば、『ライオネル』もアレンより質の良い物を、毎回十分な量準備したうえでダンジョンに入っていることをアレンは知っていたし、神官のトリンがいれば神の奇跡による回復という方法もある。

つまりアレンにできることなど全くなかった。だからこそアレンは十分な量のブルファングを間引きするだけに止めて九階層に向かったのだ。とはいえ気になっていたのは確かであり、それがすっきりと解決したためアレンは上機嫌だった。

自宅にたどり着いたアレンが、いつもどおりドアを開ける。

「あっ、レン兄おかえり。お腹空いたよー」

「……」

テーブルにだらーんと突っ伏しながら、そう出迎えの声をかけてきたレベッカを見てアレンがしばし固まる。そしてアレンは頬を上げて目を細め、柔らかく微笑んだ。

「おう、ただいま。ちょっと待ってろ、今から美味い飯を食わせてやるから」

食材を抱えたアレンがキッチンに向かって歩いていく。自分を迎えてくれる久しぶりに聞いた「おかえり」という言葉に、懐かしさと湧き上がってくる嬉しさを嚙み締めながら。

「本当に料理が上手くなったよね、レン兄」

「おう、ギルド職員の時代に、かなり時間に余裕ができたからな。色々とやってみたんだ」

「あー、レン兄ってもともと小器用だもんね。うぅ、美味しかったけどお腹が重い」

「小器用って褒められてるのか、けなされてるのか、微妙な感じだな」

　アレンの作った歓迎用の料理を全く残すことなくぺろりと平らげたレベッカは、丸くなったお腹のせいで満足に動けなくなっていた。そんなレベッカの様子をアレンは笑いながら眺め、片手間に食器などの片づけをしている。

「小器用は褒め言葉だよ。特に行商人としてあちこち巡っていると、ここにレン兄がいたら楽だったろうなーって思うこと多いもん」

「へー、やっぱ行商人は大変か？」

「まあね。行商中はモンスターや盗賊に襲われる可能性があるし、野営することも多いからその時は粗食になるし。街の中でも人との繋がりを作るため色々と努力や工夫をしないといけないし、なによりそこで情報収集を怠ると商品が全く売れなかったりするんだよ。別の行商人が直前に通ったルートを知らずに行っちゃった時は悲惨だったなぁ」

　遠い目をしだしたレベッカの様子に、その時は本気でヤバかったんだろうなとアレンが苦笑する。現状、無事で元気だし、苦い記憶ではあるのだろうがレベッカにとっても良い経験にな

ったのだろうとアレンは考えていた。冒険者たちも自分の失敗や苦労話を笑い話として話すのが好きな者が多い。それと似たようなものだろうと思ったのだ。

それはそうと、ちょうど話題が出たのでアレンは一番気になっていることを聞くことにした。

「で、モンスターとか盗賊とかの対策は大丈夫なのか？」

「うん。街でちゃんと情報を収集しているし、基本私は何人かでキャラバンを組んでいるから。キャラバンで雇う冒険者を見る目も自信があるよ。昔からレン兄見てたしね」

「役に立ったようで光栄だ」

「まあ、固定で私たちについてくれているパーティがいるってのも大きいんだけどね」

ぺろっと舌を出して本当の理由をバラして笑うレベッカにアレンが笑い返す。

街や村などを巡る行商人はリスクの高い仕事だ。先ほどレベッカ自身が言ったようにモンスターや盗賊に襲われるといった危険があるのはもちろんだが、下手な冒険者に当たった場合、その者に襲われる可能性さえあるのだ。特にレベッカのように若い女性の行商人は珍しい。金銭目的以外の理由で襲われる可能性もないとは言えなかった。だからこそ固定パーティがついているということにアレンは安堵していた。

レベッカの話す様子から、その冒険者たちが信頼の置ける者であることは疑いようがない。アレンのように決まった街を拠点とする冒険者が多い中、行商人について各地を巡ってくれる信頼の置ける冒険者と交誼を結ぶなどなかなかにできることではないのだ。

一度礼を言っておいてもいいかもな、そんなことを考えたアレンだったが、ふとここである考えが浮かぶ。

「なあ、レベッカ。その固定の冒険者って六人パーティで男五人、女一人の銀級だったりしないよな？」

「んっ？　なんでそんなことを聞くの？」

「いや、ちょっとな」

もしかして『ライオネル』をはめようとしたパーティじゃねえだろうな、という不安から聞いてみたのだが、さすがにその理由を口に出すのははばかられた。言葉を濁したアレンの様子に首を傾げていたレベッカだったが、まあいいか、と考えたのか、しばらくして首を横に振る。

「ううん、違うよ。私たちについてくれているのは『さまよう牙』っていう鉄級のパーティで男女二人ずつだから。というか銀級なんて高すぎて雇えないよ」

「それもそうか。それでその『さまよう牙』って奴らは今どうしてるんだ？」

「私たちが街にいる間はギルドで依頼を受けているみたいだから、今回もそうだと思うよ」

「ふーん、そっか」

何げなく返事をしたアレンの様子に、さっと顔色を変えてレベッカが慌てて口を開く。

「まさか、レン兄。挨拶に行こうとか考えてないよね？」

「いや、ギルドで会ったら妹がお世話になってます程度の話はしようかと思っていたが」

「ダメだからね！」

「じゃあ観察は？」

「禁止！」

手をクロスさせて拒否の姿勢を露にするレベッカの様子に、少しだけ肩を落としながらアレンがわかったことを示すため、うなずいて返す。

（仕方ねえ。マチルダに情報収集を頼むか。大事な妹を守ってくれているパーティのことだしな）

自らの手ではなく、人の手を借りるのであればセーフだろうと考えたアレンは、明日にでも頼みに行こうと決意する。

「レン兄、まだなにかしようと考えてるよね？」

「いや、俺はなにもしないぞ」

「ふーん」

完全に疑いの目を向けてくるレベッカにぶるぶると首を横に振ってアレンは返したが、その疑いが完全に晴れる様子はなかった。

しばらくレベッカの苦労話などを楽しく聞きつつ、食事の片づけをしていたアレンだったが、レベッカに笑顔で「家計簿を出して」と言われて表情を凍りつかせた。ついにこの時が来たかと。

なるべく自然な振る舞いを心がけ、それでも少しギクシャクしてしまいながらもアレンは用意しておいた家計簿などをレベッカに渡す。ぺらぺらとレベッカがそれをめくる音だけが響く部屋の中で、その対面に座ったアレンはその緊張感にごくりと喉を鳴らして待つことしかできなかった。

しばらくしてレベッカが顔を上げ、アレンを見つめる。

「レン兄」

「はい」

「すごい依頼を受けてるね」

「はぁ？」

完全に想定外の言葉にアレンが思わず間抜けな声を出してしまう。そしてレベッカが差し出してきた依頼書の控えを見ると、それは今受けている薬草採取の依頼だった。

「これ、日当三万なんだけど」

「ああ、ちょっと特殊な採取条件で結構苦労するんだぞ。依頼主が偏屈なじいさんでな、最初は何度突き返されたことか」

「うん、それは大変そうだけどこれ、ちゃんと見て。依頼受注中はずっと日当三万なんだよ。たとえ依頼をこなしてなくても三万入ってくるの。例えば明日私に付き合って一日街を巡るだけでダンジョンに行かなくても三万もらえちゃうんだよ」

レベッカにそう言われてアレンは改めて依頼書を確認する。確かに薬草採取の条件や場所、そして採取から納品までの時間についてはそこに書かれていたが、それ以外には報酬の支払い条件も、一日のノルマのようなものも書かれていない。読んだ限りではレベッカの解釈が正しいとアレンにも理解できた。

「でも流石にそれはもらえねえわ。仕事もしてないのに金だけもらうって、それはダメだろ」

あっさりとそう言い切ったアレンの姿に、レベッカが柔らかく笑う。その視線にはどこか、仕方ないなぁという我が子に向ける母性のようなものさえ感じられた。

「だよねぇ。レン兄ならそう言うと思った。でもこんな穴のある依頼、商人だったらむしりとれるだけむしりとると思うよ」

「商人、怖っ！」

「お金の大切さを誰より知ってるからね。ありがと、レン兄。家計簿についてはもう少し頑張りましょうって感じで及第点ね。支出がちょっと多くなりがちかな」

そう言ってアレンが保存していた書類の束をレベッカが返してくる。そしてそのままレベッカは立ち上がるとうーん、と手を上げて背伸びをした。

「じゃ、明日は私に付き合ってね。おやすみ、レン兄」

「さっきのは例え話じゃなかったのか。了解、予定しとく。あっ、ちょっとこの後出かけるから戸締まりはしっかりしとけよ」

「うん。もしかして彼女？　やっぱりマチルダさん？」

「ばーか、違えよ。腐れ縁って奴だ」

興味津々といった感じで返してきたレベッカの頭を軽くはたき、頭を押さえてうずくまるレベッカに苦笑しながらアレンが家から出て行く。

日の落ちた薄暗い通りを街の中心へ歩いている途中でアレンは気づいた。

（そういえば、部屋の中のこと聞かれなかったな。なんでだ？）

そんな疑問にアレンは首を傾げ、その理由を考えてみたが結局何も思いつかなかった。

街の中心に近づくにしたがって魔導具の街灯がぽつぽつと増えはじめ、出歩く人々の姿も多くなっていくが、その数は昼のライラックとは比較にならないほど少ない。国内の他の街と比べても治安の良いライラックではあるが、やはり闇にまぎれることが可能な夜という時間帯はなにかとトラブルに巻き込まれることも多く、一般人が出歩くことは少ないのだ。

出歩いているのは、自分は絶対に大丈夫だと根拠のない自信を持つ者や、なにかあったところで何も失うものがないと考えるような者、そして襲われても対処できるだけの力があると考えている者などに限られる。その中で一番多いのは最後の、力があると考えている者であり、その中には当然、冒険者も含まれていた。

というより、夜に出歩くのは仕事を終えて酒場に繰り出す冒険者が圧倒的に多かった。門が閉まる午後九時以降に営業しているのは基本的にそういった酒場のみであることからもそれがうかがえる。

アレンの目的地もそういった酒場の一つであり、その中でも比較的高級な部類に入る場所だった。トレント材で作られた年季の入った扉を開き、わざと光量を落として落ち着いた大人の雰囲気を出している店内にアレンが入る。そしてゆっくりとした足取りで、しかし一切迷うことなく店の奥へ歩いていった。

出入り口からでは見えない奥に設置された特別な席に目的の人物たちが座っているのを見つけたアレンは、そこに近づいていく。テーブルに五つ用意された椅子の中で一つだけ空いている席に手をかけ、アレンが小さく笑う。

「ここにいるってことは疑いが晴れたみたいだな」

声をかけてきたアレンへ座っていた四人の視線が集まる。そこにいたのはナジーム、パーシー、トリン、ピートという、金級パーティ『ライオネル』のリーダーであるライオネルを除いた四人だった。いつもであればライオネルに同調してアレンをはやし立てたりする彼らだが、今はそんな様子もなく穏やかな表情でアレンを見つめていた。

「立っているのもなんですから、アレンさんもお座りください。今日はライオネルのおごりですのでどれだけ高いお酒を注文していただいても構いませんよ」

「おっ、マジか。っていうか当の本人がいないが、やっぱいつもどおり？」

神官であるトリンの勧めにしたがい、アレンがその空いていた席に腰を下ろす。そしてここにいないライオネルのことを尋ねると、四人全員が苦笑した。

「ライは酒に弱いからね。でも今日は飲まずにはいられなかったみたいだよ」

「助けた者に裏切られたのだからな。ライの性格では仕方ないだろう。トリンも怪我を負わされたからなおさらだ」

斥候兼弓士のピートの言葉に、魔法使いのパーシーが同意し、そして言葉を付け加える。アレンは怪我という単語に反応し、トリンに視線をやった。

「怪我の状態は？」

「はい、足首をひねったくらいでしたので既に治療は終わっています。すみません、油断してしまいました」

「トリンは悪くねえだろ。悪いのはトリンを押しのけてまで逃げようとしやがったあいつらだ」

申し訳なさそうに謝るトリンに、剣士のナジームが裏切った相手に対する怒りをその顔に滲ませる。とはいえ、その怒りも本人が目の前にいるわけでもない今の状況では長続きすることなく、ふぅ、と息を吐くとナジームは表情を戻した。

「それより、アレン。お前の証言助かったぜ」

「んっ？　あぁ、あの九階層で聞いた話のことか。別に証言ってほど具体的には伝えてないぞ。お前らが帰ってきたら自分たちで身の潔白を証明するだろうと思ったし。妹も戻ってきてるから面倒は避けたかったからな」

「それでもだよ。あいつ全然諦めなくて、俺たちも困ってたんだがマチルダさんが何か囁いたら途端に大人しくなってよ」

「悪いね、アレン。マチルダさんに少々強引に聞かせてもらったよ。何度も断られたんだけど、僕たちもそれを知る必要があると思ったからね」

申し訳なさそうな顔をしながら、それでもパンパンと力強くナジームがアレンの肩を叩き、その隣でピートがアレンのために空いたグラスに琥珀色に輝く高級酒を注ぎながら謝る。

「いや、別に良い。それよりマチルダには悪いことをしたな」

「私たちからも謝罪の品を贈るつもりだが、アレンもフォローを頼む。アレンには悪いが、マチルダさんの決断のおかげで助かったのは本当だ。つい二時間ほど前までずっと抵抗を続けていたからな」

「マジか。想像以上にヤバイ奴だな、あいつ」

パーシーの言葉に、アレンが目を丸くして驚く。アレンがギルドに向かったのは午後三時ごろ。現在は午後九時過ぎであるため、アレンがギルドから出ていって四時間以上抵抗していたということになるからだ。

そりゃあマチルダもなんとかしようと思うわ、とアレンは苦笑いし、そしてアレンが関わらないように配慮してくれたマチルダになにかお礼をしなければなと思った。

目の前に置かれた琥珀色に染まったグラスを手に取り、それを渡してくれたピートにアレンは視線を向けて笑うと、一気に飲み干す。高級酒特有のアルコールが喉を通る心地よい感触を、そして鼻から抜けていく芳醇な香りの余韻をアレンは楽しんだ。

「でも、それからが大変だったんだけどね。あいつのパーティメンバーがその直後にギルドに来てさ、名前は忘れたけど背の高い仲間がそいつをたこ殴り。若い女は大泣きしちゃうし、もう一人の男はそれをなだめるだけで役に立たないし」

「んっ、どういうことだ？」

いまいち状況が摑めなかったアレンが聞き返す。

あの大柄な男が嘘の主張をしてわめいていたことは強く記憶に残っていた。しかし言われてみればその仲間がその場にいた様子はなかった。脳内で状況を整理しているアレンに、パーシーが説明を始める。

「どうも俺たちをはめようとしたのは、先に報告に来ていた男の独断だったらしい。他の者は自分たちがしたことを黙っているだけのつもりだったようだ」

「あいつ本当に馬鹿だな」

「二人仲間が亡くなったらしいですから、その身内などに得たお金で補償をしたいと考えたのかもしれません。身勝手で浅ましい考えだとは思いますし神の教えにも背いていますが、気持ちが全く理解できないというわけではありません。仲間を失うのは辛いことですから」

ちらっとアレンに視線をやりながら言ったトリンの言葉に、アレンはその視線の意図に気づかないふりをしながら少し首を傾げて苦笑する。

トリンは昔から神官という職業柄かもしれないが、人の善意を信じすぎているところがあった。今回の件についても、アレンにはあの男が金を欲したのは自分たちのためであるとしか考えられなかった。もしかしたらトリンの言うように、一部は死んだ仲間の身内に払うつもりがあったのかもしれないが、それが主な動機ではないだろうとアレンは思っている。とはいえそれを直接トリンに言うような無駄なことはしないが。

ひととおり話を聞いたことで、知りたいことを知ったアレンはトリンによって再び注がれた酒をもう一杯飲み干し、立ち上がる。

「とりあえず、お前らの疑いは晴れたってことでいいな。んじゃ、俺の用件は終わったから帰るわ」

そう言って背を向けようとしたアレンにピートが声をかける。

「ねえ、アレン。君の弟や妹もいなくなったんだから昔みたいにパーティを組まない？　きっとライも本当はそれを望んでいると思うんだ」

視線を戻したアレンに向けて、ピートが真剣な表情で小さくうなずく。そして他の三人も同様にうなずいていた。

目の前の四人がライオネルとパーティを組むきっかけになったのは、アレンが新人だったライオネルの依頼を受けて、冒険者としての基礎を教えていた頃にあったちょっとした出来事のせいだった。それからしばらくは六人でパーティを組んでいたのだ。ある事情によりアレンがパーティを離れ、その結果、関係はこじれていってしまったのだが。

　少しの間アレンはそのことについて考え、そして首を横に振った。

「今更だしな。それに外にガス抜きできる対象がいた方がいいだろ、あいつの場合」

「アレンはそれでいいのか？」

「まあな。それにあいつにむかついてるのは本当だし。半端者、半端者って、人が気にしてることばっかり言いやがって。あー、なんか思い出したらむかついてきた。そういえば今日はあいつのおごりだったよな」

　アレンがテーブルの上に用意された開いていないワインなどを数本かっさらっていく。その全てが一本十万ゼニー以上するような高級なものだ。

「じゃ、レベッカの土産にさせてもらうな。あと最後に言っておくが、お前らライに甘すぎ。あの馬鹿に嫌なものを見せたくないのかもしれないが、今回みたいなことが起こるってことも考えとけよ」

　そう言い残してアレンは高級酒を両手に酒場を出ていった。その後ろ姿がドアの向こうに消えていくのを見送った四人は、顔を見合わせ苦笑した。

「アレンも相当馬鹿だと思うけどな」

「僕たちにライに同調しておけって言っておいて、本当に傷ついてたりするし。損な性格してるよね」

「そうだな。しかしアレンの言うことにも一理ある。今回のような突発的な事故に備えて、ある程度の経験を積ませるのも手ではないか？」

「ライオネルには清らかな心のままでいてほしい気もしますが、仕方ないでしょうか？」

四人の話は続いていく。彼らがライオネルに薄汚いものが近づかないようにしていることをライオネル本人は知らない。知られないように四人で協力して動いているのだから、当然かもしれないが。

彼らは真っ直ぐなライオネルが好きだった。ライオネルに命を救われたその日からずっと彼を支え続け、そしてそれに足るように努力を続けてきたのだ。それは行き詰まり始めてきた今の状況を打開するために、レベルアップの罠を使って多少なりともステータスを上げようと彼らの方から申し出たことからもそれがわかる。とはいえその案はライオネル自身に拒否されてしまったが、それほど彼らは本気だった。

彼らはこれからもライオネルを支え続ける。自分たちの英雄の活躍をその目に焼き付けるために。そのためになにをなすべきか、それを彼らは夜がふけるまで話し合い続けたのだった。

［第五章］偏屈な老人と自己依頼

『ライオネル』のパーティメンバーに酒場で話を聞き、そして酒を数本ひっさげて帰った翌日、アレンは約束どおり朝からレベッカと一緒にライラックの街を巡っていた。

「うーん、結構変わってるもんだね」

「そうか？」

行商の一環として街を連れまわされ、多少疲弊した表情をしたアレンに比べ、生き生きと楽しげにレベッカは店めぐりをしていた。この街でずっと暮らしているアレンには、大して変わっているように思えなかったが、レベッカはうんうん、とうなずきながら言葉を続ける。

「うん。さっきのお店は息子さんに代替わりしてたし、他にも仕入先が変わったのか並ぶ商品の質が落ちてるところもあったよ。レン兄が行きそうな店はそんなに変わってなかったけど」

「へー、よく見てんな。さすが行商人」

「一流の、が抜けてるよ」

「へいへい、一流、一流」

えっへん、と胸を張って威張るような仕草をするレベッカに対し、いつもしているダンジョンでの探索に比べれば体力的には楽であるはずなのに、それ以外の部分をゴリゴリと削られたアレンが適当に返事を返す。そんなアレンの様子にレベッカが表情を崩して笑いだした。

「ははっ、レン兄って相変わらず買い物が苦手だよね」

「違う。俺だって普通に買い物くらいするからな。お前の買い物の基準がおかしいんだよ。どれだけ回るつもりなんだよ」

「えーっと、とりあえず今日は南地区の全店？」

「勘弁してくれ」

小首を傾げながらそう言ったレベッカに、天を仰ぎながらアレンはその顔に手を当てて嘆く。エリアルド王国でも有数の都市であるライラックにはかなりの数の店があるのだ。街を四等分した内の一区画だとしても、それを一日で巡るというのはアレンからしてみたら正気の沙汰とは思えなかった。

「冗談だよ。ある程度目星はつけてあるから。それにレン兄も可愛い女の子とのデート気分を味わえるんだよ」

「可愛い女の子って言っても、妹だしなぁ」

「いいじゃん。彼女さんとの予行演習にぴったりだよ。私ならなにか失敗しても問題ないし」

あまり乗り気ではないアレンに、少し頬を赤くしたレベッカが手振りを加えながら力説する。

その様子を見ていたアレンは、なんで赤くなってるんだ？　と少し疑問に思ったが、店を巡ってテンションが上がっているんだろうとさらりと流した。本当は、可愛い女の子の部分を否定もせずにさらっと認めたアレンの態度に、レベッカ自身が恥ずかしくなって赤くなっていたのだが。

「じゃあ次に行こっか。次はレン兄お得意の材木商のところだよ」

「いやお得意というか屋根の補修ではお世話に……そういやレベッカ、家の中が変わったことについて聞かれなかったけど、気づいてないってわけじゃねえよな」

「あー、綺麗になってたこと？　もちろん気づいてるよ。しかもちょっと良い木材だよね」

微妙なアクセントをつけたレベッカの言葉に、やっぱりトレントの建材を使っていることに気づいていたか、とアレンが苦笑を浮かべる。行商人をしているくらいだし、色々と聡いレベッカであれば家から離れている間にかなりの知識を身につけているだろうとアレンは予想していたが、正にそのとおりだったわけだ。

「うん、それもあって材木商にも寄りたかったんだ」

「いや、あれは買ったわけじゃなくって自分で採取してきたんだぞ」

誤解を解こうとアレンがそう伝えるが、レベッカは笑いながら首を横に振ってそうじゃないと示した。

「それはわかってるよ。ニックさんにも聞いたし」

「あれっ、ニックに会ったのか？」

「あっ！　うん。たまたま家に帰るときにばったり会ってね。リリーちゃんの自慢話されちゃった」

思わぬところでレベッカからニックの名前が出てきたので目を見開いて驚くアレンに、苦笑しながらレベッカが答える。

「あー、なんというかお疲れ様」

「うん。あれはリリーちゃんの将来が心配になる溺愛ぶりだよね。たぶん構いすぎてそのうち嫌われると思う」

「辛辣な意見だな。まあ、今度ニックに伝えとく」

リリーとはニックの愛娘である五歳の女の子のことだ。ニックと同じ赤い髪をしており、母親に似た緩くウェーブしたその髪が動きに合わせてふわふわと舞う姿はまるで天使のようであり、その汚れなど一切ない澄んだ瞳は宝石に勝るとも劣らないと評判の美少女である。まあそう言っているのは全てニックであるのだが。

養護院で仕事した時も、そして九階層でトレントを倒していた時もなのだが、リリーに関する話を延々とアレンは聞かされたのだ。そんなアレンの頭には、ニックが嬉々としてレベッカにリリーの話をしている様子が浮かんでいた。なにせアレン自身、リリーとの面識はそこまでないはずなのに、趣味から好みの食べ物、苦手な虫、はたまたお気に入りの靴まで覚えてしまっているくらいなのだ。

てっきりプレゼントを催促（さいそく）しているのかと疑ってしまうくらいなのだが、ニックにそんな気が一切ないことは付き合いの長いアレンにはよくわかっていた。ただ単にリリーのことが話したくてたまらないだけなのだ。

レベッカの言うとおり、もしリリーに嫌われたりしたらニックは絶望してなにをしでかすかわからないと思えるほどの溺愛ぶりだった。だからアレンは少々強引にでも言って聞かせようと決意する。親友の悲しむ姿は見たくないからだ。

そんなことをアレンが考えている間にも材木商にたどり着き、レベッカが興味深そうに商品を眺（なが）めていく。顔見知りの店員とアレンは挨拶（あいさつ）を交わしながら、アレン自身も補修に使う材木を眺めていた。

家の中はトレントで完全にリフォームしたためあまり必要はないのだが、放置しすぎて外側がぼろくなりすぎるのもまずい。だからアレンはここには定期的に適度に修繕（しゅうぜん）するために来るつもりだったのでついでというやつだ。

外装の修繕に必要になりそうなものをある程度見終わり、店員となにやら話しているレベッカの姿をアレンは眺める。その姿は行商人と言うより、普通に街の住人が買い物に来ているようにしか見えなかった。店員も笑っているため、余計にそう思えるのかもしれなかったが。

しばらくして話を終えたレベッカが笑顔でアレンに近寄ってくる。その姿は店内に入る時よりも明らかに上機嫌であることがアレンにはよくわかった。

「良いことがあったみたいだな」

「うん。まあまあ収穫があったよ。本命じゃなかったけど」

「本命？」

まるで今日の店めぐりはそれが目的だったかのような言い草に、アレンが聞き返す。それに対してまるで世間話をするかのようにレベッカは答えた。

「うん。でも本命はもうちょっと後かな。伝手が全然足らないんだー。最悪レン兄に頼るかも」

「いや、別に最悪じゃなくても頼っていいぞ」

「うーん、でも今はやめとく。もうちょっと自分で頑張ってみたいし」

そう言ってふんっ、と息を吐いて力こぶをつくるレベッカの様子に、アレンはそれ以上言うのを止めた。せっかくレベッカがやる気になっているのに邪魔しては意味がないし、それが行商人であるレベッカのプライドに関わることのように思えたからだ。

だからアレンは黙って見守ることにした。今はやめとく、ということだからいつかは頼られるかもしれない。その時にできる限りのことをしてやればいいと自分を納得させて。

「で、どうすんだ。まだ店めぐりを続けるのか？　そろそろ昼だし、どこかで飯でも食って一旦休憩させてくれると俺としては嬉しいんだが」

少し冗談めかしてそんなことを言ったアレンに、ニパッとレベッカが待ってましたとばかりに満面の笑みを向ける。どこに出しても恥ずかしくないような完璧な笑顔なのだが、なぜか走った寒気にアレンが体を震わせる。

「私、『木漏れ日の庭』に行ってみたい」

「『木漏れ日の庭』って、お前、ライラックでも一、二を争う高級店じゃねえか！」

「庶民にとっては、が抜けてるよ」

『木漏れ日の庭』と聞いて驚愕するアレンに、いたずらに成功した子供のような顔をしながらレベッカが言葉を付け足す。

その店はアレンが言ったようにライラックの食事処の中で一、二を争う値段を誇る高級店だ。もちろん貴族などが行くような店ではないのでドレスコードはなく、庶民がとっておきの時に行くようなそんな類の店だった。アレンが普段行く食堂の優に十倍を超える値段のメニューしかないという噂であり、当然のことながらアレンはそんな店に行ったことはない。

「いや、そうかもしれんが……さすがに。それに昨日支出が多いってお前が言ったんだろ」

「まあね。でもこういった店を知るのも経験だよ。いつか役に立つかもしれないじゃん」

「そんなことを言って、ただ食べてみたいだけだろ」

アレンがジトッとした目でレベッカを見つめる。それに対してなんてことのない風を装いながらレベッカは視線を逸らした。その口元には笑みが浮かんでおり、からかわれていることに当然アレンは気づいていたが。

「やっぱやめだ。レベッカ、冗談もほどほどにしろよ」

「えっ、冗談じゃないよ。からかったのは本当だけど」

「金はどうすんだよ。たぶん手持ちで足りるとは思うが、自慢じゃねえが保証できねえぞ」

「本当に自慢じゃないね」

吹き出すようにレベッカが笑う様子をアレンはじっと眺めていた。そして、続いてレベッカの口から出てきた言葉にアレンはしばらく理解が追いつかなくなる。

「私がおごるから」

「はっ？」

「小金は持ってるからね。代わりに一つ、レン兄に提案があるんだ。これを前金として私の依頼受けてもらえない？」

レベッカからの依頼という話に戸惑いながら、なし崩し的に『木漏れ日の庭』に連れていかれたアレンは、レベッカに誘導されるようにして中に入った。

さすがに庶民の中で、とはいえ高級店である『木漏れ日の庭』は、その名を意識したように、温かい雰囲気の木製の調度品でまとめられた落ち着ける空間になっていた。やたらとカップルが多いことを除けば、アレンも思わず良い雰囲気だなと思ってしまうほどだったのだが、その値段設定を見てピキッと固まるほど、アレンの常識とそれはかけ離れていた。

食堂などで見る調理の姿と違い、わざと料理する姿をお客に見せることで会話を弾ませることを目的にしているのか、洗練された調理姿をアレンはしっかりと凝視する。せめて少しでも元をとらなければという使命感からだ。

そして配膳された食事は、アレンの想像以上に素晴らしいものだった。味もそうなのであるが、細工まで施され、まるで一つの芸術作品へと昇華されたような料理を前にアレンの手は止まってしまい、大笑いしたレベッカに促されてやっと食べ始めたくらいである。その経験がアレンの今までの料理という常識を塗り替えたのは確かだった。

「もう、私が払うって言ったのに」

「いや、久しぶりに帰ってきた妹に食事代を払ってもらう兄ってのもアレだろ」

本気で払おうとしたレベッカをなんとか止めて半ば強引に二人分の支払いをしたアレンだったが、そのせいでアレンの財布はかなりの軽さになっていた。レベッカの買い物に付き合うからという理由でアレンが普段持ち歩く数倍のお金を財布に入れてきたわけだがそれでも結構ギリギリだったのだ。とはいえ足りたことには変わりなくアレンはほっとしながら、朝の自分の判断を内心褒めていた。そのおかげで兄としての威厳をなんとか保てたのだから。

若干頬を膨らませているレベッカの頭を昔していたように軽く撫で、そしてその表情が和らいだことを確認したアレンも頬を緩める。

「で、食事中はさすがに聞けなかったが依頼ってなんだ？」

「あっ、うん。受けてくれるの？」

「依頼を受けるのが冒険者だからな。まあ内容にもよるし、偏屈じいさんの依頼も……あー、そういやそっちも話に行かねえと。じいさんのところに向かいながら話を聞かせてもらってもいいか？」

「うん」

歩き出したアレンの横に上機嫌で並んだレベッカが依頼についてアレンに話していく。その内容はアレンにとってはそう大したものには思えなかった。なぜならアレンがつい昨日したばかりのことだったからだ。

「つまり、九階層に行ってトレントを狩ってこいと。ついでに加工もしてほしいってことでいいんだな」

「うん。しかも大量にね」

「でも俺一人じゃあ運べる量なんて、たかが知れてるぞ。さすがに九階層まで何度も行き来するのはちょっと面倒だし」

木級冒険者のアレンとして行動するのであれば、持ち運びができる量はせいぜい昨日持ち帰ったくらいの量にすぎない。荷車を引くという手がないわけでもないが、階層間は階段で繋がれているため、その時はどうしても持って運ぶことになってしまう。

いっそのことニックたちのレベル上げを無料で手伝ってやり、そいつらに謝礼代わりに運ぶのを手伝ってもらうか、と考え始めたアレンに、にしし、と口に手を当てて変な笑い方をしてレベッカが首を横に振った。

「運搬については私に考えがあるから気にしないで」

「考え、ねぇ。まっ、いいや。じゃあやること自体はトレントを倒して加工するだけだろ。なら別にいいぞ」

「やったぁ。じゃあさっそく具体的な話を……」

「いや、じいさんと話すのが先だからな」

一軒の家の前で歩みを止めたアレンの横で、レベッカがその家へ視線を向ける。立派な門構えをした、もはや屋敷と呼んでも差し支えないようなその家へ。

アレンが躊躇することなく勝手に門を開けようとする。それを見たレベッカは慌ててその手を掴んだ。

「なにしてるの、レン兄？」

「いや、じいさんに会いに行こうとしてるんだが」

「こういう門って使用人が開けるまで待つのが常識だよ。レン兄だってさすがに知ってるでしょ」

焦った顔でそんなことを言うレベッカに、アレンはうなずいて返す。

確かにレベッカの言うとおり、一般的に目の前にあるような、大きな屋敷などに設置された門を開けるのは使用人の役目だ。それを無視して無断で入ってしまえば下手をすれば不法侵入として捕らえられてもおかしくない。そのことについてはアレンも常識として知っていた。だが……

「いや、ここで待ってても誰も来ねえんだよ。初めて依頼を受けて薬草を納品に来たときはそのせいでダメになっちまったしな」

「えっ？」

「ここに住んでるのじいさんだけらしいし、そのじいさんから勝手に中に入ってこいって言われてるから問題ない。じゃ、行くぞ」

それでも躊躇するレベッカの手を引き、あっさりと開けた門を通ってアレンが中に入っていく。落ち着かない様子で周囲をきょろきょろと見回すレベッカの姿に、ちょっとだけ口元を緩めながら玄関にたどり着いたアレンは、またしても躊躇することなく、しかもノックもせずにそのドアを開けた。

「ちょっ、レン兄！」

「だからいいんだって。勝手に中に入ってこいって言われてるってさっき言っただろ」

そう言われて、レベッカは初めて自分の思い違いに気づいた。勝手に中に入ってこいという言葉が門の中にという意味ではなく、本当に中まであることに。同時に心の中でレベッカは意識を切り替えた。アレンが受けた依頼の内容、そしてこの屋敷、その伝え聞いた言動全てから判断して、半分デート気分の今の自分では対処しきれないかもしれないと考えたからだ。

手を引くレベッカの様子が変わったことに、先へ進んでいくアレンは気づくことなく、広いホールをずんずん歩き、その先にあった部屋の扉をゆっくりと開ける。もう、レベッカが驚き、声を上げることはなかった。

開いた扉の奥から流れてきた、薬草独特の青臭く、ちょっとツンとした匂いに少し鼻をひくひくとさせてアレンが室内を見回し、部屋の隅のほうで紙にペンを走らせている老人を見つける。

「おーい、じいさん。今いいか？」

「んっ、アレンか。今日はどこの薬草を持ってきたんじゃ？」

「悪い。今日はちょっと用事があってダンジョンに行ってなくてよ。まあその件もあって話に来たわけだが」

「よくわからんが、それならちょっとそこらで待っておれ」

「了解」

白いひげを生やした老人が顔を上げてアレンと短くやりとりする。

それが終わると老人はすぐに書き物を再開してしまい、アレンもそれを気にする様子もなくそこらにあった椅子を二つ並べて、老人を見つめたまま固まっていたレベッカを連れてそこに座った。

「あっ、レベッカって薬品系の匂い大丈夫だったか？」

「うん。商品として取り扱っているからね。どこでも一定の需要は絶対にあるから定番商品だよ。それにしてもレン兄、あの人って……」

一心に書き物を続ける老人へ視線を向けたレベッカに、アレンが苦笑いを浮かべながら答える。

「あぁ、依頼人だ。依頼の条件がやたらと厳しいし、名前さえ教えてくれない偏屈なじいさんだけどな」

「聞こえとるぞ、アレン」

一瞬だけ鋭い視線を二人のほうに投げかけながら老人がそう言い、それにビクッと体を震わせたレベッカに向かってアレンは安心させるように柔らかく微笑んだ。

「まっ、あんな感じだ。偏屈だけど性格は普通に優しい……優しいか？　んー、悪い人ではないから安心しろ」

こくこくとレベッカが未だに緊張した様子でうなずくのを見て、アレンがくしゃっとその髪を撫でる。さすがにこの状態ではレベッカの依頼の話をするのは無理だなと考えたアレンは、ここで受けた薬草採取の依頼についての苦労話などを冗談交じりに話していった。

それはレベッカにとって信じられないような話ばかりだったが、アレンが嘘を言っていないということは家族であるレベッカにはわかっていた。

「そこでじいさんがな、ならばもう一度取りに行けばよいとか言いやがって。失敗したのは自分なのによ」

「それは見解の相違じゃな。アレンが突然声をかけなければ儂は失敗などせんかった」

「いや、じいさんがこぼしそうだったから俺は声をかけたんだぞ」

自然に会話に割り込んできた老人に、二人が少し驚きながら目を向ける。

まず眼に入ったのは元は白衣だったと思われる老人の服なのだが、それは所々緑や黄色、そして黒などに染まってしまっている。しかしそれを老人は不思議と不潔感を漂わせることなく着こなしていた。少しキョロキョロと周りを見回した老人が、近くにあった椅子を適当に引き出してきて二人の前に座る。

「で、用件はなんじゃ？」

「いや、なんかじいさんの依頼に穴があるって教えてもらってよ。働かなくても金が支払われるってまずいだろ。実際に今日は俺ダンジョンに行ってねえし」

「そんなことか」

「いや、そんなことって、金は重要だぞ」

あっさりとアレンの話に興味を失った老人に、アレンがちょっと食い気味に反論する。アレンにとってその発言は信じられないものだったからだ。しかしそんなアレンとは対照的に、老人は全くアレンの言葉に共感していなかった。

「儂にとって重要なのは時間じゃ。金ならあるしのう」

「なんかレン兄とは正反対だね。レン兄は時間はあるけど金がない」

「うっさいわ！　それに金なら少しは貯まってきてるぞ」

「価値観の話だよ。まあ私たちのせいでもあるんだけどさ」

そう言ってどこか悲しげに目を伏せたレベッカにアレンは少し言葉を詰まらせ、すぐにそんなことはないと伝えようとした。しかし、その前に老人が口を開く。

「嬢ちゃん。お主の兄はなかなか見込みのある男じゃよ。真面目で、堅実。なにより大切なものが何かをちゃんと知っておる。そうなったのはお主たちがおったからじゃろ」

「……」

「誇れとまでは言わん。だがそれほどまでに想われた自分を卑下してはいかん。嬢ちゃんにはまだまだ時間がある。恩は、返すものじゃよ」

「はいっ！」

ごしごしと潤んでいた目をこすり、レベッカが大きな声で返事をする。そんな姿を好々爺然とした笑みを浮かべながら、なにか眩しいものを見るように老人は目を細めた。そんな二人の会話を、当事者であるはずなのに取り残された気分で眺めていたアレンがポツリとこぼす。

「なんか、じいさんに良いところを全部持っていかれた気がするんだが」

眉根を寄せながら言ったアレンのその言葉に、レベッカと老人は顔を見合わせ、声を上げて笑い始める。仏頂面したアレンの視線を受けつつも二人はひとしきり笑い続け、そして老人が取り繕うように一つ咳をした。

「そういうわけでこの依頼についてはこれでよいのじゃ。アレンなら勝手にプレッシャーに感じて早く依頼を終わらせようとするじゃろうしな」

「わざわざ依頼に穴があるって言いに来ちゃうくらいですしね」

「うむ。アレンが木級であるから指名依頼はできんが、まあ指名料代わりと考えればさほど不思議ではあるまい。専属で雇うといってもこやつは聞かなさそうじゃしな」

仲良さそうに話す二人を見ながら、アレンが大きくため息をつく。確かに今言われていることは図星だった。いくら金を払うと言われても老人のために薬草を専属で採取する仕事に就くつもりはアレンにはない。そして働かずにお金をもらうということにも抵抗があるため、そうならないようになるべく早く薬草採取をしようとするはずだ。

なにからなにまで老人の読みどおりと言える。

「仲良くなれて良かったな。じゃ、俺の用件はそれだけだ。老い先短いじいさんのためになるべく仕事は早く済ませてやるよ」

「老い先短いは余計じゃ！」

老人は首をぐりんと動かし、先ほどまで笑ってレベッカと話していた姿が嘘であったかのように鋭い視線をアレンに向ける。その顔からは静かな怒りが滲み出していた。その豹変ぶりに困惑しつつ、アレンが言葉を続ける。

「いや、自分で時間がないって言ってたじゃねえか？」

「言ってないわい。儂が言ったのは金より時間の方が価値は高いということだけじゃ。金なら腐るほどあるし、これからも勝手に増えていくからのう」

「うわっ、勝手に金が増えるってすげえ言い草だな」

「商人にとっては夢のような言葉だね」

自分の言葉に同意するレベッカの声を聞きながら、アレンは老人の言ったことについてそうだったか？　と記憶を探る。そして確かに老い先が短いから時間は貴重だとは一言も言っていないことに気づいた。ただアレンがその見た目と言葉を結びつけてしまっただけだった。

（寿命があるから時間が貴重ってのも間違ってない気がするが、それを言うと面倒そうだな）

鋭い視線を向け続ける老人の姿に、アレンはそう判断した。そしてこれ以上この件に触れるのは危険だと考えて、とっとと撤退することに決める。既にアレンの用件は終わっているのだから。

「さて、じゃあレベッカ行くぞ。薬草はなるべく早く持ってくる」

「ふんっ」

レベッカを促し、そう言いながら立ち上がったアレンに対して、老人はそっぽを向きながら鼻を鳴らして返事をした。そのことに苦笑するアレンの隣で、同じく立ち上がったレベッカがにこりと笑みを浮かべながら老人に手を振る。

「またね、おじいさん」

「うむ。また来るがええ」

「いや、俺と対応が全然違うじゃねえか」

「礼儀知らずの男と愛想の良い可愛い娘、同じ対応をすると思う方がおかしいじゃろ」

さっと優しげな表情に変えてレベッカにそう返した老人の姿に、思わずアレンが反論する。

しかしそれに返した老人の言葉がすんなりと胸に落ちてしまい逆にアレンは感心してしまった。

「おー、確かにそうだな。さすがじいさん、真理を捉えているな」

「まあ例外がいないわけではないが、大方の男などそんなもんじゃ。嬢ちゃんは器量が良いしの」

「確かにレベッカは可愛いからな」

老人の言葉にうんうんと満足そうにうなずくアレンの手を、顔を赤くしたレベッカが摑んで強引に引っ張る。

「行くよ、レン兄！」

「おっ、おう」

半ば引きずられるように歩きながら、レベッカに摑まれているのと反対の手を上げてアレンが老人に挨拶し、老人も苦笑しつつ軽く手を振ってそれに応えた。

レベッカはずんずんと先へ歩いていく。部屋を出て、玄関を出て、そして門を抜けてもそれは止まらず、そろそろなんか声をかけた方がいいかとアレンが思い始めたその時、唐突にその足が止まった。

「んっ、ここは？」

　レベッカを気にかけるあまり、ほとんど周囲の状況を確認していなかったアレンが目の前の景色を認識して声を上げる。そこにあったのはギルドだった。アレンが通い慣れた冒険者ギルドではなかったが。

「じゃあ私、手続きしてくるからレン兄はちょっと待ってて」

「おう」

　掴んでいた手を離し、そう言って中に入っていったレベッカをアレンが見送る。そして入り口にいては邪魔になるかもしれないと考えたアレンは、その明らかに冒険者ギルドよりも品が良く、立派なそのギルドの壁際に設置されていたベンチに腰かけた。

「商人ギルドかぁ。こういう場所に入る姿を見るとレベッカも商人なんだなと実感するな」

　しみじみとしながらそんなことを呟いたアレンが何げなく入り口を見つめる。商人ギルドの入り口は人を迎えるという心意気が冒険者ギルドとは違うためか専属のドアマン兼守衛がおり、礼儀正しく挨拶をしては人々の出入りを助けていた。

　商人ギルドだけあって、出入りする者はいかにも商人といった者も少なくないのだが、その多くは商家の従業員と思われる者や、きっちりとした服を着たどこかの使用人風の者だった。

また少数ではあるが冒険者のような姿をした者が出入りすることもあった。

「商人ギルドの依頼はうまいんだけどなぁ。そのせいで争奪戦が激しいんだよな」

そんなことを思い出しつつアレンが昔を懐かしむ。

商人ギルドが依頼主となっている依頼は冒険者たちに人気があるのだ。商人ギルドの依頼ということはその物の供給が不足している状態であることを意味しており、その分報酬が高くなる傾向にあるからだ。

またそれ以外にもトラブルとなる可能性が低いことや、事前に正当な理由をつけて申請すれば報酬の一部を先払いしてくれたりと、何かと便宜を図ってくれるという点も人気の理由だった。ただそのぶん依頼の争奪戦は激しさを増す。特に昔のアレンのような貧乏な冒険者にとって割の良い商人ギルドの依頼はぜひとも受けたい依頼だからだ。

そのため依頼が貼り出される掲示板を見に朝早くから冒険者ギルドに行くわけだが、そう考えるのは他の者も同じであり、その結果生まれるのが争奪戦である。まあ実際に殴ったりといったことは滅多に起こらないが、もみくちゃにされるくらいは当たり前だった。

（あれは場所取りが全てだからな。依頼を貼り出す職員の癖を探して研究したりとかしたなぁ）

冒険者になりたての頃のそんな思い出にアレンが苦笑いを浮かべていると、視線の先でちょうどレベッカが外に出てきたところだった。

キョロキョロと周りを見回すレベッカに、アレンが手を振りながらその名前を呼ぶ。それに気づいたレベッカが近寄ってきたので、アレンも立ち上がりそちらへ向かった。

「用事は終わったのか？」

「うん。次は冒険者ギルドに行くよ」

「忙しいな。さっきのトレントの依頼の件だよな。わざわざ冒険者ギルドを通さなくても別にいいぞ。手数料取られちまうし」

　依頼主がギルドに払うのは冒険者への報酬だけではない。払った金額からギルドの取り分などを引いた分が冒険者の報酬になるのだ。しかしレベッカは笑いながら首を横に振った。

「うーん、レン兄の申し出はありがたいんだけど、そうすると手続き関係がかなり面倒になっちゃうんだ。税とか特にね」

「へー」

　んべっ、と嫌そうな顔で舌を出してそんなことを言ったレベッカに、アレンが感心する。今まで冒険者としてギルドを通しての仕事ばかりしてきて、それ以外の仕事などほとんどしてこなかったアレンにとって、ギルドが肩代わりしてくれているそういった手続きの話を聞くのは新鮮だった。

　じゃあ仕方ないな、と納得しかけて、アレンはふとあることに気づく。

「なあレベッカ。依頼を受けるのは別にいいんだが俺が受けられる保証はねえぞ。じいさんの薬草採取みたいな不人気依頼ならいざ知らず、普通の依頼は掲示板に貼り出されるんだし」

　アレンの言うとおり、基本的に依頼を受けた冒険者ギルドは翌日の朝に掲示板にそれを貼り出し、それを見た冒険者が依頼を受けるという流れになる。つまり誰が受けるかは現段階ではわからないのだ。最悪、朝から並んで昔みたいに争奪戦をすることになるのか、とアレンは考えていた。

アレンが思案する様子に考えていることをおおよそ察したレベッカはニヤリと笑い、狙いどおりとばかりにうんうんと首を縦に振った。

「大丈夫だよ。ちゃんと指名するから」

「いや、俺はもう鉄級じゃなくて木級なんだが」

指名依頼が可能なのは鉄級の冒険者からだ。以前のアレンであれば可能だったが、現状では受けることは基本的にできない。それは間違っていないのだが、レベッカの表情が変わることはなく、むしろ笑みを深めながら口を開く。

「うん。指名するのはレン兄じゃなくて、鉄級冒険者のレベッカにだから」

「はぁ!?」

とっさにその意味が理解できずに間抜けな声を上げたアレンを見て、レベッカは楽しそうに笑う。そして頭に疑問符を浮かべているアレンを半ば引っ張るようにしてレベッカは冒険者ギルドへ向かった。

そしてたどり着いた冒険者ギルドの中で見知った顔のいるカウンターに迷わず歩いていく。

「マチルダさーん」

「あらっ、レベッカさんに、アレン？」

「んっ、おう。お疲れ」

にこやかに声をかけてきたレベッカに対してマチルダが振り向き、その後ろに続いて首をひねりながら歩いてきたアレンの姿に声色を変える。アレンもマチルダに声をかけられたことで思考するのを一旦中止し、軽く手を上げてそれに応えた。

中途半端な時間であることもあり冒険者ギルドの中に冒険者の姿は少なく、受付嬢たちも少々暇そうにしているため、結構大き目の声でマチルダに声をかけたレベッカはかなり目立っていた。

「どうしましたか？」

「うん、依頼をお願いしたいんだけど」

「ええっと、依頼の受付ならあっちのカウンターでお願いしてもいいかしら？」

マチルダが指差したのは冒険者たちが並ぶカウンターとは別に、独立して設置された間仕切りのあるカウンターだ。現在は三つある窓口の内二つが使用されており、農夫らしき者となにかの職人らしき者がギルド職員と打ち合わせしている。

そこは冒険者ギルドへ依頼する者が、その内容や報酬などを決めるカウンターだ。アレン自身は使ったことはないが、その存在は当然知っているので、そりゃそうだよな、とレベッカを連れてそちらへ行こうとしたのだが、レベッカはマチルダに向かって首を横に振った。

「商人ギルドを通しての自己依頼なので、こっちでもいいかなぁと思って」

「そういうことね。うーん、それも一応あっちなんだけど……他の子に見学させてもいいかしら？」

「いいですよ。珍しいですもんね」

「ありがとう」

　にこっと笑みを浮かべてマチルダが立ち上がり、いくつかの書類を奥の方から取ってくると受付で暇そうにしていた数人の受付嬢に声をかけてからアレンたちのもとに戻ってくる。その後ろには声をかけられた受付嬢たちがずらずらと並んでいた。

　まるで受付嬢に取り囲まれるようなその異様な光景に、なぜかアレンはごくりと唾をのみこんでしまう。しかし当のレベッカは、全く意に介さず普段どおりの口調で話し始めた。

「今回は商人ギルドを通した自己依頼ですね。内容はトレントの建材の確保。建材の種類は随時相談で、十本を一セットにして報酬は八万ゼニー。依頼主は商人ギルドのレベッカで、指名依頼を鉄級冒険者のレベッカへ。その協力者として木級冒険者のアレンを同時に登録してください。これが商人ギルドと冒険者ギルドのギルド証です」

「はい、復唱しますね」

　立て板に水のように滑らかに依頼内容を話したレベッカにアレンが驚く中、マチルダがその内容を繰り返し、確認を取っていく。それにこくこくと首を縦に振ってレベッカは肯定を伝え、その内容をマチルダが手元の紙に書き写していった。

まるでお手本であるかのようなスムーズさで行われていくそれを、他の受付嬢たちは熱心に眺め、中にはメモを取っている者までいた。今の状況がいまいち理解できていないアレンは完全に傍観者になっているが。

そして詳細確認の応答を少しばかりし、マチルダの動かしていた手が止まる。

「はい、これにて自己依頼の登録は終了です。ギルドへの入金については依頼達成時に随時お願いいたします。上限なしの継続依頼となりますので、終了する場合は連絡をお願いいたします。ご利用ありがとうございました」

「こちらこそスムーズな対応、ありがとうございました」

そう言ってお互いに感謝を伝えた二人は顔を見合わせ、笑みを浮かべる。それは先ほどまでの営業スマイルとは違う、おかしいから笑うといった自然なものだった。

「ありがとう、レベッカさん」

「いえいえ」

気さくな様子で再び感謝を伝えたマチルダに、レベッカもちょっと首を横に振りながら笑顔で応える。そしてマチルダが後ろで見ていた受付嬢たちに向き直った。

「これが商人ギルドを通した自己依頼の流れよ。今回のレベッカさんはかなり慣れていらっしゃるからスムーズだったけれど、実際はそうでない方が多いわ。滅多にないものだし、用紙も通常の依頼のものではなくて指名依頼のものだから、こちらが戸惑ってしまわないように。落ち着いてやれば普段どおりのことだし、あなたたちなら必ずできるから」

「「はい、ありがとうございました」」

声を揃えてそう言った受付嬢たちにレベッカがひらひらと手を振りながら笑顔で返した。受付嬢たちが自分たちのカウンターに戻っていき、場が少し落ち着いたことで唐突な展開に混乱していたアレンもだんだんと正常な思考ができるようになる。

書き終えた書類をとんとんと揃えているマチルダにアレンが尋ねる。

「なあ、マチルダ。自己依頼ってなんだ？」

「あらっ、アレンは説明してもらってないの？」

首を縦に振るアレンから視線をレベッカへやったマチルダは、無邪気な子供のように楽しげに笑っているレベッカの姿を見ておおよそ、事態を把握した。本当にアレンのことが好きなのね、とそんなことを内心で思いつつマチルダが説明を始める。

「商人ギルドを通した自己依頼は、その言葉どおり自分で自分に出す依頼のことよ。商人としての自分から、冒険者としての自分にってことだけどね」

「いや、それは見ていてわかったんだが……これ、意味あるのか？」

「冒険者ギルドの立場からすると普通の指名依頼とあまり変わらないわね。依頼と共に受注も受け付けるということと、報酬の支払いが特殊なものになるというのが違いかしら。商人側については……」

「私の出番だね」

　言葉を止め、先を促したマチルダに応えるように、レベッカが手を上げてアレンに向き直った。その楽しそうな姿にアレンが苦笑いしながら耳を傾ける。

「メリットとしてはやっぱりその依頼料を経費に算入できることだね。冒険者ギルドで報酬として受け取った金額は既に税が納められた後のものだから、その収入に対してまた商人ギルドで税がかかるってことはないんだ」

「それじゃあ結局、税を払うってことだろ。手数料の分、損するんじゃねえか？」

「チッ、チッ、チッ。それは違うんだなー」

　アレンの疑問に、得意げな顔をしながらレベッカが指を振ってそれを否定する。

「商人って税率が二段階あってね、儲けが少ない場合は冒険者が支払っている税率よりも低い税率なんだけど、一定の金額を超えると冒険者の、ええっとたしか二倍くらいの税率になっちゃうんだ。つまり税金が高くなるってわけ」

「つまり、ギルドの手数料を払っても自己依頼をした方がお得になるってことか。いや、それっていいのか？」

「まあ店を持っていない行商人の特権みたいなところもあるんだけどね。それに絶対にお得になるってわけでもないし」

レベッカが続ける説明を聞きつつ、アレンが思考を整理していく。昔のアレンだったら途中で確実に思考放棄してしまっただろう面倒でややこしい税に関する話だったが、上がったステータスのおかげかなんとか大まかには理解することができていた。そのことに自分自身ちょっと驚きながら、答え合わせするためにアレンが口を開く。

「つまり法的には問題がない。その年の利益によっては損する可能性もあるというのは確かだが、うまくすれば納める税を節約することもできる。ただし依頼内容があまりに常識の範囲から外れていると経費として認められない場合がある、と」

「うん、さっき商人ギルドへ行ったのはその金額の確認のためでもあるね」

「で、そんなことが認められているのは各地を移動する関係で行商人の納税地が明確に定まっていないため。というより行商の途中で死ぬ可能性もあるから、随時税を納めてもらった方が取りっぱぐれないってことで認められているって理解でいいんだな？」

「おー、レン兄。よくできました」

　ぱちぱちと手を叩くレベッカに、アレンが苦笑いを浮かべる。アレンも一応なぜレベッカがそんなことをしたのか大まかには理解した。だが、これはあくまでレベッカがわかりやすく説明してくれたことをまとめただけであり、本来はもっとややこしいものだと察しがついたからだ。そして自分は大人しく冒険者ギルドに全部任せようとアレンは心の中で決意した。

「まっ、実際にやる人は少ないんだけどね」

「えっ、なんでだ？　年間の利益の大まかな予想ができた段階で依頼をかければ、まず確実に税を安くできるだろ」

「アレン。冒険者ギルドもそこまで緩くないわよ。実力の伴わない者に鉄級なんて与えないわ。ギルドの評判に関わってしまうでしょ」

　二人の話を興味深げに聞いていたマチルダが、そう言って口を挟む。その言葉にアレンが確かに、と納得し、付随していくつかの事実に思考がたどり着いた。

「あれっ、でも自己依頼は無理でも商人として依頼を出すのは可能だし、それを自分でもぎ取ることさえできれば同じようなことができるよな。しかも依頼人が自分だから継続依頼にして何度も達成させることも……」

「可能ね。その結果貢献度が早く貯まるから、そういう風にランクを上げている人もいるわよ。まあ鉄級に上がるには試験があるからそれに合格しなくちゃダメだけれど」

「貴族とかも同じことしているしね。まあ公然の秘密ってやつ」

「いや、冒険者のランクを強さの象徴みたいに考えている馬鹿貴族はどうでもいいんだが。それって、ずるくね？」

　アレンのそんな発言にマチルダとレベッカが顔を見合わせる。そして二人でぼそぼそと会話を交わすと、アレンに向かって同時に微笑んだ。

「「お金も一つの力だから」」

「うっわ。汚い世の中だな」

　声を揃えてそう言った二人に、アレンが苦々しい顔をしながらツッコミを入れる。その反応にマチルダとレベッカが噴(ふ)き出し、そしてクスクスと笑い始めた。

　そんな二人の姿を見ながら、少しだけランクアップのために自分もそうしてみようかという誘惑に駆(か)られたアレンだったが、あまりにも不自然で、意味がないように思えたので結局それを行うことはなかった。

　何はともあれ、自己依頼の手続きも終わったので帰ろうとしたその時、ギルド証をしまうレベッカを何げなく見ていてアレンは気づいてしまう。

（やべえ、そういえば俺、レベッカよりランクが低いってことじゃねえか）

　最初からわかっていたはずなのに、別のことに気をとられていて認識していなかったその事実に、ずーんと気落ちしながらアレンは冒険者ギルドから出ることになった。

　ギルドから出て再び店を回ると思っていたアレンだったが、レベッカの提案によってそれは取り止(や)められた。そしてかなり早めの夕食を食べると、アレンとレベッカは冒険者としての装備に着替えて家から出た。もちろんライラックのダンジョンの九階層へ行き、レベッカの自己依頼をこなすためである。

　夕闇(ゆうやみ)の中をレベッカとアレンが歩いていく。街はだんだんと人気(ひとけ)が少なくなってきており、その代わりではないが依頼から帰ってきた冒険者たちが楽しげに街を闊歩(かっぽ)している姿が見られた。おそらく飲みにでも行くのであろう。

　アレンが隣を歩くレベッカを見ながら声をかける。

「それにしてもなかなか良い装備だよな。手入れもしっかりされてるし」

「うん。レン兄に教えてもらったとおり、装備の手入れは怠ってないよ。命に関わることだしね」

「良い子だ」

　胸を張ってそう答えたレベッカの頭をアレンがぐりぐりと撫でる。ちょっと髪がくしゃくしゃになってしまったが、レベッカは特に気にすることなく、嬉しそうにそれを受け入れていた。

　レベッカの装備はモンスターの革などを使用した軽鎧に鋼鉄の片手槍、そして同じく鋼鉄のバックラーである。アレンが行商人としてレベッカを街から送り出した時に贈った初心者装備と種類は一緒であるものの一新されていた。

　その全てに傷などの使用された跡がうっすらと残っているが使用するには問題ない程度にしっかりと整備されており、それがレベッカの言葉が真実だというなによりの証拠だった。

（あー、でもちょっと槍はバランスが崩れてきてるっぽいな。本人にも自覚がないくらいかもしれんが）

　ドルバンの工房で多少は鍛え上げられた武器に関する観察眼を発揮したアレンはそんなことを考える。とはいえ、今回に関してはトレントを倒すのが主目的であるため、そこまで深く探索する予定もないし問題はないだろうと判断した。

二人してダンジョンに行くのも久しぶりだな、とそんなことを思いつつアレンは南門へ向かっていたのだが、その門が見えてきた頃にレベッカに確認しなければならないことを聞いていなかったことに気づく。

「なあ、レベッカ。トレントの建材の運搬方法は任せろって言ってたけど結局どうするんだ？」

「ふっふっふ。我に秘策あり、だよ。もうちょっとでレン兄にもわかると思うけどね」

「どういうことだ？」

その問いに答えることなく、にんまりと笑ったレベッカに背中を押されるようにしてアレンは門へと進んだ。そして胸元からギルド発行の冒険者証を取り出し、警備をしていた門番に提示する。

「通って良し」

冒険者証に書かれた情報とアレンの外見を照らし合わせた門番から許可を受け、アレンはいつもどおりそこを通り抜けた。その後にレベッカが続く。

レベッカの出した鉄級の冒険者証に少しだけ門番が感心した顔をし、チラッとアレンのほうへ視線をやった。それだけでおおよその門番の内心を察したアレンが頬を引きつらせる中、門番がレベッカの本人確認を終えて許可を出そうとして、はたと動きを止める。

「ふむ、マジックバッグ持ちか。現在は所持しているか？」

「はい。中身は食料や予備の装備などですね」

「確認させてもらう」

レベッカが背負っていたリュックから折りたたまれた袋を取り出し、その袋に門番が手を突っ込みしばらくその状態で確認を行う。マジックバッグに手を入れると、その内部に収納されている物が頭の中に浮かぶため、チェックにそこまで時間がかかることはない。特に問題のなかったレベッカは当然のように街から出ることを許可され、待っていたアレンのもとに楽しげな顔をしながらやってきた。

「ねっ、わかったでしょ」

「ああ。マジックバッグを持ってたんだな。それなら確かに運搬については問題ないな」

レベッカの自信満々の態度もマジックバッグを持っているのなら当然だな、とそんな風にアレンは納得し、ライラックのダンジョンに向かって歩き出そうとした。しかし目の前のレベッカの表情がみるみる不機嫌になっていくことに気づき、足を止める。

「どうした？」

「レン兄、驚いてない。レン兄が冒険者の憧れだって話してた、あのマジックバッグだよ。せっかくびっくりさせようと思ってたのに」

ちょっと落ち込んだ顔になっているレベッカの姿にアレンが自分の失態に気づいて慌て始める。レベッカの言ったことはそのとおりだった。マジックバッグについて、昔アレンはレベッカにそんな風に話していた。マジックバッグを持ってこそ一流の冒険者などと熱く語ったことさえあったのだ。

そんな自分を驚かせようと、レベッカがマジックバッグを持っていることをここまで隠してきたのだろうと、アレンはすぐに察した。本来なら、なんで持ってるんだよ！　などと驚くべきだったのだ。しかし既にネラとしてマジックバッグを手に入れてしまっていたアレンは、驚きよりも先に納得が来てしまったのだ。

「い、いや。驚いているからな。なんと言うか驚きすぎて冷静になっちまったと言うか。そういうのってあるだろ？」

「……」

「だから、えっと……なんか、すまん」

なんとか取り繕わなければと考えて言い訳を始めたアレンだったが、じっと見つめてくるレベッカの視線にそれをやめて謝る。しばらくそんなアレンの姿を見ていたレベッカだったが、ふぅ、と息を吐き、少しだけ目を閉じて首を横に振った。

「ううん。私こそごめん。別にレン兄は悪くないのに」

「いや、お前が楽しみにしてたのは理解できるからな。俺のことを考えてそうしてくれたんだと思うし、それは嬉しいよ。しっかしマジックバッグを買えるくらい儲けてるんだな」

「ふっふっふ。だから一流の行商人って言ったでしょ。行商人にとっても憧れのアイテムなんだからね」

さっきまでの悪い雰囲気を吹き飛ばすように楽しげに会話を交わしながら、二人はライラックのダンジョンへ歩いていく。お互いに心の内でちょっとほっとしながら。

たどり着いたライラックのダンジョンで二人は順調すぎるほど順調に九階層への道のりを進んでいた。九階層までの最短経路についてはアレンがしっかりと記憶しているし、それに加えて……

「よーい、しょっと」

レベッカの気の抜けるようなかけ声と共に鋭く突き出された片手槍が、不意打ち気味に木陰から飛び出してきたアッシュウルフの胴体を確実に貫く。そしてすぐに引き戻された片手槍をレベッカは地面に倒れたアッシュウルフの脳天に突き刺して止めを刺した。その手際は鮮やかなもので、そばで見ていたアレンでも文句のつけようのないものだった。

「腕を上げたな」

「まあね。それに体も少しは大きくなったし、ちなみに胸も大きくなりました！」

にんまりと笑ったレベッカがモンスターの革の軽鎧の胸の部分を強調するかのように胸を張る。それなりに起伏のあるその部分にアレンは視線をやった。

「へー、良かったな」

「そこはもっと、マジか！　とか言って驚くとか、ちょっと頬を染めて恥ずかしそうにするとか、レン兄はそういうのないの？」

軽く流したアレンの反応が気に食わなかったのか、レベッカが自分でそんなリアクションを取りながら突っ込む。その様子に苦笑しながら、アレンは首をひねった。

「いや、だって俺、お前のおしめとか替えてたんだぞ。大きくなったなぁ、とは思ってもそんな風には思わないだろ」

「ええー」

「逆に考えてみろ。俺がお前の話を聞いて胸をじろじろ見たり、そして頬を染めたりしたら気持ち悪くねえか？」

不満の声を上げたレベッカだったが、アレンの言葉を聞いてその姿を想像する。そして、アレンの目を見つめ、真剣な表情でレベッカは首を縦に振った。

「うん、気持ち悪い」

「だろ」

うげー、と吐くような真似(まね)をするレベッカにアレンが同意する。そこへ、くだらない会話に油断していると見て左後方から飛びかかってきたアッシュウルフをアレンが見もせずに蹴(け)り返す。キャイン、と悲鳴をあげながら吹き飛び、木に叩きつけられて地面へ落ちたアッシュウルフの首筋にアレンは自身の剣を刺し込んだ。

「レン兄も強くなった、よね？」

「まっ、多少はな。お前に教えてから数年経(た)ってるわけだし」

レベッカの問いかけにアレンが軽く答える。レベッカが商人になると決めて街を出ていく前、アレンはレベッカに時間が許す限り、戦う手段を教えると同時にレベルアップさせるためダンジョンへ行っていたのだ。奇しくも今いるライラックのダンジョンに。

だからこそアレンもレベッカもその腕が上がっていることがはっきりとわかったと言える。このライラックのダンジョンはレベッカが街を離れる前に多くの時を共に過ごした、二人にとって思い出のダンジョンでもあった。

特になにも起こることなく二人は九階層、トレントのフロアにたどり着いた。階段から降り立ったアレンが少しだけ首を傾げる。

「珍しいな。何組か戦ってる奴がいる」

ステータスがアップしたことによって集中すると非常によく聞こえるようになったアレンの耳は三方向から聞こえる戦闘音を拾っていた。その言葉に、少しだけレベッカが表情を曇らせる。

「うーん、やっぱ気づく人はいるってことだね」

「なにがだ？」

「うん。こっちのこと。ライバルがいてもこっちには強みがあるんだから負けないしね。でも本当に報酬は均等でいいの？　私としてはレン兄が七くらいかなって思うんだけど」

「いやランクが高いのはレベッカだし、むしろ俺が三なのが普通だぞ。ってそれはもう話して結論が出たろ。さっさと行くぞ」

「あっ、待ってよ。レン兄！」

歩き始めたアレンを追ってレベッカがその隣に並ぶ。先ほど二人が話していたのは報酬の分け前についてだった。ダンジョンに入る前に話したのだが、お互いに自分が少ない方が当たり前だとして譲らず、結局折半ということで落ち着いたのだ。お互いに本当の意味で納得はしていないのだが。

追いついてきたレベッカに少し笑みを浮かべ、アレンが問いかける。

「そういや聞いてなかったけど、どのくらい狩るつもりなんだ？」

「んっ？　もちろんマジックバッグが満杯になるまでだよ。それを何度も繰り返すつもり」

「はっ？　そんなに持って帰っても売れねえだろ」

「そこは心配しないで私に任せて。大丈夫、レン兄を大儲けさせてあげるから」

その想定外の量の多さに驚くアレンに、レベッカは自信満々に笑みを浮かべてそう言い切った。

コーン、コーンという音を響かせながらトレントの幹にレベッカがマジックバッグから取り出した斧を振るっていく。既にトレントの枝は全て払われており、抵抗できないトレントは為す術もなく、ただ恨めしそうな顔でレベッカを見ていた。

その近くでは、アレンが別のトレントの表皮をはぎ、その幹をまっすぐ切断して綺麗な建材を造っていた。職人顔負けの乱れのないその仕上がりにうんうん、と満足げにうなずいたアレンは渡されたマジックバッグに出来上がったトレントの建材を詰めていく。

「おーい、終わったぞ」

「うん。あともうちょっと！」

レベッカによって振るわれた斧は少しずつその幹に埋まっていくが、なかなかトレントが倒れることはない。とはいえ、既に半ばまでは刃が届いているため、遠からず倒せるだろうとアレンは考えていた。

今まで数体のトレントを相手に戦い、そして最初の一戦こそ二人で戦ったものの、それ以降トレントを倒していたのはレベッカだった。倒したトレントを次のトレントのいる場所まで引きずっていき、レベッカが新たなトレントと戦っているうちにアレンが先ほど倒したトレントを加工するという役割分担になったためだ。アレンとしてはレベッカのレベル上げの助けになればいいなという思いもあったため、先に加工が済んでしまっても手を出さずに見守ることにしていた。

先ほどとは反対側からレベッカが斧を振るい始め、しばらくしてメリメリっという音を立てながらゆっくりとトレントがその身を倒していく。その様子を袖で汗を拭いながら見ているレベッカにアレンは近づき、タオルを渡した。

「お疲れ」

「あっ、レン兄。ありがとう」

受け取ったタオルでごしごしと顔を拭い、そしてレベッカはさっぱりとした顔で大きく息を吐いた。その表情の中に多少の疲れを感じたアレンが心配そうな顔で提案する。

「ちょっと休憩するか？」

「うーん、そうだね」

少し悩む素振りを見せた後、自分の状態を冷静に判断したのかレベッカはうなずき、先ほど倒したばかりのトレントの上に腰を下ろした。そんなレベッカに水筒を渡してやりながらアレンもその隣に座る。

受け取った水筒の口を開け、コクコクと喉を鳴らしながらレベッカは水分を補給していき、口を離すと再び大きく息を吐いた。

「いやー、トレントって思った以上に私と相性が悪いね」

「最初に枝さえ払っちまえば、後は力のある方が有利だしな。素早さ重視のレベッカじゃあ確かに辛いかもしれないいな」

疲れた表情で手をぶらぶらとさせながらそんなことを言うレベッカに、アレンが苦笑いを浮かべながら同意する。実際、トレントとレベッカの相性は良くなかった。枝を払うまでは問題なく対処できるのだが、それが終わった後の幹を切り倒す工程でどうしても時間がかかってしまうのだ。

アレンの言ったようにレベッカはそれほど力が強くない。たまにここに来て同じようなことをしている一般人のニックと比べれば格段に速いのだが、それはそもそも基準が違うからだ。

「私がレン兄の速さに追いつけないと効率がなぁ」

そんなことを呟きながら立ち上がるレベッカに続いてアレンも立ち上がり、座っていたトレントの幹に開いた口部分の穴に手を突っ込む。アレンは取っ手のように持ちやすいそこを掴んで引きずり、先を行くレベッカの後をついていった。

先頭を行くレベッカはぶつぶつと呟きながらどうしたらいいのか考えをまとめていた。その顔は冒険者ではなく、商人のものだった。

「そこまで時間をロスしているわけじゃねえし、いいんじゃねえか？」

「違うよ。ちょっとした差だって、たくさん集まったらすごいことになるんだから。うーん、もう一人くらい人手が欲しいなぁ。でも分配で揉めたくないし、情報の秘匿も……」

あごに手を当てながら考え続けるレベッカの姿に、アレンは感心しながらも苦笑する。自分と全く違うことで悩む姿に、本当に商人なんだなぁと実感していたからだ。

実はアレン自身ちょっとした悩みを抱えていたのだが、レベッカがそんな状態であるため言い出せる雰囲気ではなかった。

（これで三セット。つまり俺の取り分は十二万ゼニー。これ、本当に大丈夫なのか？）

視線で警戒を続けつつ少しだけ首をひねり、アレンは眉間にしわを寄せる。

一体のトレントからレベッカの指定する規格の建材はおよそ四本から六本作製できた。七体倒した現在では三十本の建材が出来上がっており、レベッカの指定した依頼の報酬を考えると二十四万ゼニーになる。その半分の十二万ゼニーがアレンの取り分だ。

この九階層にたどり着いてまだ三時間程度であるのに十二万ゼニーも稼いでしまっているのだ。半日これを続けたらおよそ五十万ゼニー。もちろん休憩などを全く考慮していない大雑把なものだが、一日の稼ぎとしては破格過ぎる金額だった。それは以前のアレンの年収が三百万ゼニーであったことからもよくわかる。

しかもレベッカはこれを何度も繰り返すと言っていた。その結果、どれだけの金額が手元に入ってくるのか、アレンには全く想像がつかなかったのだ。

(まさか俺に金を渡すためにこんな依頼を……ってそんなわけないよな)

一瞬浮かんだそんな考えをアレンは即座に打ち消す。そういった意図が全くないかはわからないが、目の前で真剣な表情で効率化について考えているレベッカの姿からは仕事に本気で打ち込んでいる者特有の凄みが感じられた。

見た目より大きく感じられる肩へアレンは手を置き、レベッカの歩みを止める。そして発見していた右斜め前方のトレントを指差した。

「とりあえず頑張ってこい」

「うん」

勢い良く走り出したレベッカの背中を見守りつつ、アレンは引きずってきたトレントの加工にとりかかった。

そして二人はそのまま徹夜でトレント狩りを続け、翌日の昼の十二時に近くなっていた。こまごまとした休憩や食事休憩、そして二人合わせて四時間ほどの仮眠をとった以外はトレントを倒し続けたおかげで、合計で十二セット。報酬金額にして九十六万ゼニーの仕事を二人はやり遂げていた。とはいえレベッカの場合は自己依頼であるため、自分の持っているお金が自分に入ってくるだけなのだが。

アレンの様子は最初の頃とほとんど変わりがない。実際、トレントとも戦っておらず木材の加工にしてもかなりの手加減をしており、スピードを落として丁寧に行うことを心がけているためほとんど疲れないのだ。一方、レベッカは……

「うがー!!」

「おうおう、溜まってるな」

意味不明の叫び声を上げる程度には鬱憤が溜まっていた。この階層には動くことのないトレントしか出てこないため、そのせいで周囲のモンスターを呼び寄せる恐れがないと知っているから、アレンは注意することもなくレベッカの姿を見ながら苦笑しただけだった。

そんなアレンの姿に気づいたのか、斧を持ったままレベッカがアレンに近づいてくる。半ばまで切れ込みを入れられて放置されたトレントの表情が、えっ、生殺しですか？　とでも言わんばかりの悲しげなものに感じられたアレンだったが、斧を肩に担いで仁王立ちしたレベッカにその視界を遮られる。

「やっぱり、か弱い私じゃ無理！」

「いや、か弱いって……ニックよりかなり速いペースだぞ。鉄級冒険者の面目躍如だな」

「比較する対象が違うよ。レン兄がもう一人いたらいいのに」

頬を膨らませながらそんなことを言い始めたレベッカに、アレンが苦笑いを深める。レベッカの言いたいことはわからないでもないが、もう一人自分がいたらなどとアレンは考えたくもなかった。

現状の破格のステータスを持った相手と対峙するという恐怖も少しはあるが、その大部分は生理的なものだ。

「レン兄ならスパーンといけるのにね」

「いや、構えをとるな、構えを。それとその言い方は俺がスパーンと切られてそうだぞ」

アレンがトレントに斧を振るっているところを真似たのか斧を構えるレベッカに、アレンが手を差し出してやめさせようとする。二人とも笑っているのでそれが冗談なのは一目瞭然だ。

だが、それがわかるのは向き合う二人の表情が見える者だけだった。

「その斧を下ろしなさい！　妙な動きをすれば無理矢理にでも止めます」

そんな警告を発しながら飛び出してきたイセリアの姿をレベッカの体越しにアレンが確認す

る。そして、意味がわからずに振り返ったレベッカに見えないように、なんでこんな場所で会うんだよ、と思いながらこっそり頭を抱えた。

いつでも魔法を放つ用意ができているとばかりに二人を見るイセリアに対して、即座に状況を理解したレベッカはにこやかな笑みを浮かべながら構えを解き、手に持っていた斧を地面へ放り捨てる。それだけのことでイセリアの警戒心が少し薄れたことを察し、レベッカはすかさず平和的な攻勢に出た。

「すみません。ちょっと二人でふざけていただけなんで攻撃しようとするのは止めていただけるとありがたいんですが。そうだよね、レン兄」

「本当ですか？　奥の方、私は一応金級の冒険者です。たとえ脅されていたとしてもあなたを助けることは可能ですから、正直に話してください」

全く警戒していないことを示すためか、レベッカが振り返り無防備な背中をイセリアにさらす。続けられたイセリアの言葉にレベッカが笑みを深め、ラッキー、とばかりに見えないように拳に力を入れるのを眺めながらアレンは嫌な予感を覚えていた。レベッカがなにを考えているのかをなんとなく察してしまったせいだ。

とはいえ、今すべきことをしなければ余計に面倒なことになると、アレンはイセリアの誤解を解くことにする。

「あー、すまん。俺とこいつは兄妹だ。襲われていたわけでも、脅されているわけでもない。

誤解させて悪かったな」

　ひょこっと顔を出してそう言ったアレンの姿に、イセリアが目を見開いて固まる。イセリア自身、こんな場所でアレンに会うとは思っていなかったのだ。その様子にアレンがおやっ、と違和感を覚えたのだが、それが何かまでは思い至らなかった。

　二人に向けていた手を下げ、完全に警戒心が薄まったイセリアに、レベッカはフレンドリーに話しかけながら近づいていく。

「私は鉄級冒険者兼行商人のレベッカで、こっちは兄のアレンです。誤解させてしまってすみませんでした。ええっと……」

「あっ、イセリアと申します」

「イセリア様ですね。すごいですね、その若さで金級なんて。イセリア様ってもしかして有名なパーティの一員とかなんでしょうか？」

「いえ、基本的に私は単独で……」

「なおさら凄いじゃないですか。ソロで金級なんて凄腕の証ですよ。それにイセリア様、美人なのにそんなに強いなんて凄すぎますよ」

「そんなことは……」

　レベッカのべた褒めの言葉にイセリアが謙遜しながらも頬を赤く染める。既に二人の間に相手に対する警戒心など微塵も感じられなくなっていた。

するりとイセリアの内に入り込み、まるで知り合いであったかのように話し始めて、そんな風にしてしまうレベッカの手腕にアレンは舌を巻く。そして同時に、そういえばレベッカにはやたらと知り合いが多かったよな、と昔のことを思い出していた。

かしましく、楽しげに話を弾ませ始めた二人の姿を眺めながら、アレンはその場を離れる。奥で半ばまで切れ込みを入れられた状態で放置されたトレントを倒すために。ほどなくアレンによって切り倒されたトレントの表情は、憎しみや侮蔑などの悪感情のこもったいつもの表情ではなく、どこか穏やかな顔をしていた。

倒したトレントを建材に加工し終えたアレンが二人のもとへ戻ると、そこにはまるで昔からの友人であったかのように笑いながら話をするイセリアとレベッカがいた。

「でも、本当にごめんなさい」

「いえいえー。私たちも誤解されるようなことしていたのが悪かったですし、イセリアさんにはもう何度も謝ってもらってますから気にしないでくださいって」

謝るイセリアに気楽な調子で返すレベッカの姿を眺めながら、いつの間にか様付けからさん付けに変わっていることにアレンは気づく。アレンがトレントを倒してから加工を終えるまでそこまで時間はかかっていないのだが、そんな短時間でそれほど距離を詰めたレベッカに対してアレンは素直に感心していた。

「終わったぞ」

「あっ、レン兄お疲れー」

「お疲れ様です。アレンさ、んも申し訳ありませんでした」

　イセリアが妙な箇所で言葉を詰まらせたその理由を察したアレンは、あえて気づかないふりをしながら問題ないと手を振って応える。

「誤解されるようなことをしていた俺たちが悪いんだしな。というかレベッカがふざけたのが原因だろ」

「えー、レン兄も笑ってたし共犯でしょ」

「いや、それおかしくね？　笑っただけで共犯とかどこの暴君だよ」

「えっ、レン兄の妹君だよ」

「知ってるわ！」

　とぼけた顔でそう言い切ったレベッカにアレンがツッコむ。二人のやりとりがおかしかったのかイセリアがくすくすと笑った。そんな姿を眺めながらレベッカは小さく首を縦に振り、アレンに向き直るとイセリアに聞こえないくらいの声で話し始める。

「レン兄。イセリアさん引き入れるから」

「いや、さすがにそれはダメだろ。相手は金級だぞ」

「大丈夫だって。厄介(やっかい)ごとに自(みずか)ら首を突っ込もうとするほど人が良いし、話した限り性格も良いよ。装備からしてもお金持ちだし、かといって金持ち特有の傲慢(ごうまん)さとか、がめつさみたいなのもない。たぶんどこかのお嬢様だったんじゃないかな。なんでそんな人が冒険者をしているのか不思議だけど」

やんわりと本音を隠して断念させようとしたアレンだったが、それはレベッカには通じなかった。そしてレベッカのイセリアに対する人物評を聞き、よくこの短時間でそこまで判断したなとアレンは思わず笑ってしまう。それはある程度の付き合いのあるアレンが抱く印象と同じだったからだ。

レベッカがアレンからイセリアの方に向き直り、笑みを浮かべる。

「イセリアさん、もし良ければ私たちの依頼、一緒に受けませんか？　ちょっと手が足りなくて困っているんです」

「依頼、ですか？」

ほんの少しだけ困っていたという部分を強調するレベッカの話し方に、確かにイセリアには効果的な方法かもな、とアレンは考えていた。勇者アーティガルドの物語は魔王を倒すのが本筋ではあるが、その道中で困っている人を助けていく場面も多い。それに憧れるイセリアは、基本的に困っている人を放っておけないとアレンは知っているからだ。

あまり普段の姿でイセリアと関わりたくないアレンにとってはまずい流れではある。しかしアレンにはまだ余裕があった。

「はい。トレントを建材にして納品する依頼です。ちょっと数が多くてトレントを倒してくれる人を探していたんです」

「そうですか。でも私も別件で依頼を受けていまして……」

「えー」

「いや、そりゃそうだろ。だから諦めろって」

　予想どおりのイセリアの答えにアレンが笑みを深めながら、ぐしぐしとレベッカの髪を荒く撫でてそう促す。諦めきれない様子でレベッカがうなっていたが、引き際も見誤るようなことはしないだろうとアレンはもう終わった気分でいた。

　アレンが最初から余裕があったのはイセリアがここにいるのはなんらかの依頼を受けたからだろうと推測していたからだ。ハンギングツリーの関係であることも考えられたが、それについては一段落しているため可能性は低いとアレンは思っていた。

　それに加えて、最近イセリアは将来のために、勇者の卵ということで入る条件をクリアしているドラゴンダンジョンで戦っている、とアレンは直接本人から聞いていたのだ。そんなイセリアがわざわざこの場所に来ているということは、なんらかの依頼を受けた結果としかアレンには考えられなかった。

　残念そうにしていたレベッカが、気持ちを切り替えて顔を上げる。そして口を開いて諦めの言葉を紡ぐ直前にイセリアがパンッと手を打った。

「そうだ。では私の依頼も手伝ってくださいませんか？」

「依頼、ですか？」

「はい、トレントをなるべく多く倒してその数を報告するという依頼なのですが、一人でやるよりも手伝っていただいたほうが多く倒せますので。私はトレントの魔石は必要になりますが、それ以外の部分は必要ありません」

「つまり解体をこっちで行って、魔石はイセリアさんに、その他の素材は私たちに。イセリアさんは解体する手間が省ける上に倒した数も増やせる。私たちもより多くの建材が確保できる、と。良いですね、では交渉成立ということで」

「えっ？」

　思わぬ方向に話が進みフリーズするアレンをよそに、イセリアの手を包み込むように両手で握り締めたレベッカが本当に嬉しそうに笑う。それに対するイセリアも優しげな笑顔をレベッカに向けていた。

「と、いうわけだからレン兄、解体よろしくね」

「アレンさん、よろしくお願いします」

「えっ？　お、おう」

二人からそう言われ、思わず返事をしたアレンを残し、レベッカとイセリアはトレントをそれぞれ倒すためにその場から去っていった。

「なんでこうなった？」

そんなアレンの言葉は誰にも届くことはなかった。

それからアレンにとってよくわからない時間が始まった。レベッカとイセリアが引きずってきたトレントをひたすら解体し、魔石を取り出し、建材を作っていく、そんな時間だ。

イセリアがトレントを持ってくるペースは早かった。イセリアのレベルであれば枝を払う必要もなく魔法の一撃でトレントを倒せるのだから当然だ。それに加えて、レベッカの倒すペースも明らかに上がっていた。

「っていうか、なんで俺といた時より早くなってんだよ」

「うーん、なんか慣れてきた。レベルも上がったし」

「マジか……」

「じゃ、よろしくねー」

そう言って元気に去っていくレベッカの姿を見送り、アレンは懸命に解体を進める。

アレンのステータスをもってすればスピードを上げることなど簡単なことだ。しかしそれはアレンだけの問題であり、アレンが使っている道具にまでは及ばない。無理をすればいつかのアレンの愛剣のように折れて使えなくなってしまう。そうでなくても道具は使えば損耗するのが当然なので、切れ味の鈍くなった刃を砥石で研いだり、角度を調整したりそれなりの整備が必要だった。

ドルバンの工房で学び、そして大工の技を覚えたアレンだからこそ最適な整備が最速で行えているのだが、それでも持ち込まれるトレントのペースに合わせると本当にギリギリのラインだったのだ。

アレンが解体を終えると新たなトレントが持ち込まれる。解体し、少しの余裕を見つけては道具を整備し、その間に持ち込まれたトレントを再び解体する。もはやアレンにはここがダンジョンであるという意識はなくなっていた。というより自分がなぜこんなことをしているのかさえはっきりしなくなっていた。

一回、レベッカのマジックバッグがいっぱいになり、アレンも正気を取り戻しかけたのだが自分のマジックバッグを使ってもいいというイセリアの提案によりその機会は失われる。

そして時刻はいつの間にか午後十時を回っていた。

アレンのもとへ戻る途中で出会ったイセリアとレベッカは今日の戦果をお互いに報告し合っていた。周辺のトレントは根こそぎ討伐(とうばつ)されているので警戒する必要すらなく、普通の森の中を散歩するかのように二人は歩いていく。トレントを引きずりながらではあるが。

「やっぱりイセリアさんはすごいですね。私の二倍ですよ」

「でもレベッカさんもすごいじゃないですか。鉄級の人が戦う姿を見たことがありますけれど、その人ならきっとレベッカさんの半分くらいしか倒せないと思いますよ」

「それなりに努力してますから」

お互いに褒め合い、しだいに世間話に移行していった二人の歩みはそれまでトレントを運んでいた時よりも格段に遅かった。そしてアレンのもとへと戻った二人は、目の前に広がる光景にぽかんと口を開ける。

「レベッカさん。これはなんでしょうか？」

「ええっと……砦でしょうか？」

　そびえ立つ高さ四メートルはあろうかという巨大な木製の壁を見上げながらレベッカとイセリアは呆然としていた。その木製の壁はトレントの表皮に近い部分の幹からできており、まるで外見上はログハウスのように見えた。

　なんとか気を取り直した二人が持ってきたトレントをその場に置き、壁沿いに歩いていく。そして一辺の幅が十メートルほどの正方形に並んだ壁の一部に入り口らしきものを見つけた。

「なんか中に入るのが怖いですよね。レン兄がいるとは思うんですけど」

「大丈夫、なはずです」

「いや、イセリアさん。そこは断言してくださいよ」

「無理ですよ」

　あまりに異様な光景に、二人は尻込みしながらもその入り口へ進んでいく。その引きつった表情を見れば気が進まないのは明らかなのだが、さすがにこの状況で中に入らないわけにもいかなかった。

　ここにアレンがいたのは確かであり、目の前の光景を作り上げたのはおそらくアレンなのであろうと二人にもわかっていたが、森の中に突然現れた砦のような建造物という信じられない光景に、中を見るのが怖くなっていたのだ。

　壁際に身を寄せながら二人が仲良くこっそりと顔を覗かせる。そして目前の光景に思わず息を呑んだ。そこには部屋ができていた。約十メートル四方の広さで全面板張りになっており、その一区画にテーブルや丸太を利用した椅子などがぽつんと置かれている。

　立って中を覗いていたイセリアが視線を下げ、身をかがめて中を覗いていたレベッカが上を見上げる。目を合わせた二人が無言の内に語るのは、何、これ？　という疑問だった。

「お前ら、なにやってんだ？」

「「ひゃっ!!」」

　背後から声をかけられたレベッカとイセリアが、驚いた猫のように飛び跳ねる。まるで双子のように同じ仕草で逃げた二人を見ながら、声をかけた当人であるアレンは首を傾げつつも笑っていた。その姿に、正気を取り戻したレベッカがアレンに詰め寄る。

「レン兄、これ何!?」

「えっ、休憩所？」

「休憩所ってレベルじゃないでしょ！　砦だよ、砦。なんてもの造ってんの！　っていうかよく造れたね」

「いや、砦なんて大層なものじゃねえし。外見は立派だけど半分張りぼてみたいなもんだぞ。

中に入ればわかる」

　そう言って中へ歩いていくアレンに続いて、レベッカとイセリアもその中に入る。外側の丸太のような姿とは違い、真っ直ぐ切られた板のような壁面に近づき、アレンは木の板をコンコンと叩いた。

「これ、余った端材を地面にぶっ刺して並べただけだからな。一応二重にして倒れにくくしてはいるけど耐久性とか全く考えてねえし、ほぼ目隠しみたいなもんだ。ちなみに床も端材を並べただけだぞ」

「目隠し？」

「端材を並べただけって、床に段差とかほとんどありませんよ」

　アレンのあまりの言い草にレベッカの首はどんどんと傾いていき、すり足で床の段差を確認したイセリアがその引っかかりのない接合部に驚く。そんな二人の反応を見ながらアレンはニッと笑った。

「まっ、そこはコツがあるからな。ちなみに接合部付近でわざと体重をかけたり、思いっきり踏んだりするとたぶんずれるからやめてくれよ」

「さすがにそんなに重くないよ。レン兄、デリカシーがない！　イセリアさんなんて、私より軽いんだよ。私より身長高いのに……」

「いや、その発言の方がデリカシーないと思うんだが。というか自分で言ってて落ち込むなよ」

ずーん、と暗い影を背負ったレベッカを見ながらアレンが苦笑する。視界の端で頬を染めて恥ずかしそうにしているイセリアの様子にも気づいていたが、なんと言っていいのかわからなかったのであえてアレンは無視することに決めた。

「まっ、レベッカはよく食べるしな。それに長旅に備えて栄養を備蓄していると考えれば行商人としては正しい行動なんじゃないか？」

「そうだね、行商人としては……ってなるわけないでしょ！　備蓄ってなに？　私は普通だよ。ちょっと普通の女の子より筋肉はついてるかもしれないけど、許容範囲内だし。むしろそういうのが良いって言ってくれる人だって……」

「どうどう。落ち着けって」

「なに？　レン兄は私が馬みたいに筋肉がついているって言うの？」

「いや、そんなこと言ってねえし。どうすりゃいいんだよ」

行商人や冒険者として活動するうちに、筋がうっすらと見える程度の筋肉がついてしまったことにコンプレックスを抱いていたレベッカの暴走は止まらない。どんな言葉も全く通じない状況にアレンは天を仰いだが、それをレベッカが見逃すはずがなかった。

「ねえ、レン兄！　ちゃんと聞いてるの？」

「聞いてるって」

ふぅ、と小さく息を吐き、アレンは覚悟を決めてレベッカの言葉に耳を傾ける。黙って真面目に話を聞いていれば、そのうちレベッカは正気を取り戻すと経験上わかっていたからだ。

暴走するレベッカと、それを真剣な顔で、しかし少し楽しげに聞くアレンの姿を離れた場所で見ていたイセリアの顔には、どこかうらやましげな気持ちが見え隠れしていた。

「ってことはこれが全部トレントの端材で、レン兄が適当に造った物ってことなんだ」

「ああ。最初からそう言ってるだろ」

「それは、すごいですね」

レベッカが落ち着いたところで改めて内部を見て回りながら、アレンの説明をレベッカとイセリアは聞いていた。

「でもなんでこんな物を造ったの？」

「いや、最初はそこの椅子とかテーブルとかを用意して休憩しやすいようにって思っただけなんだが、全然帰ってこないから時間が余ってな。それに大量に端材が余っていてもったいなかったし」

部屋の一角に置かれたテーブルと椅子を指差しながらアレンがレベッカの質問に答える。

イセリアが必要なものはトレントの魔石であり、そしてレベッカが必要としていたのはトレントの建材だ。一見して無駄なところのない取引のように思えるが、実はそうでもない。なぜなら建材と言っても、トレントの幹全てを使用するわけではないのだ。建材に加工されていたのはトレントの幹の中心のあたりであり、外側や長さを揃えるために切られた枝に近い幹の部分など、大量の端材が発生していた。

解体中はそれらを気にする時間などなかったので、邪魔にならないくらい離れた場所に捨てていたアレンだったが、その場所はトレントの端材が山のように積み重なっていた。

二人が帰ってくるのが遅く、その端材で休憩用の簡易な机や椅子を造ってなお時間が余ったため、どうせまだ数日過ごすことになるんだし、と考えたアレンがもったいない精神を発揮した結果が現在の状況というわけだ。

「でも、イセリアさんの調査に後二、三日付き合うことになるとはいえ、これはさすがにやり過ぎじゃない？　やり過ぎでできるレベルじゃない気もするけど」

そう言ってアレンに何やら疑いの目をレベッカが向けてきたが、アレンは全く気にすることなく、むしろそう言われるのは予想済みとばかりに笑いながら返す。

「じゃあ、レベッカも造ってみるか？」

「へっ？　私にできるの？」

「おう。行商人兼冒険者なら土魔法のディグはよく使うだろ？」

「うん」

そんなことを話しながら部屋から出ていくアレンとレベッカの後をイセリアもついていく。

そして外側の壁の一角にあった半円を横に引き伸ばしたような形をした、五メートルほどの長さの大量のトレントの表皮と幹が積まれた場所で立ち止まる。

「じゃあ、レベッカ。ここでディグだ。この切り口の形になるように掘れよ」

「えー、そんなこと普通しないよ。ディグって、火の始末とか、お花摘み（はなつみ）の処理用だし」

「まあ多少は大きくても問題ないからやってみろって。深さはだいたい一メートルくらいな。それ以上やっても戻っちまうし」

「わかった。ディグ」

アレンに促され、レベッカが地面に手を向けて魔法を唱（とな）える。すると地面の土がもりもりと盛り上がっていき、半円状の穴ができた。そしてその周囲にその穴の部分に詰まっていた土が小さな山となって残される。

「おっ、まあまあ上手（うま）いな」

「えっ、そう？」

「ああ。深さはもっと必要だから続けてやってみろ」

「わかった。ディグ」

アレンに褒められ嬉しそうな顔をしながらレベッカが魔法で穴を掘っていく。

このディグという魔法は旅をするうえで非常に有用な魔法として知られていた。効果としては今レベッカが使用したように魔法で穴を掘るだけなのだが、野営するときはなにかとこの穴を掘るということが重要になってくるのだ。罠（わな）としても使え、そして衛生面にも寄与（きよ）してくれるこの魔法は冒険者や行商人にとっては必須の魔法と言っても良かった。

「よし、こんなもんだな。で、これをこの穴にぶっ刺す。やってみろ」

「うん」

レベッカが五メートルあるトレントの端材を軽々と持ち上げ、穴に突っ込む。少し穴が大きいため、ぐらぐらする端材を支えながらアレンが穴の隙間に余った土を詰めて踏みしめると端材はかなり安定し、柱らしくなっていた。

「おー、本当に簡単だ」

「だろ。後はこれを繰り返してやれば壁の出来上がりってわけだ」

「ディグ。うーん、これは魔法の制御には結構良い方法かもしれませんね」

レベッカが作った穴よりもはるかに精度の高い穴を作り上げていたイセリアがそんな感想を漏らす。思いどおりの形に穴を掘るということが思いのほか難しかったせいだ。イセリアが端材を持ち上げ、穴に突っ込んで先ほどのアレンのように土を隙間に詰めて踏みしめる。その様子を見てアレンは首をコキコキと鳴らし息を吐いた。

「じゃあ俺は飯を作ってくる。二人はそのままここに小部屋を造っておいてくれ」

「えー。どうして?」

「水浴びでもしてさっぱりしたいんじゃないかと思って目隠しできる部屋を造るつもりだったんだが、必要ないなら別にいいぞ」

「よし、イセリアさん。レン兄が覗けないように強固に造ろう！」

「覗くか！」

アレンのツッコミに二人が良い顔をして笑う。そして楽しそうに二人で話しながら柱を立て始めたのを確認し、アレンも夜食の準備に向かった。

そして翌日から二日間、アレンとレベッカは、継続して数日間トレントを倒し続ける必要があるというイセリアに付き合い、トレントを倒しては解体を続けていた。

イセリアが協力してくれたおかげで初日だけでアレンとレベッカが三日かけて集めるような量の建材を確保できていたため、それに報いるためにもアレンも解体は最低限にし、トレントを倒すつもりだった。しかしイセリア自身に、初日と同じくらいの数だけ倒せればいいと断られてしまった結果、アレンは初日と同じようにトレントを解体しては魔石を取り出し建材を造るという生活を続けることになったのだ。

初日と同じ、つまりこれまで約半日で倒した数を一日かけて倒すことになったため、初日のように半ば正気を失うようなこともなく余裕を持ってアレンはトレントの解体を続けることができていた。その合間に二人の食事を作ったり、養護院に寄付できるような簡単なおもちゃを作成したりとなかなかに充実した生活だ。ダンジョン内にいる冒険者の生活としてはどうかと思わないではなかったが。

横長のベンチのように切った端材の上に座り、養護院の小さな子が怪我をしないようにとおもちゃの角が丸くなるようにアレンが削っていると、トレントを引きずりながらレベッカが戻ってくる。

「レン兄、追加だよ」

「おっ、了解。こっちのきりがついたら解体するからそこらへんに置いておいてくれ」

「わかったー」

レベッカの返事を聞き、アレンは元の作業に戻ろうとしたのだが目の前にできた影に顔を上げる。そこには身をかがめ、アレンの手元を見ながら懐かしそうな顔をするレベッカの姿があった。

「レン兄って本当に過保護だよね。私たちが昔使っていた積み木にも同じことしてたし」

「あー、そういえばあったな。ニックにもらったあの積み木のことだろ」

「形がばらばらで積むのにコツがいるんだよね」

「もらったのってあいつがまだ見習いの時だったしなぁ」

そんなことを言い合って笑ったアレンとレベッカは懐かしく思い出に浸る。

もう十五年以上前になるがブラント工房に弟子入りしたばかりのニックが、アレンの家族のために端材を使って積み木を作ってくれたことがあったのだ。とはいえ、当時のニックは素人に毛が生えた程度の腕前しかなく、その形は不揃いで、ささくれ立っていたり、角もそのままだったりと安全性などほとんど考えられていないものだった。

さすがにただでもらった手前、注文をつけるわけにもいかず感謝をニックには伝え、危なそうな角はアレンが自分で地道に削ったのだ。そのせいで余計にバランスが崩れてしまう結果になったのだが。

「でもあいつももう一人前の職人だしな。結婚して一児の父にもなってるし」

「レン兄は、いいの？　その……結婚とか、子供とか？」

「結婚かぁ……まっ、縁があったらだな。一人でどうなるもんでもないし。子供は、俺にとって子供みたいなお前たちがいたから、いまいちよくわからないんだよな。苦労はしたけど、今思い返してみるとそれなりに楽しかったし、皆が独り立ちして嬉しい反面寂しかったり、これが親の気持ちなのかなぁ、とか思ったりはするんだが」

珍しく遠慮がちに聞いてきたレベッカに笑い返し、その頭をぐりぐりと撫でながらアレンが正直な気持ちを答える。確かに弟妹を育てるためにアレンは身を粉にして働いてきた。でもそれが全部辛かったわけではない。先ほどの積み木のように兄弟と過ごした楽しかった思い出がアレンの中にはたくさん残っているのだ。

「そっか」

アレンになされるがままに頭を撫でられていたレベッカが柔らかく笑い、立ち上がる。その顔はどこかすっきりしたものに変わっていた。

そしてレベッカはアレンの横に無造作に置かれているマジックバッグへ目をやり、少し困ったような表情をする。

「しかしレン兄、イセリアさんのマジックバッグってすごいね」

「ああ、この二日で作った建材を全部入れてもまだ余裕があるしな。どんだけ容量があるんだって話だよな」

「うん。行商人からしたらうらやましくてたまらない一品だよね。値段も洒落にならない金額だろうけど」

「確かになぁ。俺には想像さえつかん金額なんだろうな」

そんな貴重なものが無造作に置かれている状況に、顔を見合わせた二人がどちらからともなく大きく息を吐く。信頼されていると言われれば聞こえはいいが、さすがに信頼で足るような金額の話ではないだろうというのが二人の共通認識だった。実際このマジックバッグを買おうとすれば、数億ゼニーを優に超えるのだからその認識は間違っていない。

「まっ、俺たちが気にしても仕方ねえだろ」

「そだね。でもやっぱりレン兄も憧れる？」

「マジックバッグの話か？　そりゃあ一流の冒険者の証みたいなもんだしな。ダンジョンの探索も楽になるし、持ち帰れる量が増えるから報酬も増える。行商人にとってもそうであるように冒険者にとってもマジックバッグは欲しい一品だな」

「そっか」

そんなことを言ったアレンの姿を見て、レベッカがニッと笑みを浮かべる。

「私は持ってるけどね」

「知ってる」

「いくらレン兄でもあげないよ。そんな、もの欲しそうな顔をしてもダメだからね」

「してねえよ！」

自分の腰に提げられたマジックバッグを隠すようにしながらアレンから距離をとるレベッカに思わずアレンがツッコミを入れる。その反応に満足したのか、笑みを増したレベッカはくるりとその身を翻した。

「じゃ、トレントの採取に行ってきまーす」

「せめて討伐とか倒すって言ってやれよ」

気楽な調子で手を振って去っていくレベッカにそんな言葉を返しながら微笑み、アレンは先ほどレベッカが持ってきたトレントの解体を始めるべく立ち上がった。


そして三日間の調査が終わった翌日、三人はライラックの街へ戻り、お互いに感謝の言葉を交わして別れた。ちなみに大量の建材が入っているイセリアのマジックバッグは今レベッカの手元にある。その方が都合がいいでしょう、とイセリアに渡されたからだ。渡された時、レベッカの表情が引きつるのをアレンは見逃さなかった。

直接手渡されたわけではないのでその時はまだ気持ちに余裕があったアレンだったが、その返却先として指定された場所を聞いてアレンも頬を引きつらせた。返却先である、イセリアがこの街で住居としている宿が、最低ランクの部屋であっても一日十万ゼニーするような、ライラック随一の高級宿であることを知ったからだ。

基本、ネラとしてイセリアに会うときはダンジョン前で集合していたため、イセリアがどこに泊まっているかなどアレンは全く知らなかった。受け取ったマジックバッグの方が金額ははるかに大きい。しかし宿の値段という現実的な金額の方に驚いてしまうところがアレンの金銭感覚をなにより物語っていた。

丁寧に挨拶をして去っていくイセリアの後ろ姿を、アレンとレベッカが半ば呆然としながら見送る。その背中が見えなくなったところで、ぽつりとレベッカが漏らした。

「なんか、住む世界が違うってあういう人のことをいうんだろうね」

「だな。俺だったら宿に泊まる金で美味いもん食った方が幸せになれる自信がある」

「いや、それってどんな自信なの、レン兄？　というか宿の料理もやっぱり一流なんじゃない？」

「食える量が違うだろ？」

そんなとりとめのない会話を交わしていた二人だったが、いつまでもこうしているわけにもいかないのでそれぞれ動き出す。

「じゃ、レベッカを無事に街まで連れて帰ってこれたことだし、俺はダンジョンに戻る。じいさんの薬草採取の依頼がだいぶ遅れちまってるしな」

「了解。ご飯は適当に食べるから私のことは気にしないで。私も私でやることがあるし」

「おう。くれぐれも気をつけろよ」

「うん、わかってる」

　短く言葉を交わし、街の外へ再び出ていくアレンをレベッカは見送った。そしてくるりとその向きを変えると、少しだけ目を閉じてふぅ、と息を吐く。それだけでその表情は先ほどまでとは違う、商人としての顔に切り変わっていた。

「じゃあ、私も行こうかな。おじいさんの依頼もあるしね」

　小さく宣言するように呟いてからレベッカは歩き始める。その足が向かう先は、数日前アレンと一緒に行った薬草採取の依頼主である偏屈なじいさんの家だった。

　そして何事もなく目的の大きな屋敷にたどり着いたレベッカは、少しの間、普通の屋敷を訪問する時と同じように門の前で待ってみた。しかし誰も来る様子がないことを確認すると、少し苦笑いしながら門を開け、アレンに言われたとおり、屋敷の中に勝手に入っていく。

　アレンと一緒に来た時と同様、屋敷のホールを抜け、そして奥の一室の前で立ち止まり、一応小さくノックをして、少し待ってからドアをゆっくり開けた。

　調薬用の器具が並び、薬草独特の匂いが充満する部屋の中で、老人は以前と同じように机に座って紙にペンを走らせていた。良いところまで書き終えたのか、少しの間ペンがその紙から離れて止まったタイミングでレベッカが声をかける。

「おじいさん、こんにちは」

「んっ、おお。たしかアレンの妹の……」

「はい、レベッカです。いきなり来てすみません。お伝えしたいことがいくつかと、ちょっと厚かましいのですがお願いがありまして。おじいさん、と言うか王国特級薬師(くすし)であるギデオン様に」

「……お主、何者じゃ？」

レベッカに自らの名前を言い当てられ、ギデオンは先ほどまでの好々爺然とした笑みを消し、鋭い視線をレベッカへ向ける。それを受けたレベッカは先ほどまでの気安い笑みを消し、感情の読めない、どこか冷たいものを感じさせる能面(のうめん)のような表情に変えた。それはアレンには見せたことのない表情であり、後ろ暗い背景を持つ者特有の匂いをギデオンに感じさせた。

「儂を狙うなど……まあ心当たりは一つや二つないわけでもないが、覚悟はしておるんじゃろうな？　特級薬師が作る薬はなにも治療のためのものだけではないぞ」

「……」

ギデオンは自分の胸元から細長いガラス瓶(びん)に詰まった赤と青の液体を、レベッカに見せつけるようにして取り出す。その様子をじっと眺めたまま、レベッカは口を開こうともしない。そ

の落ち着き払った姿に、ギデオンのこめかみを一筋の汗が伝っていく。

そしてついに耐え切れなくなったギデオンがその二本のガラス瓶を床に叩きつけようと振りかぶった。

「ちょっと待ってください！　私、ただの行商人ですから。今の演技、演技ですからね。そんないかにも危険そうな薬を使うなんて聞いてませんよ！」

さっと表情を変え、手を左右に振って必死にギデオンを止めようとレベッカが叫ぶ。先ほどまでの態度はなんだったんだ、と思うほど焦るその姿に、ギデオンはなんとかガラス瓶を投げるのを思いとどまった。

ギデオンの両手に残ったガラス瓶を眺め、胸に手を当てながらレベッカが大きく息を吐く。

そんなレベッカの様子をギデオンはうろんげな視線で見つめていた。

「本当に、なんじゃお主は？」

「だから、ただのしがない行商人ですよ。ちょっとお得意様からギデオン様に伝言を頼まれただけの。一応言っておきますが、さっきの演技も込みですからね」

「伝言？」

レベッカの説明に、なぜそんなことをするのかとギデオンが首をひねる。用件を伝えるのであれば手紙を送ればいいのだし、直接人をやるとしても、こんな演技など必要ないのだから。

「白くて長い髭（ひげ）のおじいさんから、と言えばわかりますか？」

その表現に、ギデオンの脳裏にさっと一人の人物の姿が浮かぶ。そしてなぜその人物がこんなことをしたのかをすぐに察したギデオンは汗をだらだらと流し、その顔色はどんどんと悪くなっていった。

レベッカはその姿を見て言葉を続けるのを少しだけためらったが、まあ自業自得だし仕方ないよね、とあっさりと割り切って預かった言葉を伝え始める。

「お主、儂が逃がしてやった交換条件のことを忘れておるじゃろ。お主のことじゃから久々にできる自分の研究に浮かれておるんじゃろうが、約束を違えるなら次は本当の刺客を送って連れ戻すからの、とのことです」

「なにっ、それはいかん。あんな無駄に地位だけ高くて自分の研究時間もまともに取れない場所に戻るのは嫌じゃ！」

「それを私に言われても」

声色を変えたが、自分でも似ていないな、と思うようなレベッカの伝言を聞いたギデオンの反応は劇的だった。机にしがみついて、てこでも動かないぞというように首を左右に振っているのだ。その姿はまるでだだをこねる子供のようであり、先ほどまでの歳相応の雰囲気など全く感じられない。それを見てドン引きしてしまったレベッカは、思わず心の声がそのまま言葉に出て、ばっさりと切り捨ててしまった。

「ならばメルキゼレム導師に釈明を。現在、鋭意調査中ということでどうじゃろうか？」

「えっと、ギデオンさんの行動は完全に見抜かれているみたいですし、具体的な報告がないと納得されないかと思います」

ギデオンのあまりにも情けない姿に、様付けからさん付けへナチュラルに格下げしつつ、レベッカが自分の考えを述べる。わざわざ名前をぼかして伝えたのにそれを気にすることなく相手の名を明かしたことや、勝手に屋敷に入ってこいという今までの態度から、ギデオンがそういったものを重要視していないと確信が持てたからだ。

格下げされたギデオンはといえば、その読みどおりそんなことを気にした様子もなく、ただずーんと重い空気をまとい、頭を垂れていた。

「そ、それもそうじゃな」

気落ちしたその反応にレベッカが心の中でにんまりと笑う。自分の考えた計画からはだいぶずれてしまっているが、大幅に工程を省略できる可能性が高いと踏んだからだ。

レベッカが楽しげな表情をしたままギデオンに近づき、その隣に座る。

「そんなギデオンさんに朗報です。その困りごと、私が解決して差し上げます。ちょうど縁あって、なんとかできそうなので」

「本当か？」

まるで地獄で天使にでも会ったかのように、救われた者特有の畏敬の眼差しを向けてくるギデオンに、レベッカが女神のような優しい微笑を返す。見る者によっては悪魔の微笑みに見える、どこか愉悦の混じったものだったが、ギデオンがそれに気づくことはなかった。

「ええ、もちろんです。むろんタダとは言いません。私は行商人ですし、ただでそんなことをしてくれる者より、むしろその方が信頼いただけるかと思いますが」

「そうじゃな。で、何を望む。儂に出せるのは金か薬くらいじゃぞ」

「あー、そうですね。ここでお金という選択肢もあったんですよね。ギデオンさんお金持ちですし」

「うむ。行商人ならば、店を持てる程度の金でいいか？　本当にメルキゼレム導師の対応をしてくれるのであれば即金で出そう」

その男らしいんだか男らしくないんだかよくわからないような発言に、今度はレベッカがうーん、うーんと悩みだす。

取引の対価としてはありえないほど好条件であり、ライラックに自分の店を出すというレベッカの望みも叶ってしまうのだから迷う必要などなさそうなのに、レベッカはすぐには決断できなかった。

レベッカがこのライラックに自分の店を出そうと考えたのは、アレンと一緒に暮らすためだった。危ない冒険者稼業をやめてもらい、アレンと一緒に店を切り盛りして、儲かったお金で少しだけ贅沢をして楽しく過ごす。たまにエリックが訪ねてきたりすればもっと楽しいかもしれない。商人を目指すと決めたその日からレベッカはずっとそんなことを夢想していたのだ。

自分を大切に育ててくれたアレンに、自分にできる精一杯の恩返しとして。

その長年の夢が叶いそうになっているのにもかかわらず、レベッカは即決できなかった。この街に帰ってきてアレンと再会し、そしてその近況を知ったことが迷いとなってしまったのだ。

笑うアレンの姿を頭の中で思い描き、そしてレベッカは決断した。心からの柔らかい笑みを浮かべながら、レベッカはギデオンに対して首を横に振る。

「ギデオンさんにお願いしたいのは、領主様のもとで働いている会計の担当者と建設計画などの担当者への縁つなぎです。お金は必要ありません」

「いいのか。儂にとってその程度、何もしていないようなもんじゃが」

「行商人にとってはそういった方々と縁つなぎができるというだけでも十分な価値があるんですよ」

腑に落ちないような表情をするギデオンに、レベッカがそう言って笑う。

実際、伯爵のもとで働く担当者は、そのほとんどが下級貴族だ。一介の行商人であるレベッカでは普通は相手にしてもらえない存在なのだ。そんな人々と話ができるというだけでも価値があるというのは嘘ではない。もちろん全てがレベッカの本心というわけではないし、意外な理由で相手から縁を繋ごうとしてくることもあるとは知っていたが。

（今は私がレン兄の近くにいない方が良さそうだしね。まっ、来るべき時までお金を貯めていつかどーんと返そう。でも何が一番喜ぶかなぁ）

そんなことを考えて少し浮かれていたレベッカは一つ見落としていた。ギデオンという存在が、どういった性格をしているのかということを。そして何を最も重要視しているのかを。

「しかし、担当者ごとに紹介は面倒じゃな。よし、ナヴィーンを紹介するから、他の者については奴に頼むといい」

「えっ？　ナヴィーンって、領主様のことですよね」

「うむ。昔、奴が王都で働いておった時に、恩を売っておいたんじゃ。将来、領主になった暁にはダンジョンの素材を優先的に卸してもらうつもりだったのじゃが、ちょうど良い」

「ちょうど良いって問題じゃ……」

「ほれ、行くぞ！　面倒事は早めに済ます主義なんじゃ。まあ先触れも出してないが、今日中にはどうにかなるじゃろ」

「えー!!」

驚き困惑するレベッカを強引に引き連れ、ギデオンが屋敷から領主の館へ向かって歩き始める。自分の想像のはるか上を行く展開に混乱しつつも、これをどうにか活かさないと、とその後を追いながら必死にレベッカは頭を巡らせ始めた。

そして数時間後……

「いや、なんでいねえんだよ。っていうか帰ってもこねえし。もしかしてこれも失敗になるのか？」

ギデオン不在の屋敷に一人、納品予定の薬草を持って佇（たたず）んでいたアレンが、薬品の匂いが残るその部屋で呟く。そして周囲を見回し、再度確認しても全く気配の感じられないことにがっくりと肩を落とした。

結局その場で数時間待ち、昼もだいぶ過ぎた頃に上機嫌で帰ってきたギデオンにアレンは予想どおり薬草の納品を拒否された。採取方法や、時間など自分には一切非はないので納品を拒否された時はそれなりに文句を言ったアレンだったが、ギデオンの「その分の金は払っておる。それにお主も依頼を受けたくせにここ数日は薬草を納品に来なかったじゃろ」という返しにそれ以上言葉を続けられなかった。依頼は取り下げも修正もされていないので、アレンが納品しなかった日数分の報酬が払われるのは確かだからだ。

今までアレンは依頼を受けたらすぐに納品するべく動いていたのでそこまで気にならなかったのだが、今回はレベッカと出かけた日を含めれば四日間納品していない。イセリアとの話の流れでそうなってしまったのだが、アレンとしてもそこは気になっていた。だからこそレベッカを街に送り届けてすぐにダンジョンに戻ったのだ。

金を返すといっても拒否されるのが目に見えていたため、納得はいかないもののアレンは再びダンジョンへ向かい、そしてなんとか指定された一カ所で薬草を採取し、それを納品する。なんとか五日連続で納品なしを回避できたアレンはほっと胸を撫（な）で下ろしていた。

「はぁ、結構遅くなっちまったな。レベッカから飯の心配はいらないって聞いておいて良かった」

家に帰る道中の店で適当に持ち帰りの食事を買ったアレンは、日が落ちて人気の少なくなった通りを足早に歩いて家路を急ぐ。ほどなく家にたどり着いたアレンがドアを開けて見たのは、机に突っ伏して燃え尽きているレベッカの姿だった。その姿にアレンが慌てて駆け寄る。

「お、おい。大丈夫か？」

「あっ、レン兄お帰りー。大丈夫、大丈夫。ちょっと疲れただけで、むしろ大成功な部類だから。じゃあ、レン兄の顔も見たことだし、私は休むね」

のっそりと体を起こしながらそう言ったレベッカにアレンが心配げに視線を向ける。アレンの不安を和らげるかのように少しだけニッと笑みを浮かべ、しかしよたよたしながらレベッカは自分の部屋に戻っていった。

アレンはその姿が消えるまでその場で見送る。その心配そうな表情はレベッカの強がりを見ても変わらず、むしろ深まっていた。

「顔見るためだけに起きてないで休めよな」

そんな愚痴と言えなくもない言葉を呟き、アレンは持ち帰ってきた食事をあまり美味しくなさそうにもそもそと食べたのだった。

第六章 伝えたい想い

翌日、アレンが起きたときには既にレベッカは家を出ていた。しかしテーブルに置いてあった手紙の文章の最後に書いてあった、レン兄をあっと驚かせてあげるから期待しててね、という言葉から、レベッカが昨夜の状態から復活していることをアレンは確信して笑った。

そしてアレンは気持ちを切り替え、依頼をこなすためにダンジョンへ向かう。

薬草採取の依頼でアレンのネックとなるのは、採取方法や運搬方法ではなく採取してから納品までの時間制限だ。採取する階層からライラックの街まで帰る時間はもちろん考慮されている。しかし余裕があるとまではいえない程度の時間だった。

早くランクアップしたいアレンとしては効率よく依頼をこなしたいという気持ちが強かった。金銭面で文句があるわけではないが、ギデオンの薬草採取の依頼も早く終わらせたかったのだ。しかし時間制限のせいでなかなかうまくいかなかった。

しかしその解決方法をアレンは既に見出していた。昨日の採取では時間もなく、ギデオンにそれで問題がないか聞けなかったため行わなかったが、納品時にその採取方法でも問題ないことをアレンは確認していた。ギデオン自身は本当にそんなことができるのかと疑問視していたようだが。

「行くか」

ライラックのダンジョンに入ったアレンは、依頼で採取場所として書かれた条件に合致する場所に生えている薬草を探していく。冒険者としての経験が長く、最近では薬草採取の依頼のために階層の様々な場所を探索したこともあり、条件に合う場所を迷いなく探すアレンはほどなく納品に足る薬草を見つけた。

「よし、じゃ次だな」

しかし、アレンはすぐに採取することなく場所を記憶するにとどめて別の条件に合致する薬草を求めて探し始めた。その作業はどんどんと下の階層に場所を移しながら続けられていき、ついに今回の条件の中で最下層の十階層にアレンはたどり着く。

十階層の森林で採取条件に合う薬草を目の前にし、アレンがふぅ、と息を吐いて頭の中を整理する。自分がとるべきルートをはっきりと思い描き、アレンは楽しげに笑みを浮かべた。

「じゃあ、連続採取開始しますか」

そう呟くと、アレンは目の前の薬草の採取を始める。根も葉も傷つかないように丁寧に採取しつつも、その速度はありえないほど速い。そして採取した薬草を丁寧に包装した上で鞄に入れると、先ほど頭に思い描いたルートの通りに走り始めた。そして次の目的の場所で薬草を見つけたアレンが先ほどと同様に薬草を採取し、再び走る。その先には当然のように条件に合う薬草が生えていた。

　アレンが考えたのは単純なことで、時間に制限があるなら先に目星だけをつけておき、制限時間の長い下層の採取から始めて、帰る道中にその薬草を採取していけば一度に納品ができるという方法だった。

　もちろんアレンが目星をつけていた薬草が他の誰かに採取されてしまう可能性はあるのだが、それでも多少の手間は省(はぶ)けると考えて試してみることにしたのだ。

　結果としてそれは大成功だった。二階層のみアレンが目星をつけていた薬草は採取されてしまっていたが、それについてもたまたま一階層へ向かう途中で条件に見合う薬草を発見するという幸運にも助けられ、アレンは一度で依頼の薬草全(すべ)てを納品することに成功したのだ。

　納品した時、ギデオンの驚く様子に得意げにニヤリと笑ったアレンだったが、本気で研究をせねば、と顔色を変えたギデオンに追い出され、その笑いを苦笑に変えると屋敷から出た。

　依頼達成の証書についてはなんとか受け取っていたので問題はなく、冒険者ギルドを目指して上機嫌でアレンが歩いていると、横道から見覚えのある人物が出てくるのを見つける。それは相手のイセリアも同様だった。

「アレンさん」

　そう呼びかけ近づいてくる、白のブラウスに黒のタイトスカートというシンプルながら、どこか高貴な印象を受けるイセリアの姿に、一瞬ネラの姿じゃないのに来るなよ、とアレンが頰(ほお)を引きつらせる。先日の依頼のこともあり、アレンとして接点がないわけではないが、そこまで親しい間柄(あいだがら)と言えるようなものではないと考えていたからだ。

「よっ、イセリアさんは依頼帰り、じゃなさそうだな？」

「はい、今日は休日なので街をぶらぶらしていただけです。ついでにアレンさんを捜していたって言ったら、どうします？」

　少しだけ身をかがめて、頰を染めながら覗(のぞ)き込むような仕草(しぐさ)で見つめてくるイセリアの姿にアレンが苦笑いを浮かべる。普通の男ならドキッとするような可憐(かれん)な姿なのだが、多少イセリアと付き合いの長くなったアレンには、その表情の中にからかいの色が含まれているのがはっきりとわかってしまうようになっていた。

「マジックバッグの持ち逃げなんてしないから安心してくれ」

「むっ、効果なしですか。レベッカさんに教えていただいた男を虜(とりこ)にする仕草、その三だったのですが。それはさておいて……」

　つれなく返したアレンに、少しだけ残念そうにしながらイセリアが微笑(ほほえ)む。そして別の話に切り替えようとしたイセリアだったが、その言葉はアレンによって止められた。

「いや、あいつなんてもん教えてんだよ。っていうかその三って他にもあるのか？」

「ええ、初級編ということでその十まで教えていただきました」

「なに考えてんだ、あの馬鹿（ばか）」

片手で頭を押さえて顔をしかめるアレンの姿に、イセリアが小さく声を漏（も）らしながら笑顔を見せる。先ほどまでの作られた笑顔ではなく、自然な笑顔を。少しの間、アレンの様子を眺（なが）めていたイセリアだったが、言うべきことを思い出して再度声をかけてきた。

「とりあえずそれは置いておいてですね。ギルドに顔を出してほしいそうです」

「んっ、今から行く……ってあっちの方か？」

「はい」

暗にネラとしてということを伝えたアレンにイセリアがうなずく。話はわかったが、ネラとして依頼を受けているわけでもないため、特になにか行く必要があったかと頭をひねるアレンに、イセリアが小さな声で言葉を継ぐ。

「例の素材の売却が決まったそうです」

「あー、あれか」

その言葉にアレンはすぐになにか思い出した。例の素材とはアレンがドラゴンダンジョンのスタンピードの時にアイスコフィンの魔法で凍（こお）らせて倒したドラゴンパピーなどの素材だ。

アレンとしては放置したつもりだったのだが、その後にちゃんと回収され売却が決まったらその代金を振り込むとギルドから聞いていた。元よりないと思っていたものであるし、回収から解体まで全てお任せだったためアレンの印象は非常に薄かったが。

「ええ。だいたい六億ゼニーなのでギルドも預かっておきたくないそうで、知り合いである私が伝言を依頼されました」

「っ!?」

思わず声をあげそうになったアレンだったが、なんとか必死に口をつぐんで声を出すのをこらえる。もちろん提示された金額がアレンの想像をはるかに超えていたからだ。

「いや、高すぎだろ」

「高く買ってくださる人がいたそうですよ。スタンピードを防いだ英雄が倒したということと、傷のない素材という点が高評価だったらしいです。では確かにお伝えしましたから」

そう言ってにこりと笑みを浮かべるとイセリアはアレンとは別方向、自分の宿がある方向へ去っていった。その後ろ姿を見送り、理解の範疇を超えた金額に混乱したままアレンはギルドで依頼達成の報告を行い、報酬を受け取り忘れそうになったりしながらギルドを出る。

なんとか自宅に帰ってきたアレンは、普段どおりに部屋でのん気にくつろいでいるレベッカを見つけてやっと正気を取り戻す。心の安寧のためにも、とりあえず問題を先送りしようと決めたアレンに、帰宅に気づいたレベッカが駆け寄ってきた。

「おかえり、レン兄」

「おう、ただいま」

「はい、これ今回の報酬。レン兄の分ね」

レベッカが後ろ手に隠していた袋を受け取り、そしてそのずっしりとした重みを感じたアレンが頬を引きつらせる。そんなアレンの姿にニシシと笑いながら、レベッカは止めの一言を発した。

「十本、一セットで報酬が八万ゼニー。今回達成したのが四百六十一セットだからレン兄の取り分は千八百四十四万ゼニーだよ。いやーイセリアさんのおかげで予想以上に儲かっちゃった」

先ほどイセリアから聞いた六億ゼニーという金額からすれば、てへっと笑いながらレベッカに告げられたその数字ははるかに軽いはずだ。しかしその妙に現実感のある数字と手に持った重みはアレンの心に的確に突き刺さり、その思考を完全に停止させた。

「おーい、レン兄。そろそろ帰ってきてよー」

「……いや、これ。どうすんだよ？」

目の前で手を振るレベッカの呼びかけになんとか正気を取り戻したアレンが、手にずっしりとくる重みを感じながら助けを求めるようにレベッカを見返す。しかしレベッカはにやにやとした笑みを浮かべたまま首を横に振った。

「それを私に聞かれても困るよ。正当なレン兄の受け取り分だよ。自由に使えばいいじゃん」

「いや、だって千八百四十四万ゼニーだぞ。昔の俺の年収六年分くらい……あれっ、なんかそれにしては軽いような気が」

動揺を隠しきれないアレンだったが、過去の自分の年収と比べたことでオーガキングの素材売却で最初に大金を手に入れた時のことを思い出して首を傾げた。自分の手の中の重みがその時の重さと大して変わらないことに気づいたからだ。

　オーガキングの素材の売却金額は最初六百万ゼニー、つまり金貨六百枚だった。その重みはしっかりとアレンの記憶の中に残っている。今回の報酬についてはその三倍なのだ。明らかにこれは少なすぎる。その違和感にアレンが考え込む様子を見てレベッカは少し驚いた。

「レン兄、よくわかったね。それ八百四十四万ゼニーしか入ってないんだ。残りの分はちょっと交渉中で」

「んっ？　あぁ、まだトレントを売った金が入ってないのか。いや、別になにかに使う予定もないからどうでもいいぞ。しかし交渉中って……つまりこの金って純粋にレベッカがもともと持ってた金ってことか⁉」

　驚き、目を見開いてレベッカを見るアレンに、ちょっと不満げにしながらもレベッカが首を縦に振る。

「うん。私のお金なのは確かだね。あーあ、せっかくレン兄に一枚一枚数えてもらって、全然足りねえじゃねえか、って驚いてもらおうと思ったのに」

　自分が受け取った金額が、もともとレベッカが持っていたものだと確認したアレンが驚愕する中、残念そうな顔でレベッカがそんなことをぼやく。自分が袋の金貨を取り出して一枚ずつ数えていくところを想像したアレンは、その不毛さに、はぁー、と大きく息を吐いた。

「いや、なんでそんな苦行みたいなことをしないといけねえんだよ」

「えっ、楽しくない？　私はこれだけ稼いだんだーって感じで」

「えっ、もしかしてお前やってんの？」

アレンの問いかけに、ふふふ、とレベッカが意味ありげな笑みを浮かべて返す。それだけで、あっ、絶対こいつやってねえわ、と察したアレンは改めて目の前の袋へ視線を向けた。

視界の外でレベッカがなにか文句を言っている気もしたがあえて気づかないふりをして、アレンは袋に詰まった金貨を見ながらどうするべきかを考える。そしてすぐに結論は出た。

「よし、とりあえず必要になるまで放置だな」

「レン兄ならそうすると思った。家に置いておくのが不安なら商人ギルドの預かりサービスを利用するといいよ。ギルドに入ってなくても利用できるから。まあ出し入れするときに手数料がかかるけど」

「安全には代えられないってことだな。ありがとな、ちょっと考えとくわ」

自分のことを考えてそんなことを教えてくれたレベッカにアレンは感謝を伝えて、とりあえず渡された金貨の入った袋を机の上に置く。そしてそのまま台所に向かうと、夕食の準備を始めた。時間的には少し早いのだが、ちょっと手の込んだものでも作ろうかと考えたのだ。変なことを思い出したり考えたりしないために、何かに集中したかったということもあったが。

テーブルに座ったレベッカは楽しげにそんなアレンの後ろ姿を眺めていた。

アレンの料理をする姿を眺めるのがレベッカは好きだった。ここに住んでいたころ、冒険者として生活費を稼ぐために朝早くから働きに出てしまうアレンと、まだ小さかったレベッカが一緒に過ごす時間はそんなに多くなかった。

帰ってきてから少しだけ遊んでもらい、アレンが料理を作る様子をテーブルに座りながらじっと眺めるというこの時間は、小さなレベッカにとってとても大切な時間だった。

トントンと包丁がリズミカルに動く音を聞きながら、他の兄弟たちと今日は何のご飯だろうと話したり、料理をするアレンに聞こえるように今日あった面白(おもしろ)いことを話したりする。お金がなくて苦労することはあったけれど、レベッカはそれだけで十分に幸せだった。だからそんな風に幸せを守り続けてくれたアレンが大好きだった。

そんな昔のことを懐(なつ)かしく思い出していたレベッカに、そんなことを考えているとは想像もしていないアレンが料理をしながらいつもの調子で声をかける。

「そういやレベッカ。あのトレントの建材って結局どこに売ったんだ？」

「んっ？　領主様のところだよ」

「はっ!?　うわっ、危ねっ！」

何げなく振った話に領主という思わぬ単語が出てきたことで、驚きのあまり手元が狂ったアレンが自分の指に向かって包丁を振り下ろしそうになって、慌(あわ)ててそれを避(よ)ける。あとほんの少しアレンの反応が遅れればスパッとやっていたかもしれないほどのギリギリのタイミングだったので、アレンは大きく息を吐いて安堵していた。

そして心が少し落ち着いたところで、改めてレベッカに問いなおす。

「領主って、このライラックのだよな？」

「うん。ナヴィーン・エル・ライラック伯爵だね。なんか昨日、ちょっと色々あって本人と会ってきました」

「いや、会ってきましたで会えるような人ではないと思うんだが」

「うん、私もそう思う」

アレンの感想に腕を組んで真顔で返してきたレベッカに、意味がわかんねえよ、と聞き返したくなったアレンだったが、レベッカの反応を見るに本人もよくわかっていなさそうだったのでそれを止めた。そして昨日、あれだけ疲れていたのはそのせいか、と少し納得もしていた。

伯爵である領主に会うということが非常に疲れるというのはネラとしてではあるが経験済みのアレンにもよくわかったからだ。

「しっかしあれだけ大量のトレントの建材を買うってなにか造るのかね？」

「この前スタンピードがあったでしょ？　今後のことも考えてその周囲に砦を建てるみたい」

「へー、そんな話よく知ってたな。俺、全然知らなかったぞ」

地元民である自分でも知らなかったのに、さすが行商人なだけあるな、とレベッカの成長を嬉しく思いつつ、アレンは料理を再開しようとしたのだが……

「うん、だってまだ公表されてないし」

「……」

その返ってきた言葉に包丁を置く。そしてつかつかとテーブルに向かうと、にやにやとアレンを見上げているレベッカの対面に座った。

「あれっ、料理しないの？」

「できるか！　お前の話を聞きながら作ったら指が何本あっても足らんわ」

「レン兄、指は五本しかないよ。はっ、もしやレン兄、指が生えるようになったり……」

「するか！　レベッカの話を聞いてから料理するからさっさと話せ」

「ええー、どうしよっかなー？」

笑みを増し、構ってもらえることが嬉しいということを隠そうともせずにからかい続けるレベッカに、ほんの少しだけアレンの堪忍袋の緒が切れかける。とはいえ直接暴力に訴えるようなことなどアレンはしない。レベッカに対して最大のダメージを与える方法を家族であるアレンは熟知していた。

「よし、夕食はピーナスづくしに変更な。ピーナスとウサギ肉の炒め物に、ピーナス汁、ピーナスの煮物なんてのも良いよな。おっ、時間もあるしパンもピーナス風味にしてみるか？」

アレンの言葉にレベッカの顔がさっと青くなる。

ピーナスとは長さが三十センチほどの細長い顔のような形をした緑色の野菜である。栄養価が非常に高く、健康食として一部には人気の食材であるのだが、味は非常に苦い。親は食べさせたいが子供には不人気の代表格ともいえる野菜なのだ。そしてレベッカが最も苦手とするものでもあった。

「レン兄の人でなし！　あんなものを人に食べさせようとするなんて、きっとレン兄に魔王が乗り移ったんだ。この魔王め！」

「とりあえずお前はピーナスを作ってる人に謝れ。で、本気でメニュー変更するか？」

「ピーナス農家さん、すみませんでした。そして魔王様、ぜひ寛大なご処置を」

くるっと掌を返して謝り始めたレベッカにアレンが苦笑いを浮かべる。魔王扱いは変わらねぇのかよ、とも思ったが、さっさと流して本題に進もうとアレンは無視することに決めた。

「で、なんでお前が公表前のそんな計画を知ってるんだ？　トレントの建材が欲しかったのもそれを知っていたからなんだろ？」

「うーん、半分正解かな。具体的な計画のことを聞いたのは昨日だからね。大量の丈夫な建材、まあトレントとかが必要になる何かを造ろうとしているんだろうなぁ、とは予想してたけど」

「へー、どうしてそう思ったんだ？」

アレンの質問に、得意げな顔に戻ったレベッカがすらすらと答え、そして続けられたアレンの言葉に、レベッカがピッ、と指を三本立てて話し始めた。

「まず一つは冒険者ギルドの依頼だね。レン兄も受けていたけど、最近ニックさんたち大工の人のレベル上げの依頼が増えてるの知ってた？」

「いや、ニックの大工仲間とかは結構レベル上げに連れていってたが、他の依頼もあったのか？　最近はマチルダに依頼を振られることが多くて掲示板とかあんま見てなくて気づかなかったな」

「そこまであからさまじゃなかったけどね。でも最近の依頼履歴を調べれば目につくくらいの変化はあったね」

　そう断言したレベッカの様子に、アレンがうなずいて返す。

　冒険者ギルドには、最近出された依頼を調べることのできる一覧が掲示板の隅に貼られている。今、掲示板に出されている依頼が適正なものなのか判断に迷う場合に、最近の依頼内容とその報酬金額のみが書かれたそれを調べることで、依頼を受けるかどうかの判断材料の一つとできるようになっているのだ。ただそれを使用する冒険者はほぼいないのだが。

「よく依頼履歴のこと知ってたな」

「まあね。行商で訪れた場所の需要とかが簡単にわかって便利だよ」

「ギルドの奴に教えてやれば喜ぶかもな」

　冒険者に使われない割に、まとめたり、更新したりが面倒なため、廃止論が出ていることをギルド職員時代の知識として知っているアレンがそんなことを呟く。

　意外な使い方があるもんなんだな、感心するアレンにレベッカが説明を続ける。

「依頼の増加はレン兄がブラント工房のニックさんたちのレベル上げをしたから対抗して、ってことも考えられるんだけどね。で、次がなにか計画があることを確信した理由でもあるんだけど、ブラント工房がレン兄の持ってきたトレントの建材を買い取ったことなんだ」

ニッ、と笑みを浮かべて二本の指を折り曲げながらそう言ったレベッカの言葉から、なぜそう考えたのかアレンが推理しようとする。しかしアレンの理解では特に大工が集まるブラント工房がトレントの建材を買ったとしても不思議ではないとしか思えなかった。

しばらく考えてみたが特に何も思いつかず、わっかるかなー、と楽しげにアレンを見ているレベッカに降参を伝えようとして、アレンがふと気づく。

「俺から直接買ったからか？」

「その心は？」

思いついた言葉をそのまま出してしまったアレンに、レベッカが少し驚いた顔をしながら聞き返す。アレンは自分の頭の中で考えを整理しつつ、ゆっくりと説明を始めた。

「いや、大工の工房なんだから普段取引している材木商がいるだろ。そこを通さずに俺から直接買い付けるってのは下手すりゃ信頼関係にひびが入る行為なんじゃねえか？　まあまあな量を売ったし」

「……」

「そんな危険を冒したとしても、建材の確保を優先したってことは取引先の材木商が納得できる正当な理由があるってこと、例えば領主からの依頼があるから入手の機会を逃すことができなかった、とかな。どうだ？」

じっと黙ったままアレンを見つめ続けるレベッカの姿に、ちょっと不安になりつつもアレンが自分の考えを言い切る。

商人や職人の世界についてはそこまで詳しくないアレンであったが、冒険者の経験から信頼関係の大切さについては非常によく理解していた。信頼関係があれば、その次の依頼に繋がるということも珍しくないからだ。ギデオンの薬草採取の依頼のように。

逆に、それが壊れてしまったときの厄介さもアレンは十分身にしみていた。コツコツと積み上げてきたのにもかかわらず壊れるのは一瞬で、その信頼関係が深かった分だけ後に尾を引くのだ。アレンの脳裏に一人の男の顔が浮かんだが、軽く頭を振ってそれを追い出す。ねじれにねじれてしまった関係は今更どうしようもないとわかっていたからだ。

アレンの考えを聞いたレベッカは、しばらく神妙な顔でうんうんとうなずいて溜めをつくると、パッと表情を嬉しそうなものに変えた。

「レン兄も商売のことがちょっとはわかってきたみたいだね。おおむね正解だよ」

「おおむね？」

「うん。だってレン兄が売った量って、個人としては結構な量になるけど専門の商人からしたら端数とまでは言わないけど無視できる量だよ。それにブラント工房がレン兄からトレントの建材を買ったのは砦の建築のためじゃなくて、職人たちにその加工を練習させるためだしね」

パチパチと拍手をしながらレベッカが褒めてくるが、それを受けるアレンは微妙な顔をしていた。

「いや、おおむね正解っていうか、ほとんど違ってねえか？」

「考え方の方向性は合ってるし、知識と経験がないのにそこまで考えられれば正解だよ。レン兄は意外と商売の才能があるかもね」

そう言ってニコリと笑ったレベッカにアレンが苦笑を返す。才能があるかどうかはわからないが、こんな面倒くさいことを考えて働かなくちゃあいけない商人になんて絶対にならねえぞ、と内心で思いながら。

そして改めてレベッカの言葉を思い出したアレンが、そのおかしな点に気づく。

「なあ、なんでお前はブラント工房が職人たちに加工を練習させるために買ったって知ってるんだ？」

アレンが気になったのはその点だ。建材の取引なんかに関してはそういった工房と商会の取引量に関する一般的な知識があったからで説明はつく。しかしブラント工房がなぜ建材を買ったのかについては経験でわかるはずがないのだ。それなのにレベッカはその理由を断定していた。そこから導き出される結論は……

「お前、まさか？」

「うん。三つ目の理由、ニックさんを買収した」

「あいつ、なにやってんだ!?」

親友の呆れた行動に、アレンが思わず頭を抱える。

砦の建築については未だに公表されていないのだ。おそらくそれを受注する予定のブラント工房には知らされているが本来、外に漏らしてはいけない情報だろうとアレンにも簡単に想像がついた。

悩めるアレンをよそに、ごそごそと自分のマジックバッグを探っていたレベッカが机の上に可愛らしいフリルのついた髪留めをいくつか載せる。顔を上げてそれを見て、なんでそんなもんを出したんだ、と疑問に思うアレンに、レベッカはすかさず追撃を行った。

「王都で流行の髪留め、三つセットで千五百ゼニー！　リリーちゃんにきっと似合うと思いますよって勧めたら一瞬だったね」

「安っ！」

「いやー、これ人気商品なんだ。私の選んだ利益度外視の客寄せ商品で地方の女の子の心を鷲摑み。ついでに他の物も買わせて親から私がぼったくり！」

「いや、ぼったくるなよ」

良い顔をして堂々とそんなことを言い放ったレベッカにアレンが思わずツッコミを入れる。

それを受けて嬉しそうにしながら、レベッカは首を横に振った。

「あっ、買収したっていうのは嘘だからね。髪留めをプレゼントして口を軽くしたし、話題を誘導したのは確かだけどニックさんはちゃんと一線は守ってたよ。砦の建築に関しては何も言わなかったし」

「……ニック、すまん」

アレンは一瞬でもニックが情報を漏らしたんじゃないかと考えてしまった自分を恥じ、そしてここにはいないニックに謝罪する。わざわざ直接本人に謝るつもりはないが、ちょっと金も入ったことだし何か差し入れるか、飲みをおごってやるくらいはしようとアレンは考えていた。

「うん、でも結構重要なことをぽろぽろ話すから、その細切れの情報をつなぎ合わせればバレバレだったね」

「あいつ、うかつすぎんだろ！」

にこやかな笑顔でありながら、その裏でどこか人をそそのかす悪魔が笑っているような表情をするレベッカの言葉にアレンが再び頭を抱える。確かに買収されて情報を漏らしたというよりはマシだが、結局レベッカに情報を抜かれたことに変わりはなかった。むしろ本人がそのことに気づいていないので、こちらの方がよほど問題かもしれないのだ。

そんなアレンの姿をひとしきり眺めて楽しみ、レベッカが話を進める。

「あとは街の商店で金物とかが値上がりしていないか調べたり、材木商で世間話にまぎれさせて裏取りしたりしたけどね。いやー、丈夫な建材が欲しいなら近々トレント材が大量入荷するから少しだけならお嬢さんにも売ってもいいですよって教えてくれた店員さんに感謝だね」

「なんで皆、そんな重要な情報を漏らしてんだよ」

「私の魅力のせい？」

わざとらしく、しなを作るレベッカの頭にアレンは軽くチョップを落とし、それを受けたレベッカはべっ、と舌を出して笑った。

その子供っぽい仕草に、たぶんこういう部分が相手に警戒心を抱かせないんだろうなと思い、アレンは苦笑する。そうして油断した相手の懐にレベッカはするりと入り込んでいくのだ。

レベッカの距離の詰め方の上手さは天性のものだった。人が嫌がらないギリギリのラインを見極める嗅覚が並外れていると言っても良い。それが商人として一定の成功を収めることができている要因の一つであることは確かだった。

「それで急にダンジョンに行こうとしたわけだな」

「うん。まだ入荷にしばらくかかりそうではあったけど、私と同じことを考える同業者もいると思ったし。現に九階層にいたしね」

「まさかイセリアの依頼って？」

「たぶん出所は商人じゃないと思うけど、動機は似たようなものかな。九階層でトレントの素材をどのくらい確保できるのか調査したかったんだと思うよ」

九階層は不人気層すぎて、その実態の調査についてはほとんど知られていない。と言うより昔に調べたものから情報が更新されていなかった。だから現況がどうなのかを調査したかったということなんだろう、とアレンは考えた。実際、その推論は間違っていない。

「でも、そんなことしてお前が恨まれるんじゃあ……ああ、そういうことか」

「うん。レン兄も気づいたみたいだけど、私が売った量って全体から見ればほんの一部なんだ。多少は面白くないと思われるかもしれないけど、大商いで大儲けできるわけだから恨まれることはないし、逆に目ざとい奴だなって思ってもらえることのほうが価値が高いから」

「そっか。商人ってやつはたくましいな」

ふふん、とアレンの褒め言葉に鼻を膨らませるレベッカの頭を撫で、アレンが立ち上がる。おおまかな事情は聞けたし、レベッカが色々と考えて頑張っていたことを知ることができたのでピーナスづくしはやめて、好きなものでも作ってやろうと考えたのだ。

しかしそんなアレンに待ったをかけたのは、他ならぬレベッカだった。

「あっ、あとレン兄。二、三日中に私、街を出るつもりだから」

「はぁ？　急すぎるだろ。それに来てからまだ間もないのに」

「うーん、さっきの話なんだけど、儲けが出る前は普通に恨まれる可能性もあるんだよね。ほら、目先の利益にとらわれる小物っているでしょ」

「いや、まあそれは否定しないが、酷い言いようだな」

あっけらかんと暴言を言い放ったレベッカにアレンが苦笑する。とはいえ言っていることは正しいとアレンも思っていた。冒険者にもいるのだ。目先のことにとらわれすぎて大惨事になる者が。少し方向性は違うが、先日のライオネルを囮にして逃げた冒険者パーティのことをアレンは思い出し納得していた。

「まっ、落ち着けば大丈夫だろうし、少ししたらまた来るよ。というわけで、明日の晩は外で豪華なディナーです」

「唐突だな。というか自分で企画すんなよ」

「えー、別にいいでしょ。ちなみに冒険者ギルドで依頼履歴を見る時にお世話になったマチルダさんも誘ったので来る予定だよ」

「完全に俺の予定とか無視してるよな。まあ別にいいけどよ」

アレンの予定を無視して完全に決まったこととして話すレベッカのドヤ顔に、はぁーとアレンが大きく息を吐く。とはいえ本当にレベッカが街を出るということであれば、アレンとしてもなにかしてやりたいところではあったのだ。行商人として動くレベッカに再び会えるのはいつになるのかわからない。下手をすればまた数年後という可能性もあるのだから。

自分でそれを企画してくるとはさすがにアレンも考えてはいなかったが。

「というわけで、レン兄はお財布係ね」

「いやまあ元から出すつもりだけど、もうちょっと言葉を選べよ」

お財布係という直球の言葉に、アレンがげんなりしながらレベッカを注意する。しかし注意されたレベッカはしゅんとするどころか、逆に目を輝かせてしてやったりという顔に変わった。その様子にアレンの全身を嫌な予感が駆け巡る。

「ふふっ、言質はとったからね。明日の会場は『木漏れ日の庭』で、料理はその最高級コース。なんと一人あたり五万ゼニー！　しかも飲み物は別料金ね」

「ちょっ！」

「あれれー、男に二言はないよね、レン兄」

あまりの内容に声を上げて抗議しようとしたアレンを、ニヤニヤしながらレベッカが覗き込むようにして見る。ご丁寧に指先で机の上に載った金貨の入った袋を指差しながら。

その意味を理解し、今回稼いだ金額に比べればその金額でも問題はないと理解しつつも、イラッとした気持ちを抑えきれなかったアレンは一度深呼吸し、レベッカに向けて満面の笑みを浮かべた。

「じゃあ、今日はレベッカの苦手克服のために頑張ろうな。明日は豪華なディナーが待ってるんだし、できるよな」

「あっ、私ちょっと外に……」

椅子からするりと降りて逃げようとしたレベッカの肩を、余裕でアレンががっしりと掴む。

「大丈夫だ。きっと調理から手伝えば美味しく思えるはずだ」

だった。


「レン兄はやっぱ魔王だー!!」

嫌がるレベッカをずりずりと引きずりながらアレンは台所へ向かっていく。そして夕食後、燃え尽きたかのように椅子で放心するレベッカの姿に、アレンはこっそりと笑みを浮かべたのだった。


レベッカからトレントの建材の報酬を受け取った翌日の朝、アレンは一人でぷらぷらと街を歩いていた。一応目的がないわけではない。レベッカに渡す餞別の品を探すためである。

アレンが自主的に考えたわけではなく、本人自ら言い出したことで、しかもお世話になっているマチルダさんにも渡してあげなよ、という一言を付け加えられた上で半ば強引に送り出されたのだ。

「いや、言われなくてもなにか用意するつもりではあったんだが。自分で言うあたりレベッカらしいっちゃあらしいか」

そんなことをぼやきながらアレンが適当に開いている店をひやかしていく。そろそろ店が開く時間帯ではあるのだがその多くは食事を提供する店であり、店から漂う匂いに先ほど朝食を食べたはずのアレンのお腹がぐー、と鳴る。苦笑したアレンは近くにあった一軒のパン屋に入ると、朝食用として売られていた、パンに野菜や肉を挟んだものを買い、それをもぐもぐと食べながら店めぐりを再開する。

「うーん、旅をするってことを考えれば小さい方が……いや、レベッカはマジックバッグを持っているしある程度の大きさは大丈夫か？　でも商売に使うのが第一だからあんまりかさばるものは駄目だよな」

ぶつぶつと言葉を漏らしつつアレンは色々な店の商品を見ていく。

そもそも贈り物を買うなどといった経験がアレンにはほとんどなかった。数少ないその経験にしても、相手は大抵冒険者なので相手に必要そうな物の推測はある程度できたのだ。しかし、今回選ぶのはレベッカへの餞別の品、そしてマチルダへの感謝の贈り物である。そちらの方面に関しては経験が不足しすぎていた。

なにか良い物がないかな、と考えて探すのだが、いつの間にか実用的な物にばかり目が行ってしまうのだ。これがあれば旅が楽になりそうだよな、掃除とかに使えそうだよな、とかそういった感想が出るような品々である。むろんアレンも馬鹿ではない。望まれているのがそういった物ではないことはわかっている。しかし何が良いのかが全くわからないのだ。

「あー、いっそのこと店員に丸投げしてえ」

かれこれ朝から二時間近く色々な店を巡り、迷い続けていたアレンが少しやつれた顔で先ほどまで見ていた店から出てくる。その表情は鬼人のダンジョンの最下層まで行き、ダンジョンのボスであるオーガキングを相手にした後よりもひどいものだった。

「あれっ、アレンさん？」

「んっ。イセリアさんか。今からダンジョンか？」

「ええ、訓練がてら軽く探索する予定です。それよりどうしたんですか？　だいぶ疲れていらっしゃるようですが」

声をかけてきたイセリアに、アレンが軽く返す。ダンジョンに行く時の軽鎧などの装備を身につけているので、イセリアが今からどこに行こうとしているかは明らかだった。その時、アレンの頭にある考えが浮かぶ。同じ女性であるイセリアからなら良い贈り物のヒントを得られるのではないかと。

（イセリアは金持ちっぽいし、贈り物とかもらった経験もけっこうありそうだよな。うん、良いんじゃねえか？）

アレンは首を一度縦に振り、自分の思いつきに納得するとさっそくそれを頼もうとしようとして……それをすんでのところで踏みとどまった。

イセリアは自分の目標のために頑張ろうとしているのだ。むろんイセリアの性格からして頼めば親切にアドバイスしてくれるだろうことはアレンにもわかっていた。でも、そういう人の時間を使わせるのは駄目だろ、と自制したのだ。

（それに贈る俺が選ばねえと意味がないしな）

そんなことを考えてアレンが微笑む。不思議そうに自分を見るイセリアに、アレンは手を振って応えた。

「いや、気にしないでくれ。じゃあ無理はするなよ。金級冒険者に言うことじゃねえけど」

「お気遣いありがとうございます。頑張ってきます」

　ぐっ、と拳を握ってやる気を見せて去っていくイセリアをしばらく見送り、アレンも店めぐりを再開した。しかし昼近くになっても結局決まらず、イセリアにアドバイスを求めなかったことを少しだけ後悔したのだった。


「先に行ってるって、別に一緒に行けばいいだろうが」

　昼から夕方に移り変わるそんな時間、夕食の準備のためか食材などを買い込む人で賑わう通りを、アレンはそんなことをぼやきつつ『木漏れ日の庭』に向けて歩いていた。

　なんとか贈り物を決めて、昼過ぎに買って帰ったアレンだったが、家にはレベッカはおらず置き手紙がテーブルに置いてあったのだ。そこに書かれていたのは、

『私は用事があるから、それを済ませて先に行くね。

　レン兄はしっかりとした服装で時間どおりに『木漏れ日の庭』に行くこと。

　その方が特別な感じがするでしょ。

　あと贈り物、絶対に忘れちゃ駄目だよ』

　という伝言だった。

　その指示に従い、今日のアレンの服装はいつもと違っている。普段の動きやすさや着心地の

良さを優先したものではなく、文官が着ているようなパリッとしたフォーマルに近い服装だった。エリックが貴族になったため、今までのように気軽に会えないこともあるだろうと考えてアレンが散々悩んだ上で購入した一品だ。

ちなみに魔物素材なので防御性能も折り紙つきという店員の一言が最後の決め手だったのだが、買ってすぐに、こんな服装で戦うはずがないと気づいてちょっと落ち込むという苦い思い出のあるものだった。

そんなアレンの服の内ポケットにはレベッカとマチルダへの贈り物が入っていた。

アレンが悩みに悩んで二人に購入したのは、ペンダントトップに小さな宝石のあしらわれたネックレスだ。一応アレンがそれぞれをイメージして、レベッカには黄色の宝石を、マチルダには空色の宝石のついたネックレスを選んでいる。むろん宝石などに全く詳しくないアレンには、その宝石の種類さえわかっていない。一応、食事代と同じ金額である五万ゼニー辺りで似合いそうなものを選んだだけだった。

アレンがネックレスを選んだ理由は小さいので場所をとらないといったこともあったのだが、一番の理由は気に入らなかったら売ってもらえばいいやと考えたからだ。基本的にこういった宝飾品は価値が下がりにくく、時に現金代わりに使われることもあるとアレンは知っていた。

散々迷いに迷って疲れ果てたときに、ふと宝飾店が目に入ってそれを思い出し、ここしかない！　となったのだ。入った後も、どの程度の値段が適正なのかなど散々迷うことになったのだが。

内ポケットに感じるほんの僅(わず)かな重みから、そんなことを思い出しつつ歩いていたアレンだったが、約束の時間の少し前に『木漏れ日の庭』にたどり着く。普段着でも問題のなかった昼とは違い、その店内にはアレンと同じようなフォーマルに近い服装をした人々が楽しげに会話を交わしながら食事をとっていた。

内心、レベッカに感謝の言葉を贈りつつ、それが当たり前のように自然に振る舞い、名前を告げたアレンが案内の男の後をついて行く。そして案内されたテーブルにはマチルダだけがいた。

その姿にアレンは目を奪われる。普段のギルド職員の制服や、つい先日教会にベッドを取りに行った時とは全く違ったのだ。濃い紺色(こんいろ)のノースリーブのワンピースにベージュのバックチュールボレロを羽織(はお)っただけというシンプルな正装でありながら、それはマチルダの大人の魅力をぐっと引き上げていた。マチルダがそういった服装の上、特に装飾品なども身につけていないのは、今回の主役がレベッカであると考えてのことだったが、アレンにはそんなことは知る由(よし)もない。

「あら、アレン。珍しい格好(かっこう)をしているわね」

「お、おう。ちょっと必要があってな。まさか今日着るとは思ってなかったが」

「そうなの。なかなか似合ってるわよ」

「マチルダも、その、似合ってるな」

「ふふっ、ありがと」

案内役の男が引いてくれた椅子に座りながら、マチルダとアレンが言葉を交わす。余裕のあるマチルダに対し、アレンは動揺してしまい、うまく言葉を返すことができなかった。せっかく似合っていると言われたのだから気の利いた返しをすればいいのに、オウム返しに褒めただけなのだからその動揺ぶりがわかる。

席に座り、用意された水を一口飲んだことでだいぶ落ち着いたアレンが周囲を確認する。レベッカの姿はどこにもなく、アレンたちのテーブルに一つある空席にも何も置かれていないため少し席を外しているだけということもなさそうだった。

「レベッカは来てないのか？」

「ええ。私はてっきりアレンと一緒に来るものとばかり思ってたけど」

「いや、あいつは用事があるから先に行くって置き手紙に書いてあったぞ。その用事が長引いてるのかもな」

仕方のない奴だ、と苦笑するアレンに、マチルダが微笑む。そんな二人のテーブルに先ほどアレンを案内した男性店員がやってきた。

「お飲み物はいかがいたしましょうか？」

「俺は適当にコースに合うものを、マチルダはどうする？」

「私も特にこだわりはないからアレンと同じでいいわ」

「かしこまりました」

先日昼間に来た経験を生かしアレンは無難に注文を終え、それを聞き終えた店員が、そのついでとばかりに一つの空席に用意されていたナイフやフォークなどを下げていく。それに慌ててアレンは待ったをかけた。

「すまない。遅れているがもう一人来る予定なんだ」

そう伝えたアレンに、男性店員はにっこりと微笑み返したが、動きを止めることはなかった。

そして全てを片付け終えると、胸元からすっと一枚の紙を取り出してアレンに差し出す。

「レベッカ様よりお預かりしたものです」

「あ、ありがとう」

「では、私はお飲み物をお持ちしますので失礼いたします」

そう言って微笑みを残して去っていった男性店員を見送り、アレンが受け取った手紙に目を通してそれを思わずくしゃっと握り潰す。その手紙に書かれていたのはアレンには完全に想定外のことだった。

『この手紙をレン兄が読んでいる時、私は既にこの街を出ていることでしょう。なーんてね。

私が来なくて驚いた？　あっ、街から出ているのは本当だよ。

手紙に私は用事があるから先に行くって書いてあったけど、どこに、とは書いてなかったでしょ。それに私が『木漏れ日の庭』に行くとは一言も言ってないからね。ちゃんと注意したんだから。

ちなみにマチルダさんにもレン兄が行くってことは言ったけど私が行くとは一言も言ってないから。だから私は、嘘は言ってないよ。勝手に二人が勘違いしただけで。

そんなわけでお邪魔虫はいないから、二人で食事を楽しんで。じゃあ、またね。

我が最愛の魔王様へ　気遣いのできる可愛い妹より』

アレンはテーブルに何も用意されていない空席をしばし見つめ、意味がわからず首を傾げてアレンを見つめるマチルダに苦笑いを返し、大きなため息を吐く。

「レベッカさん、なんだって？」

「ああ。ちょっと用事で来れないそうだ。というかもう街を出ているらしい。だから二人で楽しんでくれ、だとさ」

「そう。行商人も大変ね。せっかく知り合いになれたのだからお別れぐらいは言いたかったんだけど」

手紙の中から事実だけを抜き出して伝えたアレンの言葉に、マチルダが少し残念そうに視線を落とす。いや、この状況が全てあいつの計略みたいなもんだから、残念そうにする必要なんて全くないんだけどな、と心の中で思いつつアレンはそれを口にすることなく黙っていた。

「まあ仕方ないわね。せっかくの機会だしお言葉に甘えて楽しみましょ」

「そうだな」

いつものように気持ちを切り替え、笑顔を見せてそう言ったマチルダにアレンも同意する。

そのタイミングを待っていたかのように前菜と赤ワインが運ばれてきた。二人は少し顔を見合わせて笑い、グラスを手に取ると胸の高さ辺りで止める。

「レベッカさんの安全な旅路を祈願して」

「あいつの被害を受ける奴がこれ以上出ないことを願って」

「「乾杯」」

二人が少しだけグラスを上げ、そしてワインを口に含む。

普段アレンが口にする酸味や苦味が感じられるようなものではなく、まろやかでほどよい酸味を感じられるワインの味に、これって結構高いやつなんじゃ、との予感がアレンの頭を駆けめぐる。そしてそれは飲み終わった後に口から鼻へ抜けていく心地よい香りが長く続いたことで確信に変わった。

「これ、かなり良いワインよね。アレン、私もお金出すわよ？」

「いや、レベッカの依頼で儲かったしな。それにあいつもいないから財布にも余裕があるし気にしないでくれ」

アレンと同じくワインに驚いたマチルダの申し出を笑って断る。一応レベッカが無茶なことを言い出すんじゃないかと予測して、アレンの財布には結構な金額が入っていた。

さすがに足りないことはないだろう、ないよな？　と若干不安に襲われつつも、それを表に出すことなくアレンはマチルダに任せておけとばかりに微笑む。それに対してマチルダも少し心配そうにしながら、それでもアレンに微笑み返した。

「じゃ、楽しむか？」

「そうね」

わざわざそう宣言してナイフとフォークを手に取ったアレンの様子に少し噴き出しながら、マチルダも同じように食事を始めた。酒場のように騒ぐものなどいない落ち着いた店内、美味しい食事とそれに合うワイン。ゆったりとした時間を満喫しつつ二人は会話を重ねていく。

最初はレベッカについての話題が中心だった。本来ならばここにいるはずだったのだから当然ともいえる。レベッカに振り回された愚痴ともつかないようなアレンの思い出話にマチルダが苦笑し、逆にマチルダが話した、レベッカが依頼履歴を見ている時に、絡んできた冒険者たちを軽くひねったという事実にアレンが頭を抱えたりしていた。

次第に話題はレベッカから離れていき、何げない日常会話に変わっていった。特別なことではない本当に些細な話題の連続だったが、不思議と二人の会話は途切れることなく続いた。

そしてコースがメイン料理にさしかかるころ、そういえばといった感じでマチルダが香ばしい匂いと湯気をあげるステーキから視線を外し、アレンを見る。

「アレン、あなたやっとランクが上がるわよ。鉄級に」

「おっ、マジで？　って、鉄級？」

　ランクが上がるという知らせに顔をほころばせ、続いた鉄級という言葉に一瞬大きな声を上げそうになったアレンだったが、瞬時に場所を思い出してなんとかそれを抑える。周囲の数テーブルにいた人々の視線が少しの間だけアレンへ向かったが、それもすぐに元に戻った。

　アレンが驚いたのは無理もない。現在のアレンのランクは冒険者ギルドで最も低い木級なのだ。その上には銅級があり、そのさらに上のランクが先ほどマチルダが言った鉄級だ。アレンの次のランクは銅級であり、いきなり鉄級に上がるということなど普通ありえない。

　首をひねるアレンの様子に、少し笑いながらマチルダが補足する。

「レベッカさんの自己依頼の貢献度が大きかったのよ。あの報酬で四百六十一回も依頼を達成すれば当然よね」

「確かに木級や銅級じゃ何年もかかるような金額だったしな」

　なるほど、とアレンが納得し首を縦に振る。実際、ギルドに入りたての木級や、それから少し経験を重ねただけの銅級の年収は良くて二百万ゼニーほどなのだ。アレンが今回手に入れた金額を稼ごうとすれば最低九年、下手をすればそれ以上の年月が必要になってしまう。もちろんそんな年月を過ごす前に才能のある者はランクを上げてしまうし、才能のない者は冒険者を辞めてしまうことがほとんどなのだが。

　そんなことを考えているアレンを見つめながら、ワインでほんのりと赤く染まった顔を少し残念そうに曇（くも）らせながらマチルダが小さな声で呟く。

「私も頑張ってたんだけどね」

「んっ、何をだ？」

「へっ？　あっ、いや。今のはなんと言うか……」

つい呟いたもので聞こえると思っておらずとっさにごまかそうとしたマチルダだったが、じっと見つめてくるアレンの瞳（ひとみ）にそれは無理だと判断し全てを白状することに決めた。

「アレン、あなた依頼をかなりこなしていたのに全然銅級に上がらなかったでしょ」

「そうだな。あんな風にギルド職員をやめて冒険者に戻ったんだし、多少は仕方ないと思ってたんだが」

「その前提が違うのよ。多少なんてものじゃないの。ギルドのランクが貢献度で上がるのは知ってるでしょ。アレンは大勢の冒険者の面前でギルド長の命令に反してギルド職員を辞めたのよ。それはギルドへの貢献という意味で見れば大きなマイナスに値（あたい）するの。普通に木級の依頼をこなすだけでは十年かかっても銅級にも上がれないくらいにね」

「マジか」

告げられた衝撃の事実にアレンが頬を引きつらせる。確かにアレン自身もランクが上がらないことを不思議に思っていた。木級はいわば冒険者に適性があるのかどうかを判断する研修期間のようなものなのだ。新人でも一、二カ月真面目（まじめ）に依頼をこなしていれば銅級には上がることができる。

　それなのにアレンが依頼をこなし続けても一向にランクが上がることはなかった。だからアレンも多少そういったことが響いているのかと予想してはいたのだが、実際はそのはるか上を行っていたのだ。

「アレンの行動はギルド長の面子を潰したみたいなものよ。まあここまで査定に響くとは私も知らなかったんだけど。普通そんな冒険者はいないしね」

「もともと潰れたような顔してるだろ、あのおっさんは」

「ぷっ」

　ふてくされたような顔をしてアレンが言ったその言葉にマチルダが思わず吹き出し、そして慌てて周囲を確認する。幸いなことにここにその本人はいなかった。はぁ、とため息を吐き、そういうことだったのかよと納得したアレンが、ふと気づく。

「で、結局マチルダが頑張っていたってのは？」

「うっ、普通の木級や銅級の依頼じゃあ絶対に無理だから、鉄級の、しかも貢献度の高い依頼をアレンに回していたのよ。塩漬け依頼やそうなりそうな依頼の中で、アレンがこなせそうなものを。もちろんギルド長にも許可はとったわ」

「よく許可が出たな」

「依頼をこなせるなら問題ない。むしろ面倒な依頼を押しつけて懲罰を受けていると周りに思わせるくらいした方がいいだろうな、二度と同じことをしようとする者が出ないように、だって」

マチルダの言葉に一瞬、見せしめかよ、と思ったアレンだったが、最初に難易度の高い薬草採取の依頼を振ってきたのがギルド長のオルランドであったことを思い出し、アレンは少し考えを変える。

見せしめにするなら、ずっとランクも上げられずに少ない報酬を得ることしかできない姿を見せ続け、その理由を他の冒険者にそっと流してやった方がはるかに効果はあると気づいたのだ。難しい顔のままうなるアレンの様子を見て、オルランドの真意に考えが及んだことに気づいたのか、マチルダがくすくすと笑いながら付け加える。

「あれで結構、アレンのこと気に入ってるみたいよ」

「男にばっかもててても嬉しくねえよ。それより、ありがとな。マチルダが動いてくれなかったら、きっとそのままだった」

そう感謝を伝え満面の笑みを浮かべたアレンの姿に、ワインで赤くなった頬をさらに赤くしながらマチルダがうつむく。そしてマチルダは大きく息を吐くと、顔を上げ、じっとアレンを見つめた。その瞳には確かな意志の力が宿っていた。

「あの、アレン、私ね……」

「あのな、マチルダ。ちょっと俺の話を聞いてくれるか？」

持てる勇気を振り絞り、言葉を発しようとしたマチルダに向け、アレンが柔らかく微笑みながらそれを止める。一度止められてしまったその言葉は奥に引っ込んでしまい、マチルダは黙ったままコクリと首を縦に振る。その姿にアレンが優しげに目を細める。

「俺な、弟妹を育てるのに必死だったんだ。むしろそのために生きてたって言っても過言じゃない。でもさ、やっぱ若いときって辛かったり悲しかったりしたんだよ。俺の人生ってなんなんだろうって思ったりしてさ。でも家族の前じゃそれは見せられないし」

「うん、知ってる。ライオネルと仲たがいした時とか……」

「俺を巻き込むなって言ってんのに、あいつがしつこ過ぎるんだよ。まあ、それはいいとして、そんな時でもさ、俺ギルドに行くのは好きだったんだ。なんでかわかるか？」

そう聞いたアレンに、マチルダは首を横に振る。自分が期待している言葉はあった。しかしそんな都合の良いことが起こるはずがない、そんな風にマチルダは考えたのだ。

その反応に、少しだけ笑みを浮かべ、そしてアレンが言葉を続ける。

「俺、マチルダが好きだったんだ。でもだからこそ必要以上に近づいたら駄目だと思ってた。俺は貧乏だし、弟妹を優先しないといけない。運よく付き合えたとしても、マチルダを不幸にしちまうって思ってたんだ」

「ケイリーさんや、ディアナさんは？」

「……よく覚えてんな」

「アレンのことだもの」

少し冷たいものを含んだ視線をマチルダがアレンに送る。その視線を受けたアレンは、ちょっと気まずそうに頭をかきながらも、視線をマチルダから外すことはなかった。

マチルダの言ったケイリー、ディアナというのは昔アレンが非常に短期間ではあるが付き合った女性冒険者の名前だ。アレンの言葉が真実であるのなら、その行動はおかしい。その理由をマチルダは知りたかった。

「ケイリーは、告白されたからマチルダのことを忘れられるかと思って付き合った。まあ忘れるなんて無理だったし、家族を優先してたらすぐに怒っちまって別れを切り出されたな。今思うと最低なことをしたと思うが」

「本当に最低ね」

「ははっ、それ本人にも時々言われるわ」

情け容赦のないその言葉にアレンが苦笑いを浮かべる。

現在、ケイリーは冒険者を辞め、結婚した旦那と共に街で宿屋を切り盛りしていた。宿が暇な時にアレンが通りかかると無理矢理食堂に引っ張り込み、からみながら食事を食べさせ料金を徴収する、そんな関係になっていた。

「ディアナはなぁ……うーん、内緒にしてほしいんだが、恋人のふりをしてほしいって頼まれたんだよ」

「ふり？」

「ああ。なんか狙っている男がいたんだが、そいつの趣味が恋人のいる女だったらしい。で、そうなるために無害そうな俺に恋人のふりを依頼したってわけだ。対価は食料だったな」

「ちょっと待って。よくわかんないわ」

「すまん。当事者の俺にもよくわからん。まあ期間は短かったが食料は実際助かったな。皆がよく食べるようになった時期だったし」

混乱するマチルダに、アレンも同意する。世の中には色んな趣味の奴がいるもんだ、と思ってそれ以上理解するのを放棄していたからだ。ディアナについては既にライラックから出ていっているので現在、どうしているのかアレンは知らない。ただなんとなく今も元気でやっているんだろうな、とは思っているが。

こほん、とアレンが小さく咳をする。その音にマチルダが考えるのをやめてアレンを見つめた。

「まあそんな感じだな。我ながら馬鹿だったなぁとは思っている。今更どうしようもねえけどな」

「そうね。過去は変えられないもの」

「だな。で、現在の話だ。俺がマチルダを好きだという気持ちは変わってない。弟妹を育てる必要もなくなって、ちょっとした小金も貯まった。でも俺がマチルダに相応しい男かどうかいまいち自信がもてねえんだ。情けないことにな。だから……」

アレンが胸元からプレゼント用に買ったネックレスを取り出し、マチルダの前へそっと置く。

「俺はマチルダが好きだ。結婚を前提に付き合ってほしいと思っている。これからマチルダに見合う男になるよう頑張っていくから、俺がそうなったと思ったらこれを着けて返事を聞かせてくれ。もちろん今突き返してくれても構わない。その時はすっぱりと諦める」

そう言って緊張した面持ちで大きく息を吐いたアレンの目の前でマチルダがその袋からネックレスを取り出す。空色のペンダントトップ越しに青く染まったアレンの顔を眺め、そしてマチルダがそれをアレンに差し出す。

アレンの顔が実際に青くなっていくのを眺め、マチルダは笑った。

「ねえ、アレン。ネックレスをプレゼントするなら、相手に着けてあげないと駄目よ」

「それって……」

「ずっとアレンを見てたのよ。アレンが最低で、馬鹿で、でもとっても優しいことを私は誰よりも知ってるわ。駄目なわけないでしょ。そんなアレンに恋したんだから」

そう言って少し涙を見せながら笑ったマチルダにアレンは心を射抜かれる。

そして受け取ったネックレスをマチルダに着けようとしたが手が震えてしまってうまくいかず焦るアレンの姿に、マチルダは本当に楽しそうに笑いながらこの時間がずっと続けばいいのになんて考えていた。

『木漏れ日の庭』での食事を終えたアレンは、マチルダの手を取り夕闇の通りをマチルダが住んでいるギルド職員用の家へ送っていった。

晴れて恋人同士となり勢いで手を繋いだもののどこか気恥ずかしく、顔を赤く染めながら無言のまま二人が歩いていく。しかし手から伝わるお互いの温かさのおかげか、その空気は柔らかなものだった。

マチルダの胸元で揺れる空色のペンダントトップに目をやってアレンは小さく笑みを浮かべ、少し顔を上げて恥ずかしそうにしながらも、とても幸せそうにこちらを見るマチルダを眺める。自分が全く同じ表情をしていることにアレンは気づいていない。頭の中が幸せでいっぱいになり、まともな思考ができていないのだ。

夢なんじゃないかと思うほどふわふわした足取りのままアレンはマチルダを家まで送り、その玄関先で二人は見つめ合っていた。手に感じる体温が消えてしまうのが名残惜しく、本当にゆっくりと二人の手が離れていく。

「今日は楽しかった。そして告白を受け入れてくれてありがとう」

「ううん、私こそ」

そんな言葉を交わし、お互いに見つめあったまま二人は幸せそうに笑った。そしてアレンはゆっくりと顔をマチルダに近づけ、それを察したマチルダがそっと目を閉じる。軽く触れるだけのようなキスを交わし、二人の顔が再び離れていく。アレンとマチルダ、二人の顔は湯気が出てしまうのではないかと思うほど赤く染まっていた。

「じゃ、また来る」

「今度は私がアレンの家に行くわ。気をつけて帰ってね。おやすみなさい」

「おう。おやすみ、マチルダ」

相手の赤く染まった顔にお互いに微笑(ほほえ)み、アレンが軽く手を上げてその場を去っていく。名残惜しい気持ちはあったが、これ以上ここにいれば気持ちが暴走してしまいかねないと思ったからだ。きっとアレンがそうなったとしてもマチルダは受け入れてくれるだろうと思っていたが、そういうことは酒の入っていないまともな状態でちゃんと手順を踏んだ上でするべきだとアレンは考えたのだ。

姿が見えなくなるまでマチルダに見送られたアレンは、上機嫌で家へ向かって通りを歩いていく。時々、今この瞬間が夢なのではないかと頰(ほお)を引っ張ったりし、そのたびにニヤニヤするアレンは傍(はた)から見ればおかしな人だっただろう。

　家に近づくにつれて徐々に明かりが減り、人気もなくなっていく。だがアレンにとっては目を閉じてでも歩けるほど通い慣れた道だ。そんな薄暗い通りを浮かれながら一人で歩いていたのだが、わき道から突如、手が伸びてきたのに気づき、アレンの顔が瞬時に切り替わる。

　ゆっくりとスローモーションのような遅さで動くその手を逆に捕まえ、アレンはその手首をギリギリと締め上げた。

「なんのつもりだ？」

「い、いたたた！　許してくれ、俺は何もしてない」

「何もしてないなら許してもらう必要なんてねえだろ」

　あまりの痛みにボロボロの服を着た男が悲鳴をあげながら放った言葉に、アレンは男へと鋭い視線を向けながらその矛盾を指摘する。そしてアレンが手の角度を変えると、男は自分からうずくまるようにして地面に倒れた。痛みで動きの取れないその男を見下ろしながら、アレンが問いかける。

「お前、スラムの人間だろ。なんで俺を狙った？」

「だから狙ってない……」

「へえ。それで腰のナイフはあくまで護身用ですってか？　そんなの百も承知してんだよ。せっかくの楽しい気分に水差しやがって、このまま衛兵に突き出してやろうか？」

　アレンの言葉に男の顔がサッと青くなる。そしてアレンを見上げ、本気であることを察した

のか観念したように話し始めた。

「すまん。そのとおりだ。あんた金を持ってそうだから、少し脅してやろうかと。虫が良いようだが衛兵だけは勘弁してくれ、家族がいるんだ」

「俺が金持ち？　あぁ、そういやそうか」

　言われたことのない単語で自分を表現され一瞬戸惑ったアレンだったが、今の自分の格好を思い出して納得する。アレンは今、貴族と会うことができるほどしっかりとした服装をしているのだ。そんな者が一人でふらふらとスラムの近くを歩いていれば、かっこうの獲物に見えてしまうのは当たり前だった。

　理由がわかり、そこまでの面倒ごとではなさそうだと判断したアレンは男の手を放して少し距離をとる。自由になった倒れていた男はぎこちなく立ち上がると、手首と肩をさすりながら逃げるようにしてアレンへ背を向けた。

「待て」

「なにか？」

　引きつった顔で振り向いたその男に、アレンが一枚の銀貨を投げ渡す。千ゼニーとそこまで大きな金額ではないが、手に納まった銀貨に男はしばらく目を白黒させ、そしてアレンに視線だけで謝意を伝えるとすぐに去っていった。

　その後ろ姿を見送り、アレンが頭をかく。アレンが衛兵に男を突き出さなかったのは、あの男が比較的まともな奴だったからだ。ナイフをしっかりと鞘に収めていたことからも、本当に素手のみで脅すつもりだったのだろうとアレンは推測していた。

　人を脅して金品を得ようと考える時点でまともとは言いがたいのではあるが、もっとひどい奴がいるのをアレンは経験上、十分すぎるほど知っていた。あの男がいなくなればその縄張りにそういった者が出てくる可能性があり、それを避けるためにアレンはわざわざ男を逃がしたのだ。わずかばかりの稼ぎを与えた上で。

「はぁ、やっぱこっちは治安が良くねえな。まあいつもの服ならこんなことにはならなかったんだろうが」

　そんなことをぼやきながらアレンが早足で歩き始める。たらたらと歩いていれば再び先ほどのようなことが起きかねないからだ。

　アレン自身、こうしてスラムの者に襲われるのは初めてではない。しかしこの数年は経験したことがなかったため、そういった意識が薄れていたのだ。それはアレンの服装や姿からこの付近の住人であると相手にもわかっていたから襲われなかっただけで、治安は相変わらずであったことを改めてアレンは認識した。そしてすぐに問題に気づく。

「やべえ、マチルダが来たら襲われるんじゃねえか？」

　そこに思い至ったアレンの顔が、先ほどの男よりも青くなる。レベッカは元々ここに住んでおり、そういった危険を察知するのには慣れている。しかも今ではかなりレベルが上がっているためスラムにいる者らでは相手にならないほど強いのだ。だからこそアレンはそこまで心配していなかった。

　しかしマチルダはギルド職員であり、この辺りに住んでいたわけでもない。マチルダがアレンの家に遊びに来るというのは、蜘蛛が周到に張り巡らした巣の近くに蝶を放すようなものだった。

「マチルダのレベル上げをするか？　いや、そもそも家に来ないように言えば……それはそれでなんか誤解を招きそうだよな」

　アレンが考えを巡らせていくが、なかなか良い解決策は思い浮かばない。スラムにおける治安悪化などアレン個人にはどうしようもない問題なのだから当たり前だ。それ以上何事もなく家にたどり着いたのだが、とりあえず家に招くときは送り迎えをし、帰すときは夜遅くにならないようにするくらいしかアレンには考えつかなかった。

　その翌日、アレンはネラとしてイセリアと共にダンジョンを探索していた。しかし……

「ネラ様。今日はこれ以上の探索は止めておきましょう」

「悪い」

　ドラゴンダンジョンに入ったものの、半ば心ここにあらずといった状態のアレンを見て、イセリアがそう提案する。その周囲には襲ってきたワイバーンだった肉塊や、攻撃の余波を受けてなぎ倒された木々があった。それらは全てアレンが行ったものだ。

本日はイセリアが斥候の訓練として索敵などを行い、発見したものはアレンが排除していたのだが、ことごとく力加減を誤っていたのだ。既に周囲にモンスターの姿はない。その惨状に付近にいたものは恐れをなして逃げ出してしまっていたのだ。これでは斥候の訓練になどなるはずがなかった。

謝罪し、内心で自分に呆れるアレンの顔をじっとイセリアが眺める。

「なにか悩んでいるようですが、お聞きしましょうか？　実地の知識はまだまだですが、本から得た知識はそれなりにありますよ」

「……そう、だな。ちょっと聞いてくれるか？」

話すべきかどうか少しだけ迷い、しかし解決する糸口にでもなればと、わらにもすがる思いでアレンは話し始めた。

「マチルダに告白して付き合うことになったんだが、俺の家がスラムの近くであんま治安が良くなくてな。遊びに来てくれると言ってるんだが、危ない目にあわせるんじゃないかって心配でな」

「それは、おめでとうございます。そんなに心配ならネラ様が引っ越せばいいだけの話ではありませんか？」

なにか思うところがあったのか、若干冷えた声でイセリアがはっきりと解決方法を告げる。

その答えはアレンも既に思いついていたものだった。

スラムの近くに住んでいるから危険なのだ。お金に余裕のできた今のアレンであれば別の場所に住居を持つことも十分に可能だった。しかしアレンは苦笑いしながら首を横に振る。

「だよなぁ。でも弟妹との思い出が詰まった大事な家なんだよ。だけどマチルダも大事にしたい」

「ネラ様は欲張りですね」

「自分でも知らなかったがそうみたいだな」

あっさりと認めたアレンの答えにイセリアが微笑む。そして下唇に人差し指を当て、少し上へ視線をやりながら自分の知識の中で使えそうなものを探り、イセリアは口を開いた。

「スラムの形成は周辺地域から都市部へ、住環境の向上を目指して移り住んだ人々が思うような所得を得られず、逆に生活のレベルを落とし、暮らしていけなくなった結果発生すると言われています。他にも色々な説がありますけれど主流はこれですので、そこは省略しますね」

「あ、ああ」

すらすらと話し始めたイセリアの姿に少し驚きながらも、アレンは真剣な表情でコクコクとうなずいて返す。今の話だけでも、アレンよりもはるかに多くの知識をイセリアが持っていることは明らかであり、なんとかそこからヒントを得られないかと頭を巡らせる。

「特徴としては、高い失業率、そしてそれに伴う貧困。衛生面の悪化による疫病発生。雑多な建築などにより衛兵などが入りにくくなり、火災の際の被害が拡大したり、犯罪がはびこるなどでしょうか」

「それは、そうだな。疫病は今のところ発生したことはねえが」

「そうでしたか。対策として有効だったのは、他に居住区を造り移住させる、仕事を斡旋するなどのスラムの人々の生活基盤を支えるものですね。ただこれで全てのスラムがなくなった事例はありません」

対策と聞いて目を輝かせたアレンだったが、その内容はとても一介の住人が行えるようなものではなかった。そもそもスラムは都市全体の問題であるため、その対策として上がるのは領主などが行ったものなのだ。アレン個人の参考になるような案があるはずがなかった。

肩を落とすアレンに、苦笑しながらイセリアが付け加える。

「今度、このダンジョンの入り口を取り囲む砦を造る計画にスラムの住人も動員する予定だとうかがっています。食事と賃金も出されるそうですので、多少は改善するのではないでしょうか？」

「金と飯か。確かに多少はマシになるかもな」

その言葉にアレンは少しだけ顔を明るくしたが、それでも根本的な解決にならないのはわかっていた。仕事がいつまでもあるわけではないし、アレンの家がスラムに近い限り危険性は残ってしまうのだから。そんなことを考えていたアレンの頭に、ふと、ある考えが浮かぶ。

「完全にスラムをなくせなくても、家から近くなくなれば良いんだよな。ちょうど俺自身どうしようかと思ってたところだし、いっそのことそうしちまえば……」

「ネラ様？」

いきなり独り言を言い出したアレンのマスクをイセリアが覗き込む。そして目が合ったアレンは笑みを浮かべ、イセリアの肩をぱんぱんと叩いた。

「ありがとな、イセリア。うまくいくかはわかんねえが、試してみたいことができた」

「試してみたいこと、ですか？」

「ああ。ところで領主様に会う方法って知ってるか？」

突然そんなことを聞かれ、驚きながらもイセリアはその方法を伝え、そしてアレンに連れられてドラゴンダンジョンから出たのだった。

ライラックの領主の館の一室、本来の応接室よりはるかに狭いが、それでも十人程度はゆったりと過ごせるような部屋にある向かい合ったソファーに、現在三人が座っていた。

一人はこの館の主であるナヴィーン・エル・ライラック伯爵だ。その後方には二人の騎士がまるで戦場にいるかのような緊迫した表情をして立っており、その脇には老年の執事が穏やかな笑みを浮かべながら控えている。そしてナヴィーンと向かい合うように座っているのはネラの姿をしたアレンとイセリアだった。

（うん、領主様に会う方法を教えてくれとは言ったが、これはいくらなんでも違うよな）

そんなことを考えながらアレンが少し途方に暮れる。

アレンが思いついた方法は、領主であるナヴィーンの許可を取る必要があった。というよりアレン個人ではできないことなので、提案をして後の指揮などはナヴィーンに丸投げするつもりだったのだ。スタンピードである程度の恩は売れたし、そのくらいはしてくれるだろうという勝算もあった。

ドラゴンダンジョンから街へ戻る道中で、アレンは計画についてイセリアに伝えていた。それを聞いたイセリアの反応も悪くなかったため、これはいけるんじゃねえか、とアレンも自信を深めたのだが、まさかその足で領主の館にイセリアが向かうとは思ってもみなかったのだ。

東門に入るときにイセリアと話していた門番が急に走って去っていったことの意味を、止められることなく領主の館に迎えられた時にアレンは理解した。あれは先触れだったのだと。

ただ、まだそれだけであればアレンもここまで驚かなかった。ネラもイセリアもスタンピードを防ぐためにかなりの貢献(こうけん)をしている。たまたま運よく時間が空(あ)いていて、その恩を返す意味でも面会できるように都合をつけてくれたという可能性もあるからだ。

しかし案内人に連れられて入った、一目で貴賓(きひん)を迎えるための部屋とわかる応接室で、領主であるナヴィーンが既に待っていたのだ。しかも立ったままで。それがどれだけ異常なことなのかは、貴族にあまり詳(くわ)しくないアレンでもよくわかる。

そして機嫌よさげなナヴィーンに促(うなが)されてソファーに座ったのが今の状況だった。

「さて英雄ネラよ。君の提案の概要は伝達に来た兵士から聞いたが、もう少し詳しく聞かせてもらってもいいかね？」

「ナヴおじさま。それについては私から説明させていただきます」

イセリアの言葉にチラッとアレンの方を見たナヴィーンに、無言のままアレンがうなずいて返す。元々人前では話すことをしていないネラとして説明しようとすると時間がどうしてもかかってしまうため、アレンはある程度の概要をあらかじめ紙に書いておきそれを見せるつもりだったのだ。もちろん直行したためそんなものは用意できていないが。

だからこそイセリアの提案は願ってもないことだったのだが、それよりもアレンには気になることがあった。

（ナヴおじさまって……しかも伯爵も当然のように受け入れてるし）

そのことをおかしく思っているのはアレンだけであり、二人の騎士も執事も特になんの反応もしていない。そのことから、アレンは少なくともこの部屋にいる者にとってはイセリアが伯爵をおじさまと呼ぶことは当然のことだと認識されていると理解した。

（貴族とかそれに連なる感じだとは思っていたが、伯爵の姪だったんだな。それにしてはなんか面倒くさいことになってたような気が……あぁ、そういうことがあったから伯爵に庇護を求めてここに来たって感じか。うわっ、貴族の世界って怖えな）

一部変な勘違いをしつつも、大筋では間違っていない推理にアレンは一人納得する。そして改めて貴族の世界の面倒さを感じ、イセリアの過去については詮索しないようにしようと心の中で誓った。

そんなアレンをよそに、ナヴィーンと向かい合ったイセリアが、微笑みを浮かべながら口を開く。

「既に概要はご存知かと思いますが、ネラ様のご提案は砦の建築に携わるスラムの者、そしてその家族への住宅の提供ですね。資金としてネラ様がスタンピード時に倒したモンスターの売却報酬である六億ゼニーを伯爵家に寄付し、それを原資にとのお考えです」

「それはこちらにとってはありがたいことだが、本気なのかね？」

確認のためかアレンのほうへ視線を向けるナヴィーンに、アレンが迷うことなくこくりと首を縦に振る。

アレンの発想はシンプルだった。アレンの家がスラムに近いからマチルダに危険が及ぶ可能性が高いのだ。だから西地区にあるスラムの外縁部の住宅を建替え、そこに仕事に就いた者を住まわせることでスラムの規模を縮小してやれば、その分だけアレンの家からスラムが離れることになるというわけだ。

領主の肝入りで作られた住宅なのだから見回りの兵士たちの巡回ルートにも入るだろうし、安全性は格段に増すはずだとアレンは予想していた。そしてあまりにも高額すぎて使い道に困っていた六億ゼニーの問題を解決できるというのもアレンにとっては喜ばしいことだった。現状において、鬼人のダンジョンで手に入れたネラの装備でアレンは十分に満足していたし、マジックバッグも得ているため死蔵するくらいしかないと思っていたのだから。

その反応を見たナヴィーンがイセリアに視線を戻す。それに気づいたイセリアがちらっとアレンの方を眺め、そして満面の笑みを浮かべながら話し始めた。

「ネラ様はスラムの現状を憂いているのです。いつしか空を見上げることなく下を向き、希望を見失った人々が再び空を見上げることができるようにと。ナヴおじさまも困っていらっしゃったではないですか。砦造りの人足として募集してもスラムの者になかなか信用されないと。それは使い捨てにされるのではないかという危惧からではないでしょうか？」

「その可能性は考えている。実際にそういった報告も受けているしな」

「住居を与えるというネラ様のお考えであれば、それを覆せます。使い捨てする者のためにわざわざ住居を用意するはずがないと誰にでもわかりますから」

まるで演者のように熱を持って話すイセリアの勢いに、ナヴィーンが少しだけ身を引く。しかしその表情の中には理解の色が含まれていた。イセリアに指摘されたことに間違いはなかった。砦の建築という大事業を行うにあたっては大量の人員が必要になる。その人員の一部としてスラムの者を雇用し、スラム問題の解決の糸口としようとナヴィーンは計画していたのだが、実際募集が思ったようりうまくいっていなかった。

部下からの報告から考えても、この方法をとればそれが改善する可能性はあるとナヴィーンは判断した。仮に失敗したとしても、資金はネラの寄付によるものでありナヴィーンの懐が痛むわけではない。

　現在の家を壊すことで恨みを買う可能性もあるが、スラムの住居はそもそもが不法占拠しているようなものなのだ。それを領主の権限で撤去したからといって誰に咎められるものでもないし、一時的に恨まれたとしても継続的に良い暮らしができるようになればそれは一転するはず、そこまでナヴィーンは瞬時に計算した。

　一方、それを横で見ていたアレンは、動きそうになる体をかろうじて動かないように自制するので精一杯だった。

（いやいやいや、なに言ってんの？　スラムの現状を憂うって、いやその気持ちが全くないってわけじゃねえけどそんな大げさなもんじゃねえし。むしろ自分のためだぞ）

　あたかもネラが大層な人物であるかのように話すイセリアを内心では止めたいアレンだったが、聞いているナヴィーンの納得するような姿を見るとそれもできなかった。下手なことをして話が駄目になってしまえば、困るのはアレンなのだ。

　さらにイセリアが言葉を続ける。

「加えて、周辺の住民が住宅を改修する場合には補助金及び融資を出すことも検討してもらいたいとのことです」

「なぜ周辺に……いや、そういうことか」

問い返そうとしたナヴィーンだったが、すぐにその意図に気づき、感心した様子でアレンを見つめる。

西地区にはスラムがあるが、スラム付近の住人も貧しい者が多い。そんな場所でスラムの住人のためだけに新しい住居を与えればそれらの一般層からの反発を招きかねない。そういった不満がスラムの住人に向いてしまえば、今でさえある確執(かくしつ)が深まるのは確実だ。それは領主であるナヴィーンの望むところではなかった。

ナヴィーンはネラに対する評価を引き上げる。武力のみならず治世(ちせい)の方面にも知恵が回るのだと。それと同時に取り込んでしまいたいという気持ちがナヴィーンの中にむくむくと湧(わ)いたが、目の前で小さく首を横に振るイセリアを見てなんとかそれを自制した。

無論、アレンはそこまで考えてその提案をしたわけではない。そんなことになれば、近所の知り合いたちが羨(うらや)ましがるだろうし、愚痴(ぐち)大会に巻き込まれそうな嫌な予感はしていた。

だがそもそもそんな提案をした一番の理由は、アレンの家が改装されている理由付けにするためだった。なにせ、マチルダがそのうち来るのだから綺麗(きれい)な家で迎えたいし、それならいっそのこと補助金が出るからという理由でニックあたりに外装を修復してもらえばいいと考えたのだ。

ネラとバレないようにという以外に、周囲の家々に比べ、明らかに新しくなってしまうと招かれざる客がやってくる可能性が高くなるということもあり、アレンは外装をそのままにしていた。しかしその心配もこの制度が運用されていけば考えなくてもよくなるのだ。

しばし沈黙の時が流れ、そしてゆっくりと大きくうなずいたナヴィーンが、真っ直ぐな視線をアレンへ向ける。

「わかった。英雄ネラよ。君の慈悲深い心に感謝する。その心に応えるためにも必ずこの計画は成功させてみせよう。我らライラック伯爵家の名において」

その言葉にアレンはうなずくことしかできなかった。そしてなに考えてんだよ、とチラッと視線をイセリアに送ると、それに気づいたイセリアは、チロっと少しだけ舌を出し、いたずらが成功したかのような笑顔を一瞬だけ見せた。その顔にアレンはレベッカの姿を幻視する。

（あー、もしかしてこいつレベッカの影響受けてねえか？　一緒に過ごしたのなんてほんの数日のはずなのに、なにしたんだよあいつ）

既に街から出ていってしまい、旅の下にいるレベッカにアレンがそんな恨み言を飛ばす。

そして想定とは違うが、計画は実行してもらえそうなのはいいことだ、と自分で自分を納得させながらアレンは小さく息を吐いたのだった。


数日後、ドラゴンダンジョンの周りに砦を建設することが大々的に発表され、それに付随してスラムの外縁部整備を行うことも伝えられた。おおむねアレンの提案どおりに進んだのだが、一部については少し変わっていた。それはスラム周辺の住人が住宅の改修をするときの補助金を出すということとその融資についてだ。

まず融資については商人ギルドが行うことになった。これについてはアレンの想定の範囲内である。商人ギルドにはお金の融資を行う部門があるのは知られているし、新しく融資の部署をつくるよりは最初からノウハウがあり、体制の整っているそこに依頼するかもしれない、と考えていたのだ。実際、領主側から商人ギルドに補助が出ているため利子については半年間免除され、その後も低利率となっていた。

そして補助金についてだが、これについては住宅を改修する本人ではなくそれを実際に行う大工の工房に対して行われることになった。補助金の分だけ価格が抑えられるため、住民が安い金額で改修を依頼できるという点では変わりはない。

住民それぞれに支給するより、窓口を大工の工房に絞った方が手続きは楽であり、トラブルも少ないからという理由でそうなったのだが、その結果起こったのが大工の工房による売り込みだった。

砦の建設に関しては建材が本格的に揃うまで始まらないためまだまだ先の話であるし、スラムに建てる簡易住宅に関しても立ち退き交渉やらでしばらく時間がかかる。そのため直近では少し余裕があったのだ。そこで目をつけられたのがスラム周辺の家々だ。

補助金があるため依頼人の支払いが滞ったとしても最低限の利益は確保できるということで、各工房がしのぎを削る勧誘合戦になるかと思われたのだが、蓋を開けてみればブラント工房の一人勝ちだった。

それはニックとその仲間の大工たちのおかげだった。彼らはまさしくこの周辺に家を持つ者たちだ。まず彼らは自分の家を改修してみせ、知り合いに売り込んでいったのだ。

周辺の住人たちの懐事情を知り尽くした値段設定、そして目に見える実績に徐々に申し込みは増えていき、一人勝ちになったのだ。

実際、アレンもニックに誘われて早々に家の外装を改修していた。勧誘に来たニックがすっかり綺麗になっているアレンの家の中を見て、こりゃ都合が良いとばかりにアレンを手伝わせて即日改修したのだ。普通であれば素人仕事ではない内装の改修に違和感を持つはずなのだが、教えた屋根の修理方法などをアレンが上手に行っていたことをニックは知っていた。

さらにレベルアップによる技量の上昇をいま正に実感しているニックからすれば、冒険者としてレベルアップを続けてきたアレンであればこの程度のことはできるようになるんだろうと考えたのだ。

そもそも冒険者が本格的な大工仕事をするなどといったことはないため、それがおかしな基準であることにニックは気づかなかった。これからのことを考えてアレンを引き抜きたいとは思ったが。

アレンはマチルダが家に来る前に外装と内装があまりに違うという現状を改善しておきたかった。家の中を見せればニックが違和感を覚えるであろうことは考慮していたが、たぶん問題にはならないだろうと楽観していた。

　ニックがあまり細かいことにこだわらない性格なのは知っていたし、なにより部屋の内部の改修は大工作業を覚えたてのころに行ったものなので、さんざんそれらを行って慣れてきた今のアレンからすれば拙い部分が散見されたからだ。わざわざ直すほどでもないためそれらは放置されていたし、そもそも自分だけが使うのだからと手を抜いた部分もあるので大丈夫だろうと考えたのだ。そして実際にその読みは間違っていなかった。

　そんなわけで、住宅問題も解消したし早速マチルダを家に、と思ったアレンだったがそれはできなかった。建築需要が増大したため、徐々に建材が不足し始めたのだ。

　原材料費があまりに上がってはアレンの計画がうまくいかなくなってしまうため、ネラとして九階層に行き、アレンはウインドカッターでトレントを乱獲した。建材として使いやすいだろう長さには切断したが、それ以外の加工などは一切せずにそれをマジックバッグに詰め、アレンはそれを安価で材木商に売り払った。スラムの簡易住居、そしてその周辺の家々の建築を行う工房に通常の材木とそこまで変わりない価格で売り払うように条件をつけた上で。

　とりあえずこれで大丈夫だろうと考えたアレンだったが、その後に待っていたのはギルド長のオルランドからのトレントの建材への加工という半強制依頼だった。ネラとして丸太状態で納入したトレントを、結局アレンが建材として加工する羽目になったのだ。

　もちろん本職の大工も行っているのだが、それでも手が足らないためトレントの加工で実績のあるアレンに振られてしまったのだ。レベッカの依頼が裏目に出たとも言える。

せっかくアレンとネラでトレントの討伐方法をわざわざ変えているのに、結局俺が加工するはめになるのかよ、などとぶつくさ文句を心の中で言いつつもアレンは依頼を終えた。

そしてやっと一息つけると思ったのだが、その頃にはスラムの立ち退きの話し合いが終わっており、アレンはその建築手伝いの依頼に忙殺される羽目になった。マチルダを家に招くどころか、プライベートよりギルドで会うことの方が多くなってしまっていたのだ。ギルドで会ったときにそのマチルダの首にかかるネックレスを見てアレンは幸せな気持ちにはなるのだが、少し余裕がなさすぎだろ、とアレンは思いながら、めまぐるしく日々は過ぎていった。


そのスラムの外縁部の建築現場。午前中の作業が終わって昼の長い休憩に入り、むしゃむしゃと自家製の弁当を食べていたアレンの横にニックがどっかりと腰を下ろす。

「美味そうな弁当だな。少しくれ」

「いや、お前愛妻弁当があるって自慢してたじゃねえか。それを分けてくれるのか？」

「そんなわけねえだろ」

「じゃ、やらねえ」

そんな風に少しだけじゃれあいつつ、二人が横並びになって食べ物を口に運んでいく。

そもそも簡易住宅であるので造りも複雑ではなく、ニックを始めとしたレベルアップした大工たちの活躍もあり建築開始から間もなくであるのにもかかわらず大まかな造りが見え始めているそこを二人は眺める。

「なあ、アレン。お前大工にならねえの？　あれだけの腕があればうちの工房でも喜んで迎え入れてくれると思うぞ。今は景気が良いし安定した収入にもなる」

「あー、確かに儲かってそうだもんな。でもいいや。今は冒険者がしたいからな」

「そうか。冒険者か」

アレンの返事を半ば予想していたニックだったが、実際にそれを聞いて少しだけ肩を落とす。その姿に悪いな、とは思いつつもアレンは自分の意思を変えるつもりはなかった。

マチルダと付き合うにあたって安定した職業というのは確かに魅力だった。しかしステータスが上がったことにより余裕を持って依頼をこなせるようになったアレンは、冒険者でもある程度安全に安定した収入を得られるのだ。

もちろん危険なところに不用意に飛び込むようなことはしないが、それでも未知の場所やダンジョンの深部など憧れはあれど今までできなかった冒険をしたい、というアレンの当初の思いは消えていない。

満足できたらその時は大工になってニックと働くのもいいかもしれないな、そんな思いがアレンの中にもチラッと浮かんだが、それがいつになるかわからない現状ではそんなことは伝えられなかった。

「しっかし、これだけのことをやっちまうなんてネラってすげえよな」

しんみりとした空気を嫌ったのか、おどけるような口調でニックがそんなことを言い、アレンが少しだけ顔を引きつらせる。そんなアレンの表情の変化に大雑把なニックは気づくことなく言葉を続けた。

「いやー、ちょっと前に聞いた噂では滅茶苦茶強いがイカれた格好をした頭のおかしい奴って印象だったんだが、スタンピードを止めたのに報酬を固辞したらしいし、その時の素材の売却で儲けた金も全部このスラムの開発に使うために寄付したって話だぞ」

「ああ、らしいな」

楽しそうに話すニックに、言葉短くアレンが返す。確かにその噂についてはアレンも知っていた。特にこの付近やスラム住人の間で大きく広がっているため自然に耳に入るのだ。

その噂のおかげもあってネラに対するこの近隣の住民の評価は大きく変わっていた。中には崇拝するような者もおり、そこに目をつけた商人が軒先に飾れば魔よけなどのご利益があるとネラのマスクを模した商品の販売を始めたりもしている。その売れ行きはなかなかに好調らしい。

一人歩きし始めたネラの姿に、アレンはもうどうにかすることを諦めていた。ほとんどは自分本位の動機で始めたことなのだが、傍から見たらそう見えるのは仕方ないとアレンもわかっていたからだ。あまりにあくどいことを始めるような者がいれば、自分で止めるか、イセリア経由でナヴィーンに伝えてもらい取り締まってもらえばいいと割り切ったのだ。

　本当に味わっているのかと思うほどの速さでパクパクと食べ物を口に放り込みつつ、ニックがその合間に言葉を続ける。

「養護院にも寄付しているらしいぞ。あっ、そうそう養護院のガキに聞いたんだが、今回の建設にあたって養護院に領主様から炊き出しを依頼されたみたいでな。それが結構な収入になりそうって話だ」

「おっ、そうか。それは良かったな。というかお前、養護院に結構通ってるらしいじゃねえか。この前俺が依頼中にトレントの端材（はざい）で作ったおもちゃを持っていったら、ニックさんにいただいた物が十分ありますので売却して運営費にさせていただいてもよろしいでしょうか？　って院長に聞かれたぞ」

　ネラから話題がそれたことをこれ幸いと、ニヤニヤとした顔でアレンがニックに詰め寄る。それに対してニックはぐっ、と声を詰まらせて顔を赤くし、そして勢い良く弁当をかきこみ始め、ほどなく食べ終えると立ち上がった。

「よし、そろそろ午後の仕事の準備を始めるかな」

「お前、相変わらずごまかすのとか下手だよな」

「うるせえ！　この木級冒険者！」

「違うわ！　忙しくて試験を受けていないだけで、もう鉄級になる条件は満たしてるんだよ！」

お互いに軽く罵倒し合い、そして少し笑ってニックがその背を向けて去っていく。その背中を眺め、アレンは大きく息を吐いて真っ青に晴れ渡った空を見上げたのだった。

スラムの簡易住居の建築が本格化し、二週間ほどその手伝いの依頼を受けていたアレンだったがやっとのことでその依頼から解放された。大物の建材などの搬入が終わったこともあるが、木級や銅級といった新人の冒険者たちの間で実は割の良い仕事という噂が広まったのだ。

建築現場での仕事の依頼は日給二万ゼニー。木級や銅級などの冒険者の普段の収入に比べれば高額なのだが、ダンジョンのようにレベルが上げられるわけではなく、その仕事内容もきついという噂が流れていたため当初は受ける者は少なかった。

しかし覚悟を決めて受けた新人冒険者が、その内容が思ったほどきつくないことを実感し、さらに食事の提供も始まり、加えてモンスターと戦わないため装備類のメンテナンス費用もかからない。つまり、その報酬がほぼ丸々懐に入るということをポロッと酒場で漏らしてから、状況は一変した。装備の更新を考えている冒険者などが効率よく金を稼ぐ方法としてその依頼を受け始めたのだ。そのおかげで晴れてアレンはお役御免となったわけだ。

実際、報酬に比べて仕事がそんなに簡単であるはずがなく、ギルド長の思惑によりアレンにきつい仕事が振られており、ニックなど知り合いの大工が重要な仕事を信頼の置けるアレンに任せていたことなどから、他の冒険者には簡単な仕事しかなかったにすぎない。

アレンが辞めた後に噂と違うと一騒動あったのだが、ものすごく割の良い依頼ではないが多少割の良い仕事であることは確かであったため依頼を受ける冒険者がいなくなることはなかった。

そしてようやくある程度落ち着いたアレンは、自宅にマチルダを招いていた。もちろん簡易住宅も建築途中であり、劇的に治安が回復するといったことはないのでアレンがしっかりと迎えに行った上でのことだが。

「うーん、本当に新築みたいね。男の一人暮らしなのに部屋の中も綺麗だし」

「まあ、臨時収入に加えて補助金もあったしな。俺が自分でリフォームした部分もあるが、大工の友人が仕上げてくれたんだ」

「良い友達がいて良かったわね。あっ、柱に傷」

家を支える大黒柱といえる最も太い柱についた横向きの傷を発見したマチルダが目を細める。その柱には高さの違う五本の傷が、その柱をぐるりと回るようにして何カ所にもついていた。時計回りに進むごとに少しずつ高くなっていく傷を眺めながらアレンが口元を緩める。

「それは俺が十二歳の時、新年を迎えた日に背比べした跡だな。それからなぜか毎年その日に背比べするのが恒例になったんだ。もちろん一番高いのが俺で、チビがレベッカだな」

マチルダの見ていた場所の一番上と一番下の傷を撫でながらアレンが微笑む。

アレンが十二歳の頃と言えば、レベッカはまだ一歳と数カ月だ。少し小さかったレベッカは当時七十センチ弱しかなく、やっとつかまり立ちができたくらいの幼さだった。柱に摑まりながらふらふらと揺れるレベッカをエリックが支え、アレンがその手でレベッカの背の高さを測った思い出がアレンの脳裏に蘇る。

　柱を眺めながら柔らかな笑みを浮かべるアレンの姿に、小さく笑いながらマチルダが部屋を見回す。リフォームをしたというアレンの言葉のとおり、家の中は一見すると新築であるかのような綺麗さだ。しかし目の前の柱と同じように、ところどころ昔のままと思われる場所があった。

　台所の壁に残されたうっすらとした焦げ目、何かを落としたのか凹んだままの床、そして今見える範囲外にも大小は違えどそれがあるだろうことがマチルダにはわかった。それら全てがアレンと弟妹との思い出の詰まったものであり、きっと聞けばアレンは喜んで話してくれるだろうと考えて、マチルダは思わずふふっ、と声を出して笑う。

「んっ、どうした？」

　そう言って振り返ったアレンになんでもないと首を横に振って返し、マチルダが柱に添えられたアレンの手の上にそっと手を重ねる。

「ねえ、アレン。今度の新年から、私たちも背比べしない？」

　柔らかな手の感触に少しドギマギしていたアレンが、その言葉の意味を少し遅れて理解し、頬を赤くしながら、にかっと笑った。

「おう」

返事の言葉こそ短かったが、その意味を正しく理解している二人には関係なく、幸せで温かな空気が二人を包んでいく。この家に、マチルダが新しい思い出を刻んでいく、そんな将来にわたって違えることのない約束が今、交わされたのだった。

その後、なんだかんだで料理を作ることとなり、アレンと一緒に作り始めたマチルダだったがそのアレンの手際の良さに驚きと共に焦りも感じていた。アレンが昔から家族のために料理を作っていたということはマチルダももちろん知っており、ある程度の腕はあるだろうと思っていたのだがそれが想像以上だったのだ。

マチルダも一人暮らしで自炊しており、料理も嫌いではないためそれなりの腕だと自負していたのだがその自信を砕いてしまいかねないほどだった。そして……

「ねえ、アレン。問題発生だわ」

「どうした？　味付けが合わなかったか？」

「ううん。美味しいわ。美味しいんだけど、これを食べ続けたら私絶対に太るわよ！　太るわよ！　と断言しているにもかかわらず、そのフォークを止めないマチルダを困った顔でアレンが見返す。その間にも、マチルダはひょいぱく、ひょいぱくと食事を口に運んでいた。

「レベッカは平気そうだったぞ」

「レベッカさんは行商人だけど冒険者でもあるでしょ。動く量が違うのよ」

その言葉に、確かになとアレンは納得する。

モンスターなどを相手にする現役の冒険者は大食いする者も多いが、太っている者はほとんどいない。しかし冒険者をやめると大概の者が太ってしまう。運動量が減ったのにもかかわらず、食事量を減らすことをしないためだ。

その実例としてわかりやすいのが、冒険者ギルド長のオルランドだろう。

とりあえず、ということでアレンはマチルダのフォークが今にも刺さりそうな肉の載った皿を引っ込める。マチルダが少しの間フォークをさまよわせて恨みがましい目でアレンを見つめた後、しぶしぶといった様子でフォークを置いた。

そして先ほどまでの姿が幻であったかのようにとりすました顔をする。そのあまりの変わりようにアレンは苦笑いを浮かべながら皿に載っていた肉をフォークで刺すと自分の口に放り込んだ。感じる視線をあえて無視して。

マチルダは複雑そうな表情で息を吐き出し、思い出したように、あっ、と声をあげた。

「そうそう。レベッカさんで思い出したけど、アレンの注文していたマジックバッグ届いたそうよ」

「マジックバッグの注文？　なんのことだ？」

「えっ？　報酬を現金でもらう代わりに性能の良いマジックバッグを格安で売ってもらえるよ

う、アレンがレベッカさんに領主様と交渉してもらったって私は聞いたけど」

「はぁ!?　そんなの……」

聞いてねえぞ！　と言おうとしてアレンは思い出す。次々と入る依頼などに忙殺されて忘れていたが、トレントの建材を納入した報酬の残りである一千万ゼニーをまだ受け取っていなかったことを。そしてそれについてレベッカが言っていた、残りの分はちょっと交渉中で、という言葉の意味が現金の支払いに関するものだと考えた自分の予想とは全く別のものであったことに気づいた。

「あの、馬鹿！」

そう悪態をついたアレンの脳裏に、ニシシ、と笑うレベッカの姿がありありと映る。そしてその推測が間違っていないことをアレンは確信していた。

拳を震わせるアレンの姿に苦笑いしながら、マチルダがなだめにかかる。

「値段以上の性能らしいから、商人ギルドなんかで売りに出せば損はしないと思うわよ」

「……いや、いい。なんかそれもあいつの思惑の内っぽいし。便利なのは確かだから使わせてもらう」

「普段は持ち歩くにしても、リフォームして良かったわね。防犯的にも」

「ああ、全くだ」

せっかく周囲の家々もリフォームを始め、外見から金を持っていると思われて狙われる心配がなくなったのにもかかわらず、再び狙われる理由ができてしまったことにアレンが苦笑する。

そんなアレンを見ながら、マチルダが自然に言葉を続けた。

「でも冒険者憧れのマジックバッグを二つも持つなんて、アレンも贅沢(ぜいたく)になったわね」

「んっ？　何のことだ？」

「ネラとしても一つ持ってるでしょ？」

あまりに自然な口調のマチルダの言葉にアレンは思わず返事をしてしまいそうになった。しかし、なんとかそれを押し留めて表面上動揺を見せることなく、アレンはマチルダに向けて意味がわからないとでも言うように首を傾(かし)げてみせる。その内心はひどいものだったが。

（イセリアが……いや違うな。あんなに真剣に勇者を目指している奴が裏切るとは思えねえし。となると、やっぱり……）

なんとか動揺を静め、マチルダがその考えに至ったのはなぜかとアレンは考える。そしてその原因は自分にあるのだろうと推測した。アレンの考える様子をじっと眺めるマチルダの視線は、アレンがネラであると確信していることを示していた。

アレンははぁ、と息を吐き、降参(こうさん)とばかりに両手を挙げる。

「気づいたのは、俺のなんかの癖(くせ)とかか？」

「そのとおり。去り際に手を上げる癖よ。そういう人は多いけど、顔は見えなくても格好が同じだもの、気づくわ」

「そんな癖あったか？」

「あるのよ。まあなにかあったんだろうな、って気づいたのはアレンがギルド職員の時だけどね。ある日を境に昔みたいな表情に変わってたし」

「そんな前かよ」

　自分のうかつさにアレンは、がしがしと頭をかく。それも図星を指された時とかの癖よね、と内心で思いつつもマチルダはニコリと笑って何も言わなかった。

「他の奴らは？」

「気づいてない、と思うわ。そもそもアレンと親しいギルド職員って私だけでしょ」

「うっ、いや。そんなことはないぞ。知り合い程度ではあるはずだ」

「それ全く自慢にならないわよ。まあ私としては嬉しくもあるんだけどね」

　そう言って笑うマチルダを見ながらアレンは複雑な表情をしていた。冒険者生活が長いため知り合い、顔見知りは多いものの、アレンは基本的にマチルダの受付ばかりに並んでいたので他のほとんどの受付嬢は顔と名前が一致している程度でしかない。

　ギルド職員になってからも基本的にはスライムダンジョンばかりに行かされていたので、他の職員と交流する機会などほとんどなかったのだ。

「で、改変が起こったスライムダンジョンになにかあるのね」

「ああ」

「アレン、あなたそれは明確な報告義務違反よ」

「ぐっ」

ぐさりと刺さる正論にアレンが苦しい表情をする。言い訳はいくつも浮かんできたが、それは所詮(しょせん)言い訳に過ぎない。真っ直ぐに指摘してきたマチルダに言うことなどアレンにはできなかった。

しばらくの間じっとアレンの様子を眺めていたマチルダがふっと表情を和(やわ)らげる。

「自覚はあるみたいね。ねえ、アレン。それを利用すれば皆、ネラのようになれるの？」

「時間と根気があれば」

「そう。わかったわ。とりあえず私は何も聞かなかったことにする。でもいつかアレンと同じことを見つける人が出るかもしれないわ。それに備えて、その何かをどうするのか一度ちゃんと考えた方がいいわよ」

「そうだな。わかった、ちょっと真剣に考えてみる」

真剣な表情でうなずくアレンをマチルダが満足そうに見つめる。そしてしんみりした空気を変えるように少し声を弾(はず)ませながらマチルダが言った。

「今度、じっくりネラの姿を見せてね」

「……了解」

渋い顔になったアレンを見て、アレンがその格好を気に入っているわけではないとわかっているマチルダは楽しそうに笑ったのだった。

　世界で最も大きな大陸である中央大陸。その中でも有数の大国であるエリアルド王国の南から北へ伸びる主街道を一台の馬車がガタゴトと音を立てながら進んでいた。通行量が多いため広い街道はしっかりと整備されており、巡回する領兵の姿も時折見られる比較的安全な街道だ。

　その馬車の御者を務める男は二十代前半と思われる柔和そうな笑顔を浮かべる糸目の若い冒険者である。安全性の高い街道においてもその視線は常に周囲の警戒に向かってる。若い冒険者特有の驕りや油断とは縁がない、そんな男だった。

　そしてその荷馬車の中では一組の男女の冒険者が革製の装備をつけたまま毛布に包まって眠っており、その最後方には二人の女がいた。

　一人はローブをまとい、杖を持ったいかにも魔法使いという出で立ちをした冒険者であり、もう一人は動きやすそうなシャツとパンツの上に少し光沢のある革製の防具をつけた一見冒険者に見える格好をした行商人だった。二人は夜に備えて眠っている仲間二人を起こさないように小声で会話を交わしつつ、側方と後方の警戒を行っている。

「ねー、レベッカちゃん。皆と別れちゃって本当に良かったの？」

「うん。まあ長年一緒に行商してきたから残念ではあるけど、今回は速さを優先したかったしね。西のネルファ領を経由するとどうしても遅くなるし、どちらにせよそこで解散する予定だったから」

「あー、そういえばあの二人結婚して店を出すんだったね？」

「そうそう。お祝いは渡しておいたよ。というかロージーもお金を出したんでしょ。ドリスがお祝いを渡す時にそう言ってたよ」

　ほんわかと話すロージーが「んー」とうなりながら首を傾げるのを見て、これは絶対に覚えていないなとレベッカは確信する。

　ロージーは鉄級冒険者パーティ『さまよう牙』の一員であり、見た目のとおり魔法使いである。魔法関連の知識については異常なほど記憶力が良いのに、それ以外になるとまるでその記憶力が発揮されないことを長年の付き合いで十分すぎるほどレベッカは知っていた。そのことでいつも一緒に動いているドリスがたびたび苦労しているのを見ているレベッカは、馬車の中で寝ている彼女へちらっと視線を送り、心の中でご苦労様です、と呟く。

　レベッカはここ三年ほどライラックで別れた他の二人の行商人と、『さまよう牙』を随伴の冒険者として、キャラバンを組んで行商を行ってきた。それぞれが主に扱う商品が違うため相互の利益に影響することはなかったし、人となりも悪くなく、一緒に動くことで冒険者を雇う経費なども折半できるなど様々なメリットがあったため一緒にやってきたのだ。

　そしてこの度その行商人二人がめでたく結婚することになったのだ。二人が貯めたお金を合わせてライラックの西に位置する行商人の男の出身地であるネルファ領の都市に店を出す予定であり、レベッカとしてもそこまでは一緒に行ってお祝いなどをした上で解散しようと思っていた。ただライラックで起きた様々なことからそれを取りやめて、急いで王都に行くことに決めていた。

　もちろん二人にはそれなりのお祝いの品を渡し、今度商品を売りに行くから儲けさせてね、と伝えて、幸せそうな二人に快く送り出される形で別れたので関係性が悪くなっているということはない。

「まあ良いか。それよりも今回はメルキゼレム導師のところが目的地なんだよね。うわー、楽しみだなー」

「ちょっと。報告と商談に行くんだからね」

「わかってるよー。でもメルキゼレム導師を、魔法使いの憧れのお方を生で見られると思うだけで……うっ、鼻血出そう」

「やめてよ。モンスターが集まってきちゃうでしょ」

　幸せそうな表情から一転して、鼻を押さえてうつむいたロージーの姿にレベッカが苦笑いしながら布を取り出して渡す。その布で鼻を押さえるというなんとも情けない格好をしたままロージーが顔を上げた。

「ありがと、レベッカちゃん」

「いえいえ。ちなみにその布代は五千ゼニーとなります」

「わかったー。後で渡すね」

「いや、いらないから」

冗談をすんなりと受け入れてしまったロージーにがくっとなりながら、レベッカが自身の発言を撤回する。ここにアレンがいれば、もしくはドリスがいればという思いがレベッカの中に湧くが残念ながら片方はライラックに、もう片方は目の前で眠っている。

はぁ、と小さく息を吐いたレベッカを不思議そうに見つめていたロージーだったが、そういえば、とでも言うように手を合わせて小さな音を立てた。

「予定を変えてまでする急ぎの商談って話だけどレベッカちゃんはなにを売るつもりなの？」

「あれっ、ロージーが商談を気にするなんて珍しいね」

「だって、メルキゼレム導師が欲しがるものがなにか知りたいし」

「あっ、やっぱそっちなんだ」

珍しいこともあるもんだ、と思ったが結局はいつもどおりだったロージーらしい理由に苦笑いしながらレベッカが自身のマジックバッグをごそごそと探る。そして一枚の二十センチ四方ほどの木の板を取り出し、続いて光沢のある薄い鱗がついた皮の一部を見せた。

「じゃじゃーん。今回の商材はこちら。トレントの木の板とスタンピードで冒険者たちによって討伐されたというドラゴンパピーの皮です！」

「んー？」

どうだ！　と言わんばかりに胸を張って自慢の商材を見せたレベッカだったが、期待に反してロージーの反応は思わしくない。

それもそのはずでトレントは鉄級であるロージーたちであれば余裕を持って倒せるモンスターであり、ドラゴンパピーの皮も素材のままの状態では珍しくはあるが、それを使った装備であればそこまで珍しくはない程度のものであるからだ。どう考えても魔法使いの頂点と言えるメルキゼレムが欲しがるとはロージーには思えなかった。

「お弟子(でし)さん用の装備を作るために依頼を受けていた、とか？　トレントはわからないなー」

「さーて、なんでだろうね」

「正解は教えてくれないの？」

「ふっ、商人がそんなに簡単に儲けの種(たね)を話すわけないのさ」

きざったらしく遠くを見ながらそう言ったレベッカの横で、ロージーが頬を膨(ふく)らませる。とはいえ、ロージーもそれは当然のことだとわかっているので、ただ不満を露(あらわ)にしているだけにすぎず、レベッカに対して怒ってはいなかった。まるで食べ物を詰め込んだリスのように膨れたその頬をチラッと見て、レベッカが噴(ふ)き出す。

「ごめん、ごめん。お詫(わ)びにメルキゼレム導師とロージーが話せるようにとりはからうから」

「ほんと!?」

「「なんだ!?」」

馬車の外まで響くような大きな声で、叫ぶように聞き返したロージーの声に、寝ていた二人の冒険者がバッと身を起こして辺りを見回す。そして視界に入った目をキラキラとさせているロージーと、あちゃー、とばかりに頭を抱えるレベッカの姿に即座に状況を把握した。

二人は鋭い視線をロージーに送り、うきうきと浮かれているその姿にため息をついて再び毛布に入っていった。レベッカはふわふわとメルキゼレムとの会話という妄想を膨らませているロージーから視線を逸らし、後方全域の警戒を始める。

（しまったなぁ。後で謝らないと。メルキゼレム導師からゼニーをふんだくったらお詫びに何か買おうかな？）

そんなことを考えつつ、レベッカは警戒を続ける。

トレントの木の板とドラゴンパピーの皮はかなりの高額でメルキゼレムに売れるとレベッカは確信していた。なぜならそれらは、イセリアが攻撃を加えたと思われるドラゴンパピーの皮であり、イセリアが自ら倒したトレントの板なのだから。

メルキゼレムと接した回数はそこまで多くはないものの、おおよその金銭感覚、そしてイセリアに対する思いをレベッカは見抜いていた。

（有名な冒険者のサインを収集している人がいるって言って、イセリアさんにお願いしてトレントにサインしてもらったし、ドラゴンパピーも領主様のお墨付き。さて、いくらふっかけようかな？）

そんなことを考えつつも、馬車は進んでいく。

ライラック出身の行商人の若い女という理由だけで、偶然メルキゼレムに出会うよう仕組まれたレベッカだったが、利用されるだけで終わるつもりなど全くなかった。

「こっちもせいぜい利用させてもらいますからね。おじいさま？」

そう呟くとレベッカはにやりとした笑みを浮かべ、そしてそんなことをしている自分がおかしくなって思わず吹き出す。緊張感がどこか感じられないまま馬車は王都に向けて順調に進んでいくのだった。

あとがき

作者のジルコです。

この本を手に取り、そのうえあとがきを読んでくださりありがとうございます。あとがきを読まない人もいるこのご時勢、ここに目を留めたあなた、お目が高い！

きっと作者も木陰(こかげ)からそっと見守り、その姿に涙を流しているはずです。知らんけど。

さて、そんな感じで始まりましたあとがきですが、今回も作者の戯言(ざれごと)ばかりで本編のネタバレは含まれておりません。これはフリではありません。いいですか、絶対にフリではありませんから最後までちゃんと読んで確かめてください。

それにしても二巻です。なにがそれにしてもなのか作者本人にもわかりませんが、適当な接続詞がそれ以外に見つかりません。正しい接続詞がわかる方は、ぜひ集英社ダッシュエックス文庫宛(あて)に答えを……あっ、このネタは一巻のあとがきでやりましたね。

まあ冗談はさておいてこのあとがきを読んでいらっしゃるということは、二巻が発売されているはずです。

私自身、二巻まで本を出すことができるとは正直思っていませんでした。こう書いてしまうと、そのために動いてくださった編集の方やイラストレーターの森沢様、応援してくださった読者の方に非常に申し訳ないのですが。

もちろん好きで書いていますし、登場人物たちのことも気に入っています。ただ、えっと、なんというか地味ですよね。そこが私としてはグッとくるポイントでもあるのですが。堅実なアラサーの主人公って、ターゲット層が狭すぎないですか？　なんというかライトノベルってもっとキラキラとしたもののような気が……まあいっか。

幾多の本が出版される世の中ですからね。そんな本が片隅に並んでいても問題ないでしょう。ちょっと風変わりだけれど、それに共感してくれる人が一人でもいれば幸せなことですしね。

それでは最後に、感謝の言葉で締めさせていただこうと思います。

この物語にかかわってくださった皆様、本当にありがとうございました。そして今、この本を手にとってくださっているあなた。本当にありがとうございます。

そんなあなたの素敵(すてき)な読書ライフが、今後も続きますように。たくさんの心に残る本に出会えますように。そしてこの本がその一つとなれますように願いを込めて。

ジルコ

追伸
ほら、ちゃんとフリじゃなかったでしょう?

こ の 作 品 の 感 想 を お 寄 せ く だ さ い 。

あて先　〒101−8050　東京都千代田区一ツ橋2−5−10
集英社　ダッシュエックス文庫編集部　気付
ジルコ先生　森沢晴行先生